Querverlag

Peter Hofmann

Das Feuer fremder Häuser

Roman

Erste Auflage März 2005

Umschlag und grafische Realisierung von Sergio Vitale unter Verwendung einer Fotografie von getty images.

Druck und Weiterverarbeitung: Druckhaus Köthen
ISBN 3-89656-113-8
Printed in Germany

Bitte fordern Sie unser Gesamtverzeichnis an:
Querverlag GmbH, Akazienstraße 25, D-10823 Berlin
http://www.querverlag.de

I wished I'd have known you
Wished I'd have shown you
All of the things I was on the inside
But I'd pretend to be sleeping
When you'd come in in the morning
To whisper good-bye
Go to work in the rain
Now I don't know why
I don't know why
'cause everyone's singing we just wanna be heard
Disappearing everyday without so much as a word somehow.

Patty Griffin, Top of the World

eins

Die Erkenntnis traf mich gegen 23 Uhr, als Maya aufstand und gehen wollte.

„So, ich raffe dann mal die Röcke."

Bis vor einem Jahr hatte sie noch Hühner gesattelt.

Alles, was ich gedacht, gehört und gesehen habe, habe ich schon einmal gedacht, gehört, gesehen. Nicht nur einmal. Meine Worte sind wie verblasste Fotokopien der Originale. Es gibt nichts Neues. Meine Gedanken sind schon x-mal durchgekaut worden, nicht einmal die Witze, über die wir gestern Abend lachten, sind neu.

„Kennst du Sperma-Light?" Maya richtete ihre kleine Quizfrage an Karl.

Gunter und ich sahen uns an, um uns zu vergewissern, dass wir beide wussten, was Sperma-Light ist. Wenn Jan es je wusste, hatte er es vergessen.

Karl zuckte mit den Schultern.

„Sperma–Light", sagte Maya mit der Stimme eines Slipeinlagen-Werbespots, „macht schwanger, aber nicht dick."

‚Was haben wir gelacht!' sagte eine Stimme in meinem Kopf.

Es war auch Zeit zum Gehen, denn Maya war fertig, nachdem sie den Mittelpunkt des Abends mit ihren Witzen brandgerodet und zum hundertfünfundzwanzigsten Mal ihre Schwierigkeiten mit Männern detailliert aufgelistet und öffentlich analysiert hatte. Dass sie sich immer wieder in den gleichen Netzen schweigsamer und heimlich trinkender Kerle verfängt, die nur an sich und nicht an sie denken, höchstens wenn es um Sex geht, aber darum scheint es Mayas Männern – wenn man es nicht besser weiß und ihr glaubt – nie zu gehen, denn Mayas Erlebnisse sind Geschichten ohne Handlung, Filme ohne Schluss und Bücher ohne Motiv. Seit über drei Jahren habe sie schon keinen Sex mehr, wenn man von der Benutzung ihres götterspeisefarbigen Vibrators absieht. Doch das ist auch nur ihre offizielle Version.

Entweder ich bin wirklich der Einzige, der von ihrem verheirateten Zahnarzt weiß, der sie ab und an beglückt, oder wir alle wissen es und tun ihr den Gefallen, sie zu bedauern. Für sie ist Mittelpunkt alles. Auch der Witz auf ihre Kosten.

Maya müsste das alles nicht uns erzählen, denn sie hat einen Therapeuten, aber wenn sich die Patientin in ihren Doktor verliebt, fehlt es auch da am nötigen Abstand, also sind wiederum wir ihre Therapie vom Therapeuten.

Gunter und Karl kennen sie. Sie sehen einander höchstens zweimal im Jahr, Weihnachten und im Mai bei mir zum Spargelessen, und jedes Mal scheint es, als hätten zwischen den Treffen keine zwei Stunden gelegen, als wären alle nur kurz weg gewesen, um sich umzuziehen.

Dafür hat man Freunde. Sie sind feste Bezugsgrößen im Leben, sie sind wichtig für die Sozialisation. Ich dachte immer, Karl, Gunter und Maya seien meine Familie. Ein Ersatz für meine eigene, die ich nicht brauche und auch nicht benutze. Andererseits finden die meisten Morde im näheren sozialen Umfeld statt – abgesehen von den Delikten, die nie aufgeklärt werden, weil sie wie natürliche Todesfälle aussehen. In Deutschland soll es einfach sein, jemanden zu vergiften, weil kaum ein Arzt das für möglich hält, lieber schnell den Totenschein ausstellt und keine Fragen stellt.

Die meisten Mörder kennen ihre Opfer. Freunde sind wichtig.

Als ich Maya damals Jan vorstellte, sagte sie mir leise: „Was willst du denn mit dem?"

„Mal sehen, weiß ich noch nicht", antwortete ich. Und ich wusste es wirklich nicht. Ehrlich gesagt, bin ich bis heute der Antwort keinen Deut näher gekommen.

Obwohl Jan Mayas Kerlen auf eine beängstigende Art ähnlich ist. Sie gab uns damals drei Wochen. Es hat länger gedauert, und sie hat mir gegenüber nie wieder unsere Beziehung angezweifelt, obwohl es dazu Gelegenheiten genug gegeben hat.

Sie ist meine beste Freundin, weil ich keine weitere Freundin habe.

Aber auch Gunter und Karl leben immer mehr in einer Wiederholspur.

Zum wie vielten Mal hat Karl eine Wohnung beschrieben, die sie sich angesehen, aber dann doch nicht genommen haben? Andere Paare gehen ins Kino, paddeln am Wochenende, sammeln Gartenzwerge oder fliehen in den KitKatClub zum Vögeln – Karl und Gunter sehen sich Wohnungen an. Sie wollen eine kaufen, das haben sie beschlossen.

„Wir haben uns das überlegt und glauben, wir beide kriegen das hin."

Das sagt Karl immer. Und Gunter nickt dazu wie ein stummer Papagei. Denn seit Jahren ist es beim Ansehen geblieben.

Einmal mahnte ich die beiden, ob es denn klug sei, so etwas gemeinsam zu machen, mit dem Hinweis, dass, wenn mal Schluss sein sollte, der ganze Ärger mit dem schicken Eigentum doch erst beginnen würde.

„Wir sind erwachsen", schoss es aus Karl heraus, und Gunter schwieg und sah zum Fenster hinaus. „Oder?" fragte Karl ihn und legte seine Hand auf Gunters Arm.

„Ja", fuhr Gunter herum und gab ihm schuldbewusst einen Kuss.

Ich habe nie gewusst, was Gunter an Karl findet. Ich weiß nicht einmal, was ich an Karl finde. Wir hatten nie Sex miteinander, wir haben ein paar Jahre zusammen studiert, dann gearbeitet, wir trafen uns, um ein Bier zu trinken, wir telefonierten ab und zu. Die Freundschaft zu Karl hat sich einfach ergeben. Karl ist anhänglich, er ist mir auf eine Weise treu geblieben als Freund, obwohl wir diese Freundschaft nie gegenseitig beweisen mussten. Nie habe ich eine Krise bei ihm wahrgenommen, nie rief er mich an mitten in der Nacht, wie es Maya zuweilen fertig bringt, um sich auszuheulen, um mich um nutzlose Ratschläge zu fragen, um zu reden, weil ihm danach ist.

Umgekehrt habe ich Karl nie mit derlei Dingen belästigt. Das würde ich bei Maya vielleicht tun, wenn ich Respekt vor ihr hätte.

Karl war immer nur da. Wie gestern beim Spargelessen. In einem seiner karierten Hemden, bei denen er den obersten Knopf offen stehen lässt, in den Jeans, die nur betonen, dass er eigentlich keinen Hintern hat, mit dem Scheitel sieht er aus wie aus der Klosterschule entlassen. Er wäre ein guter Priester geworden, nichts sagend, nicht bedrohlich, immer den Eindruck erweckend, gut zuzuhören. Nur die Brille kam dazu im letzten Jahr. Er ist nicht hässlich, er hat nur die Ausstrahlung einer dieser Apotheker, bei denen man sich unfreiwillig schämt, wenn man das Rezept für Jakutin oder Abführmittel auf den Tisch legt.

Karl habe ich nie, selbst wenn er angetrunken war, aus der Haut fahren sehen. Wir sind uns vielleicht zu ähnlich. Unsere langweiligen Leben gleichen sich, der Inhalt ist auswechselbar, das gleiche Fressen, nur verschieden garniert.

Gestern war es eine Vierzimmerdachgeschosswohnung mit Terrasse und einem Oberlicht im Wohnzimmer.

„Ein Gedicht", sagte Karl kühl, er verdrehte die Augen, seine Hände flogen kurz hoch und sanken zurück auf den Tisch.

„Aber wahrscheinlich zu teuer", ergänzte Gunter.

Ich hätte die Worte lippensynchron mitsprechen können, doch das kann ich den beiden nicht einmal vorwerfen.

„Wie entfernt man schmerzlos Schamhaare?" fuhr Maya dazwischen. Diesmal jedoch kam ihr Gunter zuvor, schob die Zunge zwischen die Lippen und zog mit spitzen Fingern das imaginäre Schamhaar aus seinem Mund. Er lächelte nicht einmal dabei.

Die Party war zu Ende, obwohl es keine Party war, sondern ein Essen, mit allen am Tisch, ohne Herumstehen und ohne Rauchen auf dem Balkon, ohne fremde Leute am kalten Buffet und ohne ein sich knutschendes Zufalls-Pärchen im Schlafzimmersessel.

Karl stand auf und Gunter auch, sie zogen, des Gackerns müde, in den Flur. Ich wollte ihnen folgen, wie das ein Gastgeber tut, da traf mich die erschreckend klare Selbsterkenntnis. Zum ersten Mal, wie ich hoffe.

Die Wiederholung alter Filme, die man sich ansieht, eben weil man sie kennt, weil sie vertraut sind, ohne dass man etwas Neues erfahren wird, aber dennoch sieht man sich *Mondsüchtig*, *Die Stunden* oder *Gefährliche Liebschaften* immer wieder an. Und so ähnlich ist es mit meinem Leben, mit meinen Freunden, mit meinem Jan.

Seit dem Spargelessen gestern weiß ich das, und ich hoffe inständig, ich habe es nicht vorher schon gedacht oder gewusst, denn noch ein Remake, noch einmal auf vielfachen Wunsch die gleiche Melodie, *Sissy Uncut*, *Matrix 4*, *Rocky XIV* hätte ich nicht ertragen, ja, noch eine Wiederholung hätte mich und meine Vorstellung von einem eigenständigen, selbstbestimmten Leben weggewischt.

Gestern Abend schnürte es mir den Hals zusammen. Bevor ich die anderen im Flur verabschiedete, sah ich Jan kurz an. Er suchte gerade nach der Fernbedienung, um die Musik abzustellen.

Den ganzen Abend lief *Sarah McLachlan*, meine Lieblings-CD *Afterglow*, eigentlich meine zweitplatzierte, denn die *Dixie Chicks* wollte ich niemandem zumuten. Aber es fragte sowieso niemand danach.

„Lass doch, die drei Minuten geht's doch noch!" herrschte ich ihn halblaut an, wie man es bei einem datterigen Großvater tut.

Jan grunzte, er hatte wieder einen zu viel in der Krone. Das macht ihn immer schläfrig. Und wenn er nichts trinkt, ist er müde.

„Okay", brummte er.

In diesem Moment sah ich den Rest des Abends im Zeitraffer vor mir: ich in der Küche, das Geschirr in die Maschine stapelnd, irgendeine Rotweinneige trinkend, in der Hoffnung, mein Sodbrennen damit zu lindern. Jan schon im Bad und auf dem Weg ins Bett.

Er fragt, ob er beim Aufräumen helfen kann, ich verneine dann, er küsst mich von hinten auf die Wange, drückt mich kurz und verschwindet. Später finde ich ihn schlafend im Bett vor. In meinem Bett. Der Sex mit ihm ist keine Wiederholung, weil wir so gut wie keinen Sex mehr haben. Aber auch diese Tatsache ist nicht neu, sondern von vorgestern, somit also die nächste Wiederholung. Eine Unabänderlichkeit, wie die Abfolge der Jahreszeiten und das Auf und Ab des Dow-Jones-Index.

Zum wiederholten Male würden wir also keinen Sex haben.

Ein Negativrekord, der unerreicht ist, das letzte Mal ist Monate her und war wahrscheinlich wirklich das *letzte* Mal. Noch dazu ist es ein uninspirierter, lahmer Fick gewesen, den ich, wäre er mit einem Fremden passiert, längst vergessen hätte.

Einmal wagte ich zu fragen: „Findest du mich überhaupt noch geil, Jan?"

Die Schrecksekunden dauern bei ihm etwas länger. Es ist mehr, als weckte man jemanden, der dann, aus dem Tiefschlaf gerissen, einige Zeit benötigt, um wach und gegenwärtig zu sein.

„Klar."

„Wieso fickst du mich dann nicht mehr?"

„Ich fick ja auch nicht mit anderen Kerlen." Es klang wie eine Einschätzung zum Wetterbericht. Wenn es regnet, braucht man einen Schirm, wenn die Sonne scheint, braucht man keinen.

„Das ist nicht unbedingt die Antwort auf meine Frage."

„Hab halt im Moment nicht so Lust."

Punkt. Dieser lustlose Moment hat sich zu lustlosen Monaten gedehnt, die zusammen in nicht allzu ferner Zukunft ein Jahr ergeben.

„Tschüs, ihr alle, kommt gut nach Hause!" Ich wollte nicht erleichtert klingen, obwohl ich erleichtert war.

„Ja ja, Mutter Walton, wir passen schon auf uns auf", sagte Maya ehrfurchtsvoll und versuchte, sich den Indianerschal schwungvoll um die Schultern zu drapieren. Maya heißt eigentlich Marianne. „Das ist kein Name, das ist die Vorab-Rache meiner Mutter. Die hat mich nie gewollt, die hat mich schon als Fötus für meine Jugend gehasst", sagt Maya immer.

Karl küsste mich links und rechts und sagte: „Danke. War schön." Er rückte seinen Kragen zurecht wie ein Staatsanwalt. „Wir hören."

Gunter drückte mir maskulin die Hand und sah mich einen Moment zu lange an.

Ich wich seinem Blick aus: „Tschüs, Gunter. Passt auf euch auf."

Er nickte und folgte Karl. Ich schluckte kurz und dachte, dass unser Geheimnis in diesem Augenblick hätte auffliegen können. Für einen Moment lag die Wahrheit hinter meinem Gaumen wie die Reste eines schwer verdaulichen Abendessens beim Aufstoßen. Es brauchte nicht viel, ich hätte unser kleines Geheimnis ausgespuckt. An mir zog ein Film vorbei, ein Streifen über die möglichen Geheimnisse meiner besten Freunde. Was sagen sie mir nicht? Wie sehen ihre dunklen Seiten aus? Wie viel Leichen liegen in ihren Kellern?

Nicht einmal Maya weiß, dass ich mit dem Lover meines besten Freundes, der deshalb der beste ist, weil ihm die Konkurrenz fehlt, zweimal die Woche schlafe. So oft wie die beiden sich im Schnitt Eigentumswohnungen ansehen, dringt Gunter in mich ein. Ohne Vertrag, ohne Provision, ohne Kaution.

Karl erzählt mir seit gut drei Jahren, wie verliebt er in Gunter sei und dass er sich noch nie jemandem so nah gefühlt hätte, und seit knapp einem Jahr vögelt mich Gunter.

Aber so, mit der Wahrheit, kann man den Abend nicht beenden. Stattdessen müsste man ihn so beginnen: noch vor dem Hauptgericht die Tür abschließen, den Schlüssel zum Fenster rauswerfen und alle Katzen aus den Säcken lassen, das wäre doch ein Spaß!

Dass bei aller Liebe zu Gunter Karl sich heimlich in der nächsten Lederkneipe rumtreibt und meint, im Darkroom nicht gesehen zu werden, könnte sofort nachgeschoben werden. Ich weiß auch, dass Gunter nichts davon weiß, aber das ist fair, da Karl auch nichts von Gunter und mir ahnt. Ich weiß von Maya, dass sie sich ab und an mit einem Zahnarzt getroffen hat, der sich seit vier Jahren kontinuierlich nicht scheiden ließ und ihr statt der großen Liebe einen hartnäckigen Scheidenpilz schenkte.

Auch Jan wird seine dunkle Seite haben, obwohl ich mir nicht vorstellen kann, dass es etwas gibt, das stärker sein könnte als sein Phlegma.

Rechnete ich die Gunterficks zusammen und zöge ich die Summe der Ficks mit Jan ab, bliebe ein Rest, der mit jeder Woche größer wird.

Der Abend der Wahrheit! Eine Fernsehshow müsste so heißen. Linda de Mol mit Studiogästen oder Günter Jauch mit älteren Damen, die auf dem heißen Stuhl sitzen und ihren Männern vor Publikum sagen: „Heinz, die Gislinde, die is net von dir. (Schnüff.) Die ist vom Tschack." Dann kommt der baumgroße, stämmige Ex-GI Jack mit prallem Schritt die flimmernde Showtreppe runter, und *The Three Degrees* singen eine remixte Version von *When Will I See You Again*.

Jan winkte in der Wohnzimmertür: „Macht's gut, schön, dass ihr hier wart."

„Ja", bestätigte ich irritiert, verprellt durch die Tatsache, dass nicht er der Hausherr ist. Er hat weder Getränke eingekauft, noch hat er beim Kochen geholfen. Er hat keine Idee fürs Essen beigesteuert, keine Flasche Wein entkorkt und nicht einen Aschenbecher geleert zwischendurch. Er fragte auch nicht, ob er sich an den Ausgaben beteiligen könnte. Nicht, dass ich etwas erwarte. Ich weiß, dass er sich nichts leisten kann, aber die Frage an sich wäre schön gewesen. Ein Zeichen, dass er daran denkt.

Jan ist einfach nur gekommen, genau in dem Moment, als ich mit dem Spargelschälen fertig war und den Tisch deckte. Sein Timing ist immer perfekt. Gestern störte mich plötzlich seine Selbstverständlichkeit, die Wiederholung seiner Selbstverständlichkeit, seine permanente Existenz in meinem Leben, sein Dauerstudium, seine immer ungekämmten Locken und sein ewiges Dreißig-Minuten-zu-spät-kommen.

Nicht die Tatsache, dass wir beide auch nach fünf Jahren noch keine Meinung zu einer gemeinsamen Wohnung aufbringen können, fuhr mir in die Nase, sondern die Art, wie er sich als Gastgeber aufspielte. Er, der mich noch nie in seiner Ein-Zimmer-Traumwelt mit Hochbett, schmieriger Küchenzeile, kaputter Herdplatte und bunter Lichterkette an der Decke bekocht hat. Gerade er.

„Winke, winke, Hanni und Nanni", rief Maya in der Tür.

„Tschüs, Lala", sagte ich lustlos und lächelte. Karl nickte und tippte sich an die Schirmmütze, Gunter zwinkerte mir freundschaftlich zu. Und ich bekam für drei Sekunden eine Erektion.

Die Tür klappte zu, nachdem mich Maya kurz noch erschrocken angesehen hatte. Frauen fühlen so etwas. Die meisten jedenfalls. Abgesehen von meiner Mutter. Sie fühlt nur, wenn sich das Wetter ändert oder der RTL-Shop ein neues Sonderangebot im Sortiment hat.

Dann waren sie weg.

Jan klapperte in der Küche umher, aber nicht, um etwas zu tun, sondern um mich es tun zu lassen, um nur die Illusion zu erwecken, er konnte etwas beitragen.

„War doch ganz schön wieder", rief er halblaut.

„Ja", antwortete ich beflissen und mit einer Spur Gift, die mir auf der Zunge brannte. Ich ging vom Flur langsam durch das Wohnzimmer, sah mir den Esstisch an. Wut flammte in mir hoch wie Sodbrennen.

Die Amis sagen *heartburn*, wenn sie Sodbrennen meinen.

Herzbrand. Meiner kam gestern nicht vom Essen, er kam wirklich vom Herzen.

Jan hatte gerade einen Teller und ein Glas in die Küche gebracht. Eine immense Leistung. Er ist immer unpraktisch, aber dafür bin ich wiederum zu praktisch. Bevor ich zusehe, wie er unter Aufbietung all seiner logistischen Mittel es fertig bringt, den Tisch leer zu räumen, mach ich es lieber gleich selber. Wenn ich ihm tatenlos zusehen müsste, hätte ich mir schon eine Peitsche gekauft. Oder einen Elektroschocker.

Seine Langsamkeit, sein Langmut, seine Arschruhe, alles Dinge, für die ich ihn vor gar nicht langer Zeit geliebt hatte, gingen mir plötzlich auf die Nerven. Alles, was mir bislang Halt zu geben versprochen hatte, verwünschte ich. Jan gab mir Sicherheit, Ruhe und Beständigkeit – wie eine Grabstelle, die man mietet und im Voraus bezahlt für die nächsten fünfundzwanzig Jahre.

Und Jan machte mich aggressiv. Aber nicht zu aggressiv. Es war nur ein Druck im Hals, eine Art Verschluss, der zuschnappt, bevor ich etwas Gemeines sagen könnte, etwas Falsches. Aber wer sagt, dass es falsch wäre? Vielleicht wäre es richtig, Jan endlich Beine zu machen. Diesem großen schlaksigen Kind Anfang Dreißig, das sich nun seit mehr oder weniger fünf Jahren mehr oder weniger in meiner Wohnung aufhält und sich bekochen lässt und es nie fertig bringt, seine Jacke auf einen Bügel zu hängen, einfach den Laufpass zu geben.

Er stand in der Küche vor dem offenen Geschirrspüler und stellte das halbvolle Weinglas und den Teller auf das Küchenbord. So etwas tut er nicht aus Bosheit. Er vergisst nicht aus Niedertracht, das Glas auszugießen und mit dem Teller zusammen in die Maschine zu stellen; er kommt einfach nicht von selber darauf. Wenn man das weiß, verzeiht man ihm alles – oder man verzeiht ihm nichts.

Früher zahlte er mit Sex. Kein aufregender Sex, aber ausdauernd und kräftig, wie ein spanischer Stier im Rentenalter, hirnlos und stupide, aber hartnäckig stieß er zu. Das machte mich glücklich. Vielleicht funktionierte es, weil ich dachte, nur mir gelingt es, ihn wirklich aufregend zu finden. Eifersüchtig bin ich nicht.

Aber kann es sein, dass ich nur nicht eifersüchtig bin, weil ich glaube, dass außer mir niemand einen wie Jan aufregend finden könnte?

Zum wievielten Male sagte ich: „Lass mal, ich mach das schon."

Wie oft hat er schon gesagt: „Kann dir doch auch helfen." Um sich dann gleich zu verdrücken, wie immer.

Immer, immer, immer.

Das habe ich ihn jetzt fünf Jahre lang machen lassen, und wenn kein Erdrutsch, kein Terroranschlag oder kein Wort von mir dazwischenkommt, wird er es die nächsten fünf Jahre ebenso machen.

Zum ersten Mal gab ich der Geschirrspülertür einen Tritt, dass sie nach oben schlug und zurückprallte, weil der Verschluss keine Zeit hatte, zuzuschnappen. Es gab einen Riesenhieb, das halbvolle Glas auf der Arbeitsplatte zitterte.

Ich genoss den Nachhall. Nachts rummst so etwas weit effektiver als tagsüber. Dann goss ich den Rest Rotwein in die Spüle und wog das leichte, dünne Glas in der Hand. Es stand ja richtig auf dem Bord, denn ich würde es nie wagen, meine edlen Rotweingläser in den Geschirrspüler zu stellen. Trotzdem. Jan hatte sich nichts dabei gedacht, wie er sich nie etwas denkt.

Mein Wutanfall war etwas Kalkuliertes. Ich sah mir dabei zu wie bei einem Experiment, bei dem das Versuchskaninchen ich selber bin. Ich wollte Dinge tun, die ich noch nicht getan hatte. Ich wollte diesen Fluch der Wiederholung brechen gestern.

Jan kam um die Ecke, die Zahnbürste im Mund.

„Was ist 'n mit dir?" nuschelte er.

Ich drückte die Spülmaschinenklappe sanft zu, drehte mich zu ihm um und sah ihn ganz kalt, das Weinglas in der linken Hand, an.

War das nun alles? Dieser lange Lulatsch in Boxer-Shorts. Schmalbrüstig und mit hängenden Schultern. Auch für ihn tickte die Zeit; in allerspätestens fünf Jahren kauft ihm niemand mehr den Studenten ab, nicht mal er selber.

Vielleicht werde ich diese dunkelbraunen Locken, seine behaarten Beine und seinen passablen Schwanz vermissen. Aber ich muss nur auf den Anblick verzichten. Praktisch habe ich längst nichts mehr davon.

„Schläfst du heute mal bei dir?" fragte ich ruhig, aber bestimmt.

Er nahm die Zahnbürste aus dem Mund, ein Faden Schaum tropfte auf den Küchenboden.

„Wieso das denn?"

Er glotzte verständnislos und verletzt. Es tat mir weh. Doch sein Blick schmerzte nicht genug. Er verursachte einen feinen Riss, aber keinen Bruch.

Ich holte Luft, und dann sagte ich ruhig, und weil ich es so ruhig sagte, klang es doppelt boshaft: „Ich hab heute einfach keinen Bock auf keinen Sex."

„Was?"

Dann klirrte es.

Die zweite Premiere: Zum ersten Mal habe ich mutwillig ein Glas zerbrochen, noch dazu eines, das bei WMF nicht mehr im Programm geführt wird.

„Und lass deinen Schlüssel da."

Manchmal weiß man nicht, ob man etwas wirklich erlebt oder nur geträumt hat. Sätze, die man sagte, Dinge, die man sah, und Gedanken, die sich aufdrängten und verblassten, sind wieder gegenwärtig und gleichzeitig weit und unbestimmt.

Wie ein Name, der einem nicht einfällt, aber das Gesicht dazu ist überdeutlich.

Das Bild ist etwas überbelichtet. Es war ein Sommer, dessen Schatten fünfzehn Jahre lang ist.

Ich liege auf einer Decke am Baggersee und lese, oder ich tue wenigstens so. Ein Sonntag muss es gewesen sein. Der Mann etwa zehn Meter vor mir blättert auch in einem Buch. Er hat dunkle Augen, die ich nun sehe, weil er vorhin die Sonnenbrille auf die Stirn geschoben hat. Er sieht aus, als lächelte er die ganze Zeit, aber möglicherweise sieht er immer so aus. Harmlos und nett, in Wirklichkeit aber gefährlich und hintertrieben. Doch es ist ein Traum oder etwas in der Art, eine Begebenheit, die traumähnlich ist, die nie wirklich war, sondern in einem Zeitloch stattfand, aufgeladen mit Illusionen und im Nachhinein vergiftet und weggewischt mit vergeblichen Worten.

Es ist eine Wirklichkeit, von der man sich wünscht, sie wäre ein Traum, denn dann wäre etwas daran zu manipulieren, ein Film, dem der Regisseur ein anderes Ende verpasst, weil das Testpublikum zu viel geweint hat.

Wir blicken zur gleichen Zeit auf, sehen uns an und senken den Blick wieder auf unsere Lektüre. Das Spiel geht schon seit Stunden so, oder es kommt mir nur so lange vor.

Ich schließe die Augen, um nicht aufzuwachen.

„Darf man?" fragt eine Stimme neben mir.

Ich nicke und drücke die Lider fester zusammen, weil ich weiterträumen will, weil kein Schreck oder ein unbedachtes Geräusch mich aus der Situation herausreißen soll.

„Klar darf man", sage ich. Und langsam, ich liege auf dem Rücken, drehe ich den Kopf in die Richtung der Stimme.

„Pass auf, dass du keinen Sonnenbrand bekommst. Ich dachte schon, du schläfst."

„Nein, ich bin wach."

Augen auf. Ganz schnell. Wenn, dann sofort, wie der Sprung ins kalte Wasser. Wenn es ein Traum ist, dann lieber schnell ins richtige Leben, nicht warten, bis die Farben verblassen, das Bild dieses Mannes durchsichtig wird und sich entfernt. Nichts verblasst. Neben mir sitzt der Mann mit den dunklen Augen.

„Ich wollte dich nicht erschrecken."

Lächeln.

„Es ist alles gut."

„Ich bin Sebastian."

Er bewegt seinen Kopf, der eben noch die Sonne verdeckt hat. Sie gleißt und blendet. Mein Herz schlägt, dass ich es in meinem Kopf höre! Sebastian kann es wahrscheinlich hören, aber er ist weg. Um mich herum ist es dunkel.

Der Geruch von frischem Gras liegt noch in der Luft, und meine Haut spannt, als hätte ich bis eben wirklich in der Sonne gelegen.

Ich sollte den Traum aufschreiben. Aber ich muss es nicht tun, ich vergesse ihn nicht, denn ich habe ihn schon etliche Male geträumt. Jedenfalls scheint es mir so.

Er ist nicht unangenehm. Ich bin nicht froh über den Traum.

Nur diesen Geruch hinterlässt er, sonst nichts. Je mehr ich die Luft durch die Nase ziehe, desto dünner wird er und riecht wieder nach Schlafzimmer und Zigaretten. Der Traum ist zu kurz und doch lang genug, alle Bilder von damals wiederzufinden. Ich spüre den Zettel in meiner Faust, eine Quittung über ein Buch von *Eisenherz*. Sebastian hatte sie als Lesezeichen benutzt. Ich spüre das Papier klamm werden von meiner feuchten Handfläche und denke kurz daran, dass die Telefonnummer, die er mir mit Bleistift darauf geschrieben hat, verwischen könnte. Dennoch halte ich dieses Stück Papier in meiner Faust, als könnte es mir gestohlen werden.

Ich wusste in diesem Moment damals, oder scheint es mir nur so, dass dieser Zettel wichtig ist. Wie viel Visitenkarten, Bierdeckel und abgerissene Stücke von Zigarettenschachteln habe ich schon mit nach Hause gebracht? Sebastian hat seinen Namen kleingeschrieben.

Ich rufe noch am selben Abend an, nur wenige Stunden nach unserem Gespräch am See und nach dem Spaziergang durch den sonnigen Park zur Bahn.

Wir sehen uns zwei Tage später. Und dann sehen wir uns ständig.

Zwei Wochen lang gehen wir essen, ins Kino und fahren nach Ostberlin, was auch fast wie Kino ist für ihn damals. Für mich ist es ein Stummfilm, Bilder, die erst noch synchronisiert werden müssen, denen die Worte fehlen.

„Wie war es so im Osten?"

Sebastian stellt einfache Fragen und weiß nicht, was er damit anrichtet. Denn in dieser Zeit, in der wir uns begegnet sind, gibt es keine einfachen Fragen, weil die entsprechenden Antworten noch nicht gefunden sind.

Was hätte ich ihm erzählen sollen damals?

Alles klingt nach Verteidigung einer verlorenen Bastion.

Was könnte ich ihm heute alles sagen?

Das Leben funktioniert nur in der Gegenwart. Alles, was die Zukunft bringen kann, ist die Verfälschung der Vergangenheit. Selbst dem Moment ist nicht zu trauen.

Die fehlenden Farben, die ich erst dann vermisste, als ich nach Westberlin kam, und die alles, was nach Heimat aussah, danach haben verblassen lassen. Ja, der Osten verblasste vor meinen Augen.

Sogar die Sommer meiner Kindheit sind farblos geworden. Der geölte Dielenfußboden in der ersten Klasse und die erste Begegnung mit dem Verbot. Mein Radiergummi war heruntergefallen, ich konnte ihn nicht finden. Und Fräulein Steger, unsere Klassenlehrerin, deren Alter ich noch heute nicht schätzen kann, wenn ich mein Einschulungsbild ansehe, half mir suchen.

Und ich sagte: „Das gibt's doch in keinem Russenfilm!"

Und Fräulein Steger erstarrte, ihr Dauerlächeln, ihr Gesichtsausdruck, der permanent auf Verständnis und Nachsicht stand, vereiste.

„Das sagen wir aber nicht", wies sie mich barsch zurecht.

Und ich sagte diesen Satz nicht mehr. Obwohl mein Vater ihn ständig benutzte. Obwohl Großmutter ihn sagte, aber andere, wie einen harmlosen Witz, der einen nicht zum Lachen bringt, aber die Atmosphäre aufhellte.

„Alles Kommunisten", sagte er, bevor er am Kanalwähler unseres Rafena-Fernsehers herumfummelte, um „diese Ostscheiße" wegzudrehen.

Wir guckten kein Ostfernsehen.

Wie das Gerippe eines Wetterhahns zeigte die Antenne auf dem Dach nach Westen. Vater war in der BGL, der Betriebsgewerkschaftsleitung. Er hätte etwas werden können.

Es lag an ihm, meinte Mutter.

Jemand hatte Dachpappe im Betrieb geklaut und wurde dabei erwischt. Vater saß mit im BGL-Tribunal.

„Wenn's Dachpappe geben würde, bräuchte man sie auch nicht zu klauen", sagte er. Es war seine letzte BGL-Sitzung, er wurde ausgeschlossen.

Mutter erzählte mir das lange danach. Nach dem Zerfall, nach dem Verblassen, nach dem Überpinseln, nach der Lieferung der neuen Gerüche, nach dem Ausbau der Autobahn, der neuen Mischbatterie im Bad und nach der neuen Kaffeemaschine und nach dem Jakobs-Kaffee.

Heute muss sie den Kaffee selber kaufen, damals hat ihn Großmutter geschickt. Wir hatten immer Westkaffee im Haus, Westseife und Westfernsehen. Ich trug Westklamotten, das war alles, was ich als Panzer hatte, aber er funktionierte, hielt die anderen fern, umgab mich mit einer Aura des Verbotenen.

Aber ich bin aus dem Osten, und der Osten war kein Kostümfest, mehr ein Gesichtsausdruck, der so aussieht, als schiene einem die Sonne ins Gesicht. Noch heute erkenne ich Menschen, die genau so in die Welt blicken. Verkniffen, halb weinend, halb lachend, das Gesicht des ewigen Zuschauers, misstrauisch und grenzenlos naiv. Ich erkenne sie an ihrem Gang, an der verhaltenen Gestik, an der unterwürfigen Nettigkeit und der zur Schau getragenen Frustration. Vor allem aber an ihrer Art, Dinge nicht zu sagen, erkenne ich sie. Vielleicht sehe ich mich. Vielleicht sehe ich den, der ich gewesen sein muss und der noch da gewesen sein muss, als Sebastian mich traf.

Heute sage ich, dass alles falsch war.

Damals schien es richtig. Und es war wohl richtig in diesem geschlossenen Organismus, der Kopf stand – und mit ihm die Logik, der Verstand und jedes Gefühl. Kopf stehend leben und so tun, als hätte man beide Beine auf der Erde. Und wenn man Kopf steht, sieht es aus, als würde man lächeln, angestrengt sicher, weil die Balance Anstrengung verlangt.

Ich war zu bitter für mein Alter, als mich Sebastian traf.

Heimatlos. Ich will nicht zurück. Aber wenn es kein Zurück gibt, dann fehlt eine Möglichkeit. Verlässt einer sein Land, kann er zurück, wenn er will. Aber was ist, wenn einen das eigene Land verlässt?

Was sagte ich Sebastian auf seine Frage?

Heute weiß ich den Unterschied zwischen Damals und Jetzt.

Es ist die Art, wie man vorbeifahrenden Zügen winkt.

Wir winkten vorbeifahrenden Westautos, aber wir waren Kinder. Wir taten es, und wir schämten uns dafür. Erwachsene taten das nicht. Sie schämten sich, ohne zu winken.

Man kann naiv sein, aber unschuldig ist niemand.

Ich sah erwachsene Menschen winken und sich freuen, weil ein Zug vorbeifuhr, als ich ein Kind war und mit meiner Großmutter in den Harz fuhr. Die Sonne schien, es war ein Freitagabend, und die Menschen winkten uns, Fremden. Es kann auch sein, dass meine Großmutter daran Schuld war, dass ihr Winken alle befreit hat für diesen Moment, in dem unser Zug vorbeifuhr. Damals glaubte ich es. Und auch heute halte ich es für wahrscheinlich.

Und kurz nach der Wende, in einem Zug der Deutschen Reichsbahn nach Hannover fahrend, winkten wieder Menschen. Das hätten sie nicht tun müssen, niemand verlangte das, aber sie taten es, breitbeinig zwischen den Beeten ihrer Gärten, auf Hollywood-Schaukeln sitzend und aus Fenstern lehnend. Sie freuten sich.

Sebastian und ich liebten uns in seiner Wohnung, denn meine hatte als Bett nur eine Matratze auf dem Boden und das Klo eine ganze Treppe weiter unten. Vielleicht hat er mir angesehen, dass ich nicht bei ihm war. Nicht wirklich. Ich sah ihn an, ich sah ihm zu, immer ängstlich Abstand haltend.

„Erzähl doch", sagte er am Morgen und brühte Kaffee auf in einer dieser Glaskannen, in denen man das Kaffeepulver mit einem Sieb hinunterdrückt. Sebastian war ein Traum. Schon damals. Er fiel meinem Misstrauen zum Opfer, meinem Misstrauen, mit dem ich die Realität beobachtete. Ich konsumierte Wirklichkeit vorsichtig wie eine Droge, die krank, dick und träge machen kann, wenn man zu viel davon bekommt. Schon damals tat ich das. Und heute vielleicht immer noch.

Sebastian hat sich davongemacht. Heute würde ich es verstehen. Während dieser drei Monate, in denen ich Sebastian nicht liebte, lernte er Herbert kennen. Ich bemerkte das nicht.

Ich war bei Sebastian zum Essen eingeladen, sehr spontan, und am Tisch saß schon jemand.

„Das ist der Herbert."

Ich musste nicht vorgestellt werden, offensichtlich. Ich witterte, und ich ahnte, und eigentlich wusste ich es. Ich musste diesem Herbert nur offen ins Gesicht sehen, da war es klar.

„Setz dich hin."

Sebastian ging in die Küche zurück. Mir gegenüber saß Herbert, zwischen uns ein Tisch, der für drei gedeckt war. Es gibt keine Zufälle, weil wir sie erfinden und passieren lassen in unseren Träumen.

„Du bist also aus dem Osten. Ich kenn noch gar niemanden von drüben", sagte Herbert.

Es war sicher freundlich gemeint. Mit all der Herablassung und Überheblichkeit, der angewiderten Neugierde, dem routinierten Lächeln, war es doch freundlich. Sicher.

Ich nickte und lächelte. Es war sicher kein nettes Lächeln, das weiß ich, ich fühlte meine Gesichtszüge dabei brennen, ich versuchte, Häme und Bitterkeit zu verbergen, die Fassade glatt zu ziehen wie eine verluderte Bettdecke.

„Ich war noch gar nicht drüben. Sebastian will mir das mal zeigen."

Es knallte in meinem Kopf. Herbert stützte die Ellbogen auf und verschränkte die Hände. Der oberste Knopf seines hellblauen Hemdes stand offen, alles an ihm war frisch gebügelt. Sogar sein Scheitel.

„Viel Spaß", sagte ich.

Ich sagte es, stand auf und ging durch das Wohnzimmer in den Flur an der offenen Küchentür vorbei, Sebastian schnitt Tomaten auf, sah mich, ich sah ihn, er lächelte. Aber im nächsten Sekundenbruchteil stand sein Mund offen, verständnislos und unsicher, weil er die Wohnungstür zuschlagen hörte.

Dann war ich weg.

Im Bad riecht meine Pisse nach Spargel.

Dann spüle ich und bürste wütend die Schüssel nach, weil es jemand gestern Abend nicht getan hat. Jan hat die Bürste nie benutzt, fünf Jahre lang hat er mein Klo voll geschissen und sich nie um die Streifen gekümmert. Dreimal betätige ich den Druckspüler. Wer bin ich eigentlich, dass ich mir das bieten lasse? Noch dazu so lange?

Jemand hat den Spiegel angetatscht. Drei vollständige Fingerabdrücke. Natürlich Jan. Wahrscheinlich wollte er einen Mitesser ausdrücken. Ich wische den Spiegel blank, sonst ärgere ich mich morgen abermals darüber. Andere Männer hinterlassen Spuren im Herzen, Jan hinterlässt sie im Klo.

Die Uhr zeigt halb drei. Mir scheint, ich wäre wach, aber ich will es nicht sein.

Was will ich überhaupt? In der Küche liegen Scherben. Bin ich übermütig? Kriecht die Midlife-Crisis wie ein Reptil heran, oder was man dafür hält, was die Pharma-Industrie und die allgemeine Vorstellung von Selbstverwirklichung daraus gemacht hat? Ich fühle mich wirklich genug, auch wenn mir diese Wirklichkeit nicht passt.

Die Wohnung ist dunkel und still, nur der Spülkasten rauscht noch. Auf dem Tisch steht eine angebrochene Flasche Wein. Ich war nicht besoffen. Also setze ich mich in meine dunkle Wohnung, in meinen dunkelblauen Sessel, der einzige Punkt, den Jan nie annektiert hat, den ich behauptete und als „meinen" markierte.

Theorien zur Krise um die vierzig. Vielleicht ist es nur das kollektive Gedächtnis, das mit dem Tod rechnet, weil noch bis Mitte des 19. Jahrhunderts die Leute nicht viel älter geworden sind. Nun stellt sich unser Körper immer noch auf den Tod ein, stirbt aber nicht, weil die Lebenserwartung gestiegen ist, dank 35-Stundenwoche, SPD und Frauenbewegung, Urlaubsanspruch, keimfreiem Wasser, dank fehlender Todesstrafe, Valium, Aspirin und Joghurt aus Tirol, und nun haben wir den Salat.

Gehöre ich ab jetzt zu den Zombies, die eigentlich schon gestorben sein müssten? Die meinen, ab sofort jede verbleibende Minute sinnvoll und aktiv füllen zu müssen? Heute beginnt der Rest deines Lebens! Ich kaufe mir ein Fahrrad und den Telekom-Dress von Jan Ulrich, natürlich eine Nummer zu eng, und radle an den Wochenenden mit albernem, windschlüpfigem Helm in der Vorstadt herum. Das sind Aussichten.

Nicht mal eine Rasierklinge habe ich im Haus. Mein Rasierer taugt nicht zum Umbringen, der von Gillette hat zwar drei Klingen, aber den Pulsadern hilft das nicht. Kein Wunder, dass die Lebenserwartung steigt.

Wir müssten also sterben, wollen es im Innern vielleicht sogar, und nun sterben wir nicht, das ist die ganze Geschichte. Nur Schuldkomplexe, nichts weiter. Ich sollte Mutter anrufen, die kennt sich mit so was aus.

Aber um diese Zeit schläft sie entweder wirklich, oder sie sitzt bereits im Nachthemd auf der Wohnzimmercouch, weil der TV-Shop die besten Sonderangebote zusammenfasst und sie mit dem Mitschreiben der Bestellnummern nicht hinterher kommt. Wenigstens trägt sie, seit sie den Shopping-Kanal entdeckt hat, ihre Brille und tut nicht so, als bräuchte sie keine. Ich sollte mir wirklich wünschen, früher zu sterben, sonst bin ich es, der ihre Sammlung von schätzungsweise 1750 Puppen aus feinstem Biskuitporzellan erben wird. Kleine, grinsende Puppengesichter mit unheimlichen Locken umrahmt, die man Kindern unter das Bett legt, um sicher zu gehen, dass sie weiter an Monster glauben. Das wäre längst nicht alles aus dem Vermächtnis meiner Mutter.

Vor- und Nachkriegssammeltassen, so hässlich, dass selbst das Schicksal sie gnädig weiterwinkt und vor dem Zerbrechen bewahrt, sämtliche Jahrgänge von *Frau im Spiegel* seit der Wende, bei denen ich die begonnenen Kreuzworträtsel fertig lösen könnte bis ans Ende meiner Tage, gute, alte leinene Tischdecken und Bettwäsche, die noch mit dem Monogramm des Mädchennamens meiner Großmutter bestickt sind, etwa vierzig Paar Gesundheitsschuhe. Nicht mitgerechnet ihre Nippes, bei denen die Entsorgung mehr kosten wird, als meine Mutter dafür je berappen musste. Hinzu kommen diverse Topfsets, Vakuumfrischhaltepumpen, elektrische Messer und eine Mikrowelle in Magenta, auf der eine neunköpfige Matroschka steht.

Wäre meine Mutter nicht so ordentlich, wäre sie ein Messie.

Und eventuell ein paar Euro auf der Bank sind noch da für mich, mit denen ich jedoch nicht rechne. Zumal mein Bruder, älter als ich und noch lebloser, drei Kinder hat.

Ich trinke einen Schluck Rotwein aus der Flasche und gehe zurück ins Bad. Der Spiegel ist zwar sauber, aber ich gehe auf Nummer sicher und arbeite mit Glas-und-Flächen-Spray hinterher.

Wenn ich schon mal im Bad bin, kann ich es auch sauber machen. Ich liebe die WC-Reiniger-Pistole, ich stelle auf Aktivschaum und beginne mit der Badewannenarmatur.

Gedanken sollte ich mir lieber darüber machen, wer bei meiner Lebensversicherung in meinem Todesfall begünstigt werden soll. Eine wohltätige Vereinigung, die Aids-Hilfe vielleicht. Menschen zu helfen, die man nicht kennt, ist angenehmer.

Meinem Bruder mit Familie könnte ich die drei Porno-DVDs, die *My-Fair-Lady-Directors-Cut-Special*-Box und den Computer hinterlassen. Letzteres natürlich mit allen gut sortierten Schweinebildern drauf, mit allen versauten E-Mails und dem Ordner, in dem sich die Pics befinden, die mich, oder zumindest Körperteile von mir, beim Sex zeigen.

Langsam legt sich der Chemiegeruch des Badezimmerreinigers auf meine Lunge. Ich spüle die Armaturen ab und die Badewanne aus. Diesen Glanz liebe ich.

Aber nun muss ich ihn verlassen, denn das Bad wird nicht sauberer, wenn ich hier stehen bleibe und dem Dröhnen des Ventilators zuhöre. Es ist noch dunkel, aber nicht mehr ganz dunkel. Ich taste mich durch die Wohnung. Plötzlich fallen mir die Scherben in der Küche ein. Wieder einen großen Schritt, denn die Zigaretten liegen auf dem Küchenbord.

Nur eine Zigarette ist noch in der Schachtel. Jetzt sollte ich aufhören, diese letzte Kippe genießen, verdammen, ausdrücken oder gleich zum Fenster hinauswerfen, neu anfangen, alles ändern, Sport machen, nach Kanada auswandern, dunkelhäutige Kinder adoptieren, Bungee springen, den Job kündigen, anfangen, in Acryl zu malen, Haare blond färben, ein neues Ess-Service kaufen oder eine Wohnung in Stadt-Mitte, Mutter verzeihen, dass sie meine Mutter ist, Vater einen Brief in seinen Reihenhaus-Gulag schreiben und Grüße an seine Gattin schicken, für die er uns verlassen hat, und sie endlich offiziell „Blondmuschi" nennen, weil ich sie bisher nur inoffiziell so tituliere, obwohl ich verstehe, dass er es nicht ausgehalten hat bei Mutter. Aber er hätte mich mitnehmen können, obwohl ich schon vierzehn und aus dem Gröbsten raus war. Mein Bruder, elf Jahre älter, hatte mit achtzehn geheiratet, und seine Frau hat gleich mit dem Brüten begonnen.

Die Amis schreiben Listen, was sie im Leben erreichen wollen, um irgendwann nachlesen zu können, was sie alles nicht getan haben. Vielleicht wäre eine Liste von Dingen, die ich nicht will, ganz gut.

Die Kippe schmeckt nicht, ich rauche dennoch weiter, knipse die Schreibtischlampe an und setze mich an den Schreibtisch.

Was soll das alles? Es ist nicht die letzte Zigarette, weil ich gestern drei Schachteln gekauft habe.

Jan ist weg, und es scheint für einen Moment, als wäre ich kurz davor, ihn anzurufen, als hätte ich einen Fehler gemacht vor ein paar Stunden. Doch ich weiß, dass es kein Fehler ist und die einzige Nachlässigkeit darin besteht, so feige gewesen zu sein, Jan nicht früher weggeschickt zu haben. Erklären kann ich es ihm nicht. Noch nicht, er würde es nicht verstehen. Aber er hat ebenso wenig verstanden, warum wir zusammen waren, also macht es keinen Unterschied. Vielleicht sind Menschen wie Jan zu beneiden.

Vielleicht schläft er ruhig und nimmt es hin. Wie alles.

Noch klopft mein Herz, die Zigarette schmeckt lustlos und fad. Ich sollte doch aufhören, und wenn im linken Küchenschrankfach keine Schachtel mehr liegt, höre ich auf. Und sei es nur, um das Geld zu sparen, um es dem steuergierigen Staat nicht allzu leicht zu machen, mich auszunehmen, zu schröpfen und so zu tun, als hätten werdende Mütter etwas davon, wenn ich rauche. Oder ich würde die Allgemeinheit belasten, weil ich Krebs kriege oder mir ein Raucherbein abgenommen werden muss. Es wird nicht viel teurer werden als die Behandlung einer diabeteskranken Beamtin, eines cholesterinverseuchten Oberstudienrates, der wegen undefinierbarer Rückenschmerzen Ende vierzig in Pension geschickt wird, um mit seiner als Hausfrau getarnten Gattin Tennis zu spielen, oder das Viagra Rezept für einen pfiffigen Sozialhilfe-Rentner, nicht zu vergessen die fetten Kinder. Allein in meinem Haus kommen sie kaum die Treppen hoch in ihren Lifestyle-Klamotten, mit ihren feisten, zahnspangigen und selbstzufriedenen McDonald's-Fressen.

So sehr es mich jedes Mal drängt, der kleinen, fetten Camilla von gegenüber, vollständig heißt sie Camilla-Magdalene Schurke-Waldner, die einen stur anglotzt und nicht mal „Tag" sagt, weil es ihr niemand beigebracht hat, eine zu klatschen, bin ich mir bewusst, dass den Eltern eine gescheuert gehört. Das Kind könnte ich präparieren lassen und meiner Mutter schenken für ihre Puppensammlung.

Alles ist teuer, alles muss bezahlt werden.

Aber ich rauche, die Zigarette geht zu Ende, ich bin wütend und weiß nicht, warum.

Jan ist gegangen. Sofort. Er zog sich an in einer völlig neuen Geschwindigkeit. Innerhalb von fünf Minuten war er fort, ich habe kurz geweint. Heftig, laut und der Vollständigkeit halber. Dann war ich erleichtert.

Diese Leere, vor der ich mich immer ängstigte, die mich wahrscheinlich auch bei Jan gehalten hat, bewusst oder unbewusst – das kann mir Maya später erläutern -, diese Leere scheint ihren Schrecken verloren zu haben. Für den Moment jedenfalls. Vielleicht hält dieses Gefühl nur diesen Morgen an, diesen Tag möglicherweise oder diese Woche, aber ich fühle es – und das ist endlich einmal keine Wiederholung.

Das Bett riecht nicht nach Jan. Er hat nicht einmal beim Sex geschwitzt, schon gar nicht ohne Sex. Ein schwarzes Schamhaar liegt auf dem Laken, weiter nichts.

Ich onaniere, ohne an Jan denken zu müssen. Wieso fühlt man sich schuldig, wenn man beim Wichsen nicht an den Partner denkt? Die Kontrolle über die Fantasie ist, was ich an Beziehungen hasse.

Ohne Jan war der Sex mit Jan aufregender. Der Sex mit Jan, war nur durch den Sex mit Gunter zu ertragen. Gunter wird wieder kommen diese Woche, und die Vorfreude allein ist ein Grund, sich selbst zu befriedigen.

Ich mache einen großen Schritt über die Scherben, um die Kaffeemaschine anzuwerfen. Es ist nicht spät, kurz nach neun. Glas knirscht unter meinen Sohlen.

Eigentlich bin ich nicht ausgeschlafen, aber trotzdem herrlich wach.

Sonntag. Ich werde keine Brötchen holen, weil niemand da ist, der blöde grunzt, wenn keine da sind, aber zu faul ist, selber zum Bäcker zu gehen.

Heute muss ich keine kaufen. Oder ich sollte extra welche holen, weil ich es mir wert bin, weil ich wichtiger bin als ein phlegmatischer Dauerstudent, der seine Fürze ohne Rücksicht unter der Bettdecke gelassen hat. Wieso spricht kein Ratgeber über das Furzen in Beziehungen?

Irgendwann tut man's.

Man sitzt sich gegenüber am Tisch, einer hebt das Becken, hält dic Luft an und drückt ab. Laut und ungehemmt. Am Anfang kichert man noch, sagt „du Sau" und freut sich an der Normalität, als wäre ein freimütig entlassener und nicht unterdrückter Furz eine Liebeserklärung, weil sich der Furzer wie zu Hause fühlt, und das ist ja auch schön irgendwie.

Wann wird aber aus einem Liebeserklärungs-Furz ein Frust-Pups aus Missachtung und Gleichgültigkeit? Wenn man mit dem Kopf schüttelt und abfällig und verletzt sagt: „Du bist doch 'ne Sau." Es soll wie ein Witz klingen. Man macht ein Fenster auf oder verlässt das Zimmer. Aber es ist kein Witz.

Jan war meine einzige Beziehung, in der völlige Offenheit beim Furzen herrschte.

Er ist mein dritter Freund gewesen. Er kam nach Marcel und Tim, mit beiden dauerte es jeweils keine zwei Jahre.

Ich war eigentlich nie allein. Zwischen den langen Beziehungen lagen kurze, vermeintlich ernsthafte Versuche, halbherzig und doppelzüngig. Ich müsste die alten Kalender hervorholen, um die Namen aufzulisten. Mir fällt jetzt keiner ein.

Nur Sebastian.

Aber Sebastian rechne ich nicht mit. Drei Monate zählen nicht, auch wenn es die wichtigsten zu sein scheinen im Rückblick. Sebastian hat mich mehr gekostet als alle anderen zusammen.

Aber drei Monate sind nicht ernst zu nehmen. Daher streiche ich Sebastian von der Liste, die ich nicht aufstellen werde.

Wenn die Liebe des Lebens in einen Messbecher geschüttet wird, dann muss sie Jahre füllen und nicht bei einem Teilstrich enden, an dem „drei Monate" steht.

Marcel und Tim. Tim gehört zu den Leuten, die man einmal im Jahr beim CSD oder auf dem Straßenfest wiedersieht. Man freut und umarmt sich, verspricht, anzurufen, und schiebt es hinaus.

Nie habe ich mir Gedanken darüber gemacht, nie versuchte ich, das zu verstehen. Es war vorbei, als es vorbei war. Tim schlief herum, ging fremd, das tat er immer, und blieb hängen bei einem zehn Jahre älteren Studienrat. Soviel ich weiß, sind sie heute noch zusammen. Von Marcel hörte ich nach unserer Trennung nie wieder etwas. Er hatte sich mit HIV infiziert, wahrscheinlich während unserer Zeit. Meine einzige Angst war, dass er mich angesteckt haben könnte. Als ich mein negatives Ergebnis abholte, spürte ich, dass Marcel nicht wichtig war, dass mir mehr an diesem verdammten Laborausdruck lag und ich nicht bei ihm sein würde, um zu sagen: „Wir schaffen das schon."

Er zog sich zurück, und ich folgte ihm nicht. Das tat ihm weh, glaube ich. Ob mir die Feigheit damals meine Gefühle diktierte, kann ich nicht sagen. Vielleicht war es feige, ihn damit allein zu lassen. Aber ich wäre sicher auch unter anderen Umständen gegangen.

Nein, das wird keine *tour de farce* durch meine Geschichte. Das wird einfach ein Sonntag auf dem Balkon. Ohne Jan. Ab sofort. Allein. Kein Rückblick, keine Frage nach vergangenen Fehlern und falschen Worten zur falschen Zeit.

Wir haben uns alles gesagt. Ich zumindest habe alles gesagt. Mehr wäre vielleicht möglich gewesen, aber ich merkte es nicht oder unterließ es aus anderen Gründen. Es gibt immer Gründe. Und solche Gründe werden immer vergessen.

Vielleicht hätte ich Marcel nicht alleine lassen und ihm wenigstens die Ehre eines offiziellen Endes gewähren sollen. Kann sein, ich hätte Tim zuvorkommen, ihm nicht den Triumph gönnen sollen, mich zu verlassen für einen alten Mann. Aber das alles tat ich nicht.

Sebastian wohnt irgendwo in Brandenburg. Er hat einen langweiligen Freund, der Herbert heißt, sie führen ein Hotel oder eine Pension. Wir schreiben uns seit zehn Jahren Karten zu Ostern und zu Weihnachten. Er schickt immer die geschmackvolleren und edleren Karten. Ich sende die einfachen, die nachlässigen, die, die ich in meinem Büroschrank finde, die ich in irgendeiner Bar aufgelesen habe.

Sebastian. Drei Monate und Grußkarten. Das ist alles.

Und mehr soll da auch nicht sein.

Jan denke ich schon in der Vergangenheit. Ich war mit ihm zusammen, und nun bin ich es nicht mehr. Gestern habe ich eine Entscheidung getroffen, die aussah wie ein Verbrechen im Affekt. Jan wird vielleicht noch einmal kommen, wird seine paar Sachen holen, mich bitten, alles zu überdenken. Oder er lässt es.

Es ist egal heute.

Und Sebastian ist egal. Ich weiß es. Obwohl ich seinen Namen denke. Obwohl er sofort an die Leerstelle rutscht, an der Jan die letzten Jahre steckte, wie ein Groschen, der nicht fallen wollte.

Zum ersten Mal bin ich allein, ohne einen Ersatzmann auf der Bank.

Und der Gedanke ist klar, so beruhigend wie erschreckend. Ich stehe auf, bleibe einen Moment stehen, bin leer, dann gehe ich in die Küche, um die Scherben zusammenzukehren.

„Was war das denn gestern Abend?"

Maya sagt weder „guten Morgen", noch entschuldigt sie sich für den frühen Anruf. Auf die Idee, dass sie stören könnte, ist sie nie gekommen, auch heute nicht.

„Was war was? Nichts war."

„Herz, du kannst eine alte Frau nicht verarschen. Mit euch ist etwas, und es ist wichtig."

Mayas sechster Sinn, der sie immer im Stich zu lassen scheint, wenn es um ihre eigenen Angelegenheiten geht, funktioniert.

„Wie kommst du denn da drauf? Es ist nicht mal neun, Maya."

„Erzähl mir nichts. Was ist los? Ich hab dich gestern in deinem Flur stehen sehen und hab gewusst, dass was passieren wird, das habe ich gesehen."

„Ach ja, das hast du gesehen."

„Ja, das hab ich. Nun erzähle, oder bring mich in die Geschlossene."

„Ach, Maya."

„Also ist was passiert." Sie triumphiert, obwohl sie nicht triumphierend klingt.

„Ich habe eins von den scheißteuren WMF-Gläsern zerbrochen."

„O mein Gott", sagt sie wie die Synchronstimme von Shirley MacLaine. Sie macht mich wütend. Ich bin der Schwule, sie ist die Freundin, bis heute weiß ich nicht, wie sich derlei Beziehungen organisieren, wieso sich diese Frauen, die nur immer entbehren, scheinbar nie das bekommen, was sie sich wünschen und was ihnen gerecht werden könnte, warum sie gerade an Männern wie uns hängen. Wir sind ein weiteres Beispiel für etwas, das sie nie richtig besitzen werden. Vielleicht ist diese klamme Nähe zur unerreichbaren Erfüllung eine Art Befriedigung. Aber Maya ist meine Freundin, und sie hat Tage, an denen sie charmant, witzig und locker drauf ist. Was sie in ihrem eigenen Leben übersieht, durchschaut sie in meinem.

„Und dann?"

„Dann hab ich mit Jan Schluss gemacht."

„Ach."

„Ja."

„So plötzlich?" Sie klingt spitz.

„Wahrscheinlich, aber blöderweise kommt mir das gar nicht so plötzlich vor, irgendwie."

„Mir kommt das auch nicht plötzlich vor. Darauf warte ich schon mindestens fünf Jahre."

„Wie bitte?"

„Ach, komm, ich wollte immer mal wissen, was dich an Jan überhaupt fasziniert hat. Aufregend war er nicht, das musst du zugeben."

„Wo die Liebe hinfällt."

„Ja, genau, das habe ich mir auch bestimmt dreiundneunzig Mal gesagt, wenn dein Lover einen ganzen Abend lang nicht mal einen vollständigen Satz rausgekriegt hat. Erst hab ich gedacht, er ist schüchtern, dann, mit der Zeit, hat's wie Arroganz ausgesehen. Aber weil ich nun gar nicht rausgefunden habe, warum gerade Jan arrogant sein könnte, dann – und ich habe mir das nicht leicht gemacht, mein Lieber -, dann ist es mir aufgegangen: Es ist Dummheit. Die blanke Blödheit. Ignoranz. Stur und dumm. Ganz einfach. Und weil ich da selber Jahre zu gebraucht habe, um draufzukommen, hast du mildernde Umstände."

Maya holt Luft, und es entsteht eine Pause, die ich noch etwas dauern lasse, weil Maya jetzt wartet. Sie hat alles gesagt, es schießt immer so aus ihr heraus. Sie knallt einem ihre Erkenntnis-Pakete in Würfelform vor die Füße. Wie ein Suppenextrakt, das man nur noch in Wasser auflösen muss, um es überhaupt verdauen zu können.

„So blöd war er nun auch wieder nicht, aber wahrscheinlich hast du Recht. Das ist gemein, aber wahrscheinlich ist es wahr."

„Hm. Jedenfalls ist deine Maya froh, dass du das Glas zerkloppt hast, kannst du mit den anderen fünf auch machen. Konnte die auch nie leiden. Deine ollen Protzgläser von WMF."

„He, die sind von Mutti."

„Wenn die von deiner Mutter sind, dann wären die nicht von WMF, sondern von *Conny's Container*."

Mayas Mutter lebt in einem Heim, und Maya geht immer wieder hin, obwohl sie es nicht erträgt, weil sie irgendwie darauf wartet, dass ihre Mutter zugibt, sie nie geliebt zu haben, und dass Maya alles andere als ein Wunschkind war. Doch Mutter hat zwei Schlaganfälle hinter sich und kann kaum noch reden.

Ob sie es hört und versteht, wenn Maya ihr die Meinung sagt, bezweifle ich. Vielleicht tut es Maya auch nur deshalb, weil sie weiß, dass ihre Mutter den Inhalt ihrer Tiraden nicht begreift.

„Ja, du hast wieder Recht, ich hab mir die Gläser selber gekauft, Scheiße."

Maya kichert kurz.

„Was gibt's denn da zu lachen?"

„Es ist zu blöd. Deine bescheuerte Freundin ruft dich sonntags in aller Herrgottsfrühe an, bloß weil sie eine Ahnung hat, und dann hat sie auch noch Recht. Das ist doch blöd."

„Ja, das ist es. Eigentlich."

„Und nun?"

„Nichts nun, ich bin Single. Hat ja auch was."

„Mal sehen, wie lange du das aushältst. Bis jetzt hast du dich immer gleich wieder umgeguckt und irgendwas gefunden."

„Nein."

„Nein? Ich hab mich manchmal gewundert, dass du dir die neuen Namen so schnell merken konntest."

„Sei nicht so spitz."

„Wenn wir schon mal dabei sind, dann richtig."

„Ich bin Single, und das bleibt jetzt erst mal so."

„Ich erinnere dich dran, Herz."

„Da bin ich mir sicher, Schatz."

„So."

„Was denn?"

„Deine beste Freundin macht jetzt Maniküre und einen faulen Sonntag. Falls was ist, ruf an."

„Wenn was ist, dann merkst du das wahrscheinlich früher als ich."

„Werden wir sehen."

„Sehen wir."

Sie legt auf, genauso wie sie angerufen hat. Ohne Gruß.

Das ist Maya. Die einzige Person auf diesem Planeten, bei der ich an Esoterik glaube.

Ich gehe auf meinen Balkon und setze mich hin. Die Sonne ist noch nicht um das Haus gewandert; sie wird erst kurz nach Mittag kommen. Ein Vorteil, wenn man arbeitet: Man hat sie am späten Nachmittag. Der Nachteil an einem Sonntag: Man vermisst sie am Morgen.

Jan war dumm. Ein dummer Student. Das ist nicht schlimm, davon gibt es tausende. Schockierend ist wahrscheinlich nur die Tatsache, dass ich es nicht bemerkt habe.

Und ich bin mir nicht einmal sicher, ob er mich vermissen wird. Er tut mir ein bisschen Leid, weil es wahrscheinlich lange dauern könnte, bis er wieder jemanden kennen lernt, der sein Schweigen erträgt, der ein Geheimnis dahinter vermutet und dann, wenn er entdeckt, dass da kein Geheimnis ist, ihn so lieb gewonnen hat, dass es nicht mehr von Belang ist. Ich würde es ihm wünschen, denn er ist ein guter Kerl, harmlos auf eine Art. Aber ich sage es ihm nicht, weil man sich solche Dinge nicht sagt, nachdem man Schluss gemacht hat. Man hätte sie vorher sagen müssen. Doch das tat ich nicht.

„Hab's kaum erwarten können", sagt Gunter und zieht sich im Flur die Schuhe aus, atmet tief, küsst mich gierig, lässt sich blind die Jacke ausziehen, dann das T-Shirt, die Jeans, die Unterhose, wir lecken uns die Gesichter nass. Er zieht mir das Hemd über die Schultern, schiebt mich ins Wohnzimmer. Vor zwanzig Minuten hat er angerufen, gesagt, dass Karl schon auf Dienstreise ist, und gefragt, ob ich zu Hause bin. Nicht ob ich Zeit oder Lust habe, nur ob ich hier bin. Er setzt voraus, dass ich ihn empfange. Und das tue ich.

Seit zwei Tagen bin ich Single. Gestern rief ich morgens bei meinem Chef Herrn Dr. Frei an, um Urlaub zu nehmen und um mein Überstundenkonto leerzuräumen. Drei Wochen. Er verband mich mit Herrn Gasser, unserem Personalchef.

„Wenn das so sein muss, kann ich Ihnen das nicht verwehren", meinte er.

„Irgendwann muss ich ja mal", sagte ich.

„Also drei Wochen. Dann machen Sie das. Mir ist es lieber, Sie sind dann im Sommer da."

Ich bin immer im Sommer da und halte die Stellung für die Muttis und Vatis der Abteilung, keine Frage. Ich bin der einzige alleinstehende Mitarbeiter. Selbst mit Jan galt ich bei meinen Kollegen als nicht liiert.

„Vier Wochen", entgegnete ich Gasser wie ein Pokerspieler mit dem Blatt seines Lebens. Dabei lag nur der Zettel mit all meinen Überstunden und den Urlaubstagen vor mir.

„Meinetwegen", sagte er.

„Danke", sagte ich nach einer Pause, verwundert darüber, dass er mir diese vier Wochen kampflos überließ.

„Aber dann sind Sie wieder fit."

Ich sagte nicht, dass ich krank bin, doch ich widersprach nicht.

„Ja."

Und jetzt ist Gunter hier an einem Dienstagnachmittag und wälzt sich mit mir auf dem Wohnzimmerteppich, küsst mich immer noch und hält mich fest.

Gunter grabscht sich ein Kondom und dreht mich um, hält mich weiter fest, liegt ganz auf mir und beißt in mein Genick, als wäre ich das Karnickel und er der Wolf.

Single und frei, alle Zeit der Welt, vier Wochen Urlaub.

Ich werde Mutter nicht besuchen, ich werde nicht zu Vater fahren und habe keine Ahnung, was ich mit dieser Zeit anfangen werde. Nichts Nützliches, so viel steht fest. Keine Wohnungsrenovierung oder so etwas. Nichts, was man sonst tun würde, wenn eine Fläche von vier Wochen Zeit sich vor einem ausbreitet wie ein windstilles Meer.

Gunter findet den Rhythmus, nachdem er mein Schloss sorgfältig und vorsichtig geknackt hat.

Keine Pläne, nichts, Gunter stöhnt, und ich stöhne mit, ohne Gedanken, ohne Plan. Ich bin leer, nur Gunter ist in mir. Vier Wochen Sex sollte ich haben. Nicht nur mit Gunter. Eine Sex-

Tournee durch Europa, solange ich noch einigermaßen fest im Fleisch bin.

Aber ich denke nichts, Gunter will nicht mehr auf dem Teppich, er zerrt mich ins Bett, bis ihm das langweilig wird, dann probiert er zum x-ten Mal den Esstisch aus, das Stück Arbeitsplatte neben der Spüle, mein Hinterkopf gegen die Schranktür mit den Gläsern, die leicht klirren. Er dreht mich, meine Stirn am kühlen Glas des Küchenfensters, dann die Couch, im Bad vor dem Spiegel, genau dort, wo er sich und mich bewundert, mich taxiert wie ein elektrisches Gerät, das nur funktioniert, weil er den Stecker nicht zieht. Dann kommt Gunter, pumpt einen Energieschub in mich hinein, lädt meine Batterie. Ich brauche den Sex mit ihm, auch ohne Jan.

Wir lächeln uns im Spiegel an. Wir müssten niederträchtig grinsen, böse und hinterhältig. Wir sind Betrüger. Er betrügt seinen Kerl, und ich betrüge meinen besten Freund. Wir sind die Bösen in diesem Stück. Zwei Seifenopern-Flittchen in einer billigen Groschensituation. Eigentlich müssten wir bestraft werden, bevor der Vorhang fällt. Aber bisher ist kein böses Ende in Sicht, also lächeln wir glücklich und beängstigend frei im Spiegel meines Badezimmers.

„Duschen?" frage ich.

„Gleich", flüstert er. „erst eine rauchen."

Er fläzt sich auf die Couch, winkt, und ich setze mich auf den Boden zwischen seine Beine, seine Hand auf meiner Schulter, neben sich den Aschenbecher.

Er zieht, seufzt und sagt: „Gott."

Ich nicke.

Die Zeit streicht vorbei wie eine launische Katze, die plötzlich, nachdem sie lange spröde und zickig gefaucht hat, sich anschmiegt und gekrault werden möchte.

„Ich glaub, ich habe mit dir öfter geschlafen als mit Karl", sagt Gunter ruhig.

Die Katze steht still und lauert.

„Was?"

„Ja, ich habe dich öfter als ihn gefickt."
Ich drehe mich nicht um, ich bin gelähmt.
„So?"
Er stößt Luft durch die Nase, wahrscheinlich lächelt er.
„Und ich habe es öfter mit dir getrieben als mit Jan", sage ich und setze hinzu, „aber das ist keine Kunst."
Die Katze trollt sich.
„Komisch", sagt Gunter.
„Ja, komisch", bestätige ich, obwohl ich es nicht komisch finde, sondern bitter und traurig, zum Lachen, zum Schießen und zum Weglaufen.
„Ich habe mit Jan Schluss gemacht."
„Ach."
„Ja. Am Sonnabend."
„Ts."
Er streichelt meine Schulter, und ich lege meinen Kopf auf seinen Schenkel. Die Haare kitzeln meine Wange. Wir haben noch nie so gesessen. Gunter duscht sonst immer gleich, zieht sich an und geht. Aber nun sitzt er hier. Vielleicht hat er etwas auf dem Herzen. In diesem Moment verliere ich den einzigen und somit besten Freund, den ich habe: Karl. Jetzt habe ich ihn völlig verraten, mit dieser nichtssagenden Spur von Zärtlichkeit.
„Tut mir Leid", murmelt Gunter.
„Das braucht dir nicht Leid zu tun. Das war fällig."
Er hört kurz auf mit dem Streicheln.
„So was kann schnell gehen."
Ich nicke und sage nichts, denn ich habe den Raum zwischen diesen Worten gesehen, als er sie sagte. Diese Wüste.
Aber ich werde nicht fragen. Das hier ist ein Date, keine Stunde beim Therapeuten. Wir treffen uns, wie sich zwei alte Damen zum Canasta, zwei Freunde zum Fußball oder zwei Muttis zum Kochrezeptetauschen treffen. Sonst geht es um nichts. Wir haben uns zu oft benutzt, als dass wir jetzt eine Beziehung eingehen könnten, in welcher Art auch immer. Gunter ist der Freund meines besten Freundes. Mit diesem Gift im Kreislauf können

wir nichts Neues beginnen, wir kennen uns nicht, wir kennen uns zu gut, wir wissen, wie perfekt wir lügen und heucheln können. Das erträgt keine Beziehung, weil niemand sich selber auf Dauer erträgt.

Keine Chance.

„Wie weit ist denn euer Wohnungsprojekt gediehen?"

Ich könnte mich ohrfeigen für diese missgünstige und falsche Frage. Ich weiß, dass nichts gediehen ist, dass nur die Zahl der totgeborenen Träume wächst. Mit jeder Besichtigung verreckt ein neuer, weil beide sich doch ausmalen, wie es sein könnte, endlich zusammenzuleben. Jeden Tag und jede Nacht. Sie haben zu früh „ja" gesagt, und nun wagt keiner von ihnen den Rückzieher. Stattdessen spielen sie das Wohnungsspiel weiter, gerade weil sie das nicht wollen.

„Das wird wohl erst im nächsten Leben was", sagt Gunter. „Aber Gucken kostet nichts."

Ich drehe mich abrupt zu ihm um und erschrecke, denn er scheint mich die ganze Zeit angesehen zu haben. Er blickt auf mich herunter, dieser Kerl, dieses Tier, dieser Mann, zärtlich und weich. Karl weiß nicht, was er da hat, oder er hat es vergessen?

„Was?"

Gunter drückt die Zigarette im Kristallaschenbecher aus und stellt ihn auf den kleinen Tisch neben der Couch, auf dem zwei Kondome liegen und die offene Tube Gleitcreme.

Es gibt ein kaltes Geräusch, wenn Glas auf Glas trifft.

„Ich habe Bilder von Karl gefunden."

Ich wende den Kopf ab, denn ich kann diesem direkten, zärtlichen, schönen und traurigen Blick nicht standhalten. Bislang habe ich seine braunen Augen nur geil gesehen, direkt und gierig, müde oder freundlich-obszön beim Weggehen.

„So gefesselt mit Armyklamotten, irgendwo in einem Wald."

„Wie bitte? Karl?" Karl in Armyklamotten? Das ist wie ein Nachrichtensprecher, der unter dem Schreibtisch Strapse trägt.

„Ja. Auf seinem Computer ist ein ganzer Ordner voll mit dem Zeugs."

„Karl?"

„Ja, Karl."

Gunter zündet sich noch eine Zigarette an.

„Vielleicht sind das alte Bilder. Vor deiner Zeit", versuche ich zu beschwichtigen.

Gunter stößt den Rauch aus und lacht auf.

„Die Pics sind nicht nur ziemlich aktuell. Er ist auf Dienstreise gewesen vor zwei Wochen. Und die Daten stimmen überein."

„Du meinst, er war nicht auf Dienstreise."

„Offenbar nicht."

Was soll ich sagen. Karl, der langweilige Karl, den ich wahrscheinlich aus denselben Gründen einen Freund nenne, die mich mit Jan verbunden haben, als Army-Tucke.

Gefesselt.

„Starker Tobak", sagt Gunter.

„Na ja, wir machen das hier auch schon ziemlich lange miteinander, das ist auch ziemlich starker Tobak, wenn man's genau nimmt."

Gunter lacht wieder, bitter und asthmatisch, ein trockenes Lachen, das listig klingt und doch verletzt.

„Na und? Mein Kerl fickt nicht mehr mit mir, stattdessen lügt er rum und lässt sich im Park oder sonstwo als Schlampe abrichten und sogar noch Bilder davon machen. Hallo-ballo."

Ich stehe auf, verlasse den warmen und sicheren Platz zwischen seinen Beinen und setze mich neben ihn.

„Was willst du machen?"

„Ph", macht Gunter und zuckt mit den Schultern.

„Hast du mit ihm gesprochen?"

„Natürlich. Hallo Herz, ich hab in deinen Dateien gewühlt. Schöne Bilder. Ach ja, bevor ich's vergesse, in der Seitentasche von deinem Aktenkoffer war Koks. Noch Kaffee?"

„Wie bitte?" Ich schüttle den Kopf. „Wir sprechen über Karl. Dein Karl. Also der Karl, der am Sonnabend hier am Tisch gesessen hat."

„Ja, genau der."

Ich lache, obwohl ich nicht lachen will.

Der seitengescheitelte Karl, der Karl, der sagt, er bügle gern und sehe dabei seine *Golden Girls*-Videokassetten. Der Karl, der am liebsten Hemden trägt, die kleinkariert sind, der kocht und der Sonnenblumen-Bilder über seinem Bett hängen hat, allesamt Reproduktionen. Der Karl, den ich über fünfzehn Jahre kenne, mit dem ich mich nie besoffen, den ich nie unkontrolliert oder wütend erlebt habe, der kontinuierliche Karl, ja kontinuierlich, der Zugeknöpfte, der Arschlose, der Wohnungssuchende, der Karl mit dem Rückgrat eines Wischmops, dieser Ausbund an Gleichmut, Ordentlichkeit und harmloser Langeweile. Genau dieser Karl hat ein zweites Leben als Army-Schlampe und nimmt auch noch Koks. Lachhaft.

„Jetzt ist gut."

Mein Lachen reißt sofort ab. Ich sehe Gunter an, diesmal weicht er aus.

„Kokain?"

Gunter nickt.

„Ja, Kokain."

„Das ist nicht zum Lachen. Entschuldige."

„Nein, das ist es nicht."

Ich bin mir nicht wirklich sicher, ob wir über ein und denselben Karl reden, aber ich versuche es zu glauben. Ich kenne die Person, die ich meinen besten Freund nenne, doch der Begriff „Freund" bedeutet eigentlich nur, dass Karl zu den unauffälligen und bequemen Zeitgenossen gehört, die einen nie überfordern.

„Was willst du jetzt machen?"

Gunter lächelt bitter. Seine Lippen, die eben noch heiß und offen waren, presst er zu einem Strich zusammen.

„Ich mach weiter", sagt er, und etwas leiser: „Was denn sonst?"

Seit zwei Tagen würden mir einige Alternativen einfallen, was Gunter machen könnte. Zumal ich es mir reiflich überlegen würde, einen Kerl wie Gunter in die Wüste zu schicken.

„Das Einzige, was wir noch zusammen unternehmen, ist Kochen und Wohnungen Angucken ab und zu. Aber auch nicht mehr so oft."

„Was soll ich dir sagen. Du musst selber wissen, ob das so weitergeht mit euch. Wenn du ihn liebst und wenn die Geschichte mit den Pics dich nicht stört, dann ist es vielleicht okay."

Er schweigt. Er raucht schon wieder und schweigt in Richtung Fenster. Er ist schön, verdammt noch mal.

„Ist vielleicht auch nicht so wichtig. Ein Ausrutscher sozusagen."

Ich höre diesen Satz und könnte mich wieder dafür ohrfeigen.

„Ich weiß es auch nicht."

Gunter steht auf und geht ins Bad.

Die Katze Zeit ist wieder da, aber diesmal nicht mit einem freundlichen Schnurren, sondern mit einem Lauern, einem bösen Funkeln in den Augen.

Meine Welt geht vor die Hunde.

Ich habe jetzt vier Wochen frei, um diese Welt zu verlassen. Sie war bequem. Mit dem langweiligen Jan und dem netten Karl, dem geilen Gunter und der nervigen Maya, meiner kaufsüchtigen Mutter und meinem nicht anwesenden Vater. Mit den alltäglichen Kollegen und meinem Schreibtisch, dem Weg zwischen Büro und Haustür, mit den berechenbaren Umwegen über *Kaisers* oder *Plus*. Alles hatte seinen Platz. Diese Welt habe ich seit Jahren nicht mehr verlassen, und wenn ich die Möglichkeit gehabt hätte, rauszukommen, und sei es nur für einen Moment, einen Abend oder einen Tag, bin ich zu Hause geblieben und habe mir eine CD ausgesucht oder das Fernsehprogramm durchgezappt, bis ich müde wurde, weil ich müde werden wollte.

Die Welt außerhalb war zu gefährlich, zu unbestimmt, der Gedanke, hinaus zu müssen, verursachte Angst. Und nun existiert meine Welt nicht mehr. Mein kleines, privates Atlantis geht unter, nach einer Ewigkeit ein- und derselben Herrschaft, stabil und einigermaßen erfolgreich. Der fette König ersäuft.

„Ich muss dann", sagt Gunter aus dem Bad kommend.
Er zieht sich an, sammelt die Einzelteile seiner Garderobe zwischen Couch und Flur zusammen. Ich sehe zu, bewundere diesen Männerkörper mit seiner ungeschlachten Anmut, diesem fast bäurischen Genick und den breiten Schenkeln, dem schweren Gemächt, den behaarten Unterarmen. Er ist ein Traum.

„Was machst du jetzt noch?" Er spricht, während er die Socken anzieht.

„Ich? Nichts. Ich hab vier Wochen Urlaub. Gar nichts."

„Fährste weg?"

Ich schüttle den Kopf, nicke und zucke dann mit den Schultern.

„Keine Ahnung, ich hab bloß frei, weiter nichts."

„Dir wird schon was einfallen."

„Sicher."

Natürlich wird mir etwas einfallen. Ich weiß nur nicht, wann diese Idee kommen wird, eine Idee, die ich noch nicht hatte, keine Wiederholung, etwas ganz Anderes müsste es sein, etwas, das mich neugierig macht und nicht ängstlich, wenn das geht.

„Pass auf dich auf", sage ich.

Er nickt sehr ernst und sieht mich, halb in der Tür stehend, kurz an.

„Du auch."

Fast hätte ich „lebe wohl" gesagt.

Mein Atlantis versinkt vor meinen Augen.

Ich kann mich nicht beschweren, denn ich bin es, der angefangen hat, dieses kleine Land zu fluten.

Der Mann läuft vor mir her. Ich folge ihm, denn mir ist klar, dass wir uns kennen. Aber ich kann ihn nicht einholen. Obwohl ich versuche zu laufen, aber es sind zu viele Menschen auf dem Trottoir. Ich stoße an, sie schubsen mich, verstellen mir den Weg.

Fast verliere ich ihn, aber dann ist er wieder da.

Er geht über einen Zebrastreifen, aber als ich dort bin, schaltet die Ampel auf rot. Ich will trotzdem hinüber, denn es ist weit und breit kein Auto zu sehen. Mich hält jemand fest. Ich mache mich los und laufe über die Straße, Menschen schreien.

Ein Stoß trifft mich von der Seite. Mir ist ein Bus in die Seite gefahren, aber ich stehe noch. Ich sehe den Fahrer an, er schüttelt vorwurfsvoll mit dem Kopf.

Nun muss ich sterben. Ich wundere mich, dass mir nichts wehtut und ich keine Angst habe. Auf der anderen Straßenseite dreht sich der Mann um. Sebastian erkennt mich, aber ich sterbe. Gleich muss das weiße Licht kommen.

Ein Telefon klingelt. Sonst weiß ich immer, dass ich träume. Der Traum ist aus. Ich nehme das Schnurlose vom Nachttisch.

„Ja bitte?"

„Hallo, ich bin's."

Ich sehe auf die Uhr, es ist nach elf, Bilderfetzen hängen um meinen Kopf wie Spinnweben. Ich würde diesen Traum gerne aufschreiben, bevor ich ihn vergesse, denn das werde ich gleich.

„Jan?"

Warum frage ich eigentlich. Er sagt immer dasselbe, wenn er anruft. So ähnlich wie bei weitläufigen Bekannten, die einem „Wie geht's dir denn?" ins Ohr brüllen, ohne sich vorzustellen, weil sie wohl meinen, sie könnten nicht vergessen werden, dabei liegt ihre dünne Akte inzwischen weit hinten im Register, ist mit jeder Woche ein paar Fälle weitergerutscht. Jans Ordner ist noch ganz vorne. Trotzdem habe ich gefragt.

„Ja."

„Entschuldige, ich war schon eingeschlafen."

Ich liege auf der Couch, den Hörer am Ohr, den Fernseher stumm vor Augen, und warte, was er mir zu sagen hat. Es ist kein gutes Gefühl, obwohl ich keine Angst habe vor den Fragen, die er mir stellen, den Vorwürfen, die er anbringen, und den Bitten, die er vortragen könnte.

Es ist das Echo seiner Qual in mir. Wie er um Worte ringt und sie nicht findet – selbst wenn er sie finden würde, so wäre ihnen der Weg nach draußen versperrt, wodurch auch immer. Ich hätte früher Schluss machen müssen; ich hätte die Wahrheit sagen sollen. Ich hätte sollen, ich hätte müssen, und ich hätte es können müssen.

„Es hat nicht sollen sein", hat Vater früher immer gesagt, wenn ich eine Vier aus der Schule nach Hause brachte und ihm zur Unterschrift vorlegte. Er sagte diesen Satz zu allen Gelegenheiten, sogar als er die Wohnung verließ, als er auszog.

Er sah mich an, zuckte hilflos und traurig mit den Schultern und sagte: „Kleiner, es hat nicht sollen sein."

Es rauscht in der Leitung. Wie eine Autobahn oder das Meer. Mitten in diesem Rauschen tauchen Bilder auf. Jan, wie er auf meinem Bett liegt in der ersten Nacht. Er liegt auf dem Bauch ich sehe seinen behaarten Arsch an und küsse ihn.

Wie er zwei Tage später einfach vor meiner Tür steht und „hallo" sagt, hereinkommt, als wäre es immer so gewesen. Wie ein Hund, der immer wieder zurückfindet, der weiß, was er will, und doch bis zur Selbstaufgabe treu ist. Jan blieb einfach da, weil ich ihn nicht weggeschickt habe.

„Jan? Bist du noch dran?"

„Ja", kommt es zögerlich aus der Ferne.

Ich sehe ihn an meinem Fenster sitzen und lesen an einem Samstagnachmittag. Er lächelt mich an, als ich ihm eine Tasse Kaffee hinstelle. Dann legt er seinen Kopf in den Nacken und bietet mir seinen Mund, und ich küsse ihn.

„Ich wollte mich halt melden. Falls du noch Wert drauf legst."

Wieder rauscht es. Wie bei einer Muschel, die man ans Ohr hält. Ich sehe ihn an einem Sonntag, bis Mittag schlafend, ins Bett gewühlt. Ich will die Tür vorsichtig wieder schließen, um ihn nicht zu wecken, da bewegt er sich, zieht die Decke weg und zeigt mir seinen Körper. Dann geh ich zu ihm hin und werde von seiner Wärme umfangen. Das war am Anfang. Als er mir gut getan hat. Es sah noch aus, als wäre etwas zu entdecken. Aber es gab nichts zu entdecken, Jan hat seine Geheimnisse, wenn er je welche hatte, nicht preisgegeben.

„Ich kann dir deine Bücher noch vorbeibringen", sage ich, hellwach und kalt, denn ich habe sie schon aussortiert. Gerade mal drei Bücher sind es, in eine Plastiktüte gepackt, abgestellt im Flur.

Ich verdamme mich für diese Kälte. Er hat sie nicht verdient, er ist ein guter Kerl, ein stiller sicher, ein langweiliger vielleicht, aber kein schlechter. Er ist nicht verschlagen, er ist keines dieser sexsüchtigen Miststücke, die aus Langeweile Spielzeug zerschlagen.

Die Kälte tut weh, und es tut weh, nichts sagen zu können. Weil ich weiß, dass er sich so, wie ich mich jetzt fühle, wahrscheinlich immer fühlen muss.

Es hat nicht sollen sein.

Wo mein Vater diese Formel abgeschrieben hat, wird sein Geheimnis bleiben.

„Dann war's das", sagt Jans Stimme auftauchend, dann geht sie wieder unter. Er klingt weder zornig noch verheult, kein Zittern und kein Tonfall verrät, wie es in ihm zugeht. Ich kann es nur ahnen. Doch für derlei Unterstellungen ist es zu spät.

„Ja, ich glaub schon."

„Na dann."

„Jan, es tut mir Leid. Ich kann nicht anders."

Das Rauschen rauscht wie ein Wasserfall.

Nichts sagt dieses Geräusch an meinem Ohr über ihn aus. Jan ist ein Mann ohne Geheimnis. Die Stille ist immer verdächtig, sie entfacht Misstrauen, sie dringt in alles ein und lässt nichts los. Aber wenn die Stille kein Manöver ist, wenn sie nicht dazu da ist, Worte zu verbergen, Wahrheiten zu kaschieren und zu lügen ohne Worte, wozu ist diese Stille dann gut? Mein kleiner maulfauler Jan. Ich habe ihn unterschätzt, seine Unsicherheiten nicht mehr gesehen, nicht mehr darauf geachtet. Wie er mich ansah, er war einfach da.

Er legt auf.
Das Rauschen bleibt. Die Flut kommt.

Etwas fehlt, obwohl ich nichts vergessen habe. Ich bin um sechs Uhr aufgestanden, als müsste ich zur Arbeit. Ich habe Staub gesaugt, die Regale gewischt, dazwischen Kaffee getrunken und nebenbei Morgenmagazin ohne Ton gesehen.

Den Kleiderschrank habe ich ausgemistet und die Klamotten, die ich lange nicht getragen habe, in einen blauen Sack gepackt und in den Keller gestellt. Als das Morgenmagazin zu Ende war, habe ich Cher gehört. Alles, was ich von ihr habe. Sie passte besser als die *Dixie Chicks*. Die Küchenschränke sind aufgeräumt, die Arbeitsflächen sauber, die Spüle poliert, das Bad gewischt, Jans geringelte Haare in den Ausguss gespült, der Abfluss mit Rohrreiniger malträtiert und die Fliesen mit Kalkreiniger abgeätzt und dann gewienert. Meine Hände sind rissig von der Chemie.

Alle Spuren, alle Hinweise und alle Gerüche der Vergangenheit habe ich heute beseitigt. Die Staubflusen unter dem Bett, die Spinnweben über den Wohnzimmerfenstern, die Flecken auf dem Bettrahmen. Das Bild von Jan auf dem kleinen Schreibtisch habe ich ganz unten in die Schublade mit den Quittungen gelegt.

Als ich den Kühlschrank ausräumte, abgelaufenen Joghurt wegwarf und die Flasche Curry-Ketchup, die nur Jan benutzte, gleich hinterher, dachte ich, dass ich einkaufen muss, weil etwas fehlte.

Als ich meine Wohnung mit drei vollen Mülltüten verließ, sah sie aus, als würde niemand drin wohnen.

Etwas fehlt. Aber es fehlt nicht in meinem Einkaufskorb. Es fehlt in meinem Kopf. Ich kaufe ein, und zum ersten Mal denke ich nicht an Jan dabei. Ob er schon wieder Chicken Wings essen will oder lieber überbackenen Blumenkohl, vielleicht auch billige Minutensteaks, und welchen Rotwein wir am Freitag trinken werden, ob das Glas Hagebuttenmarmelade noch reicht oder ob ich ein neues kaufen soll. H-Milch, Fanta light, Pfefferminztee, Kinderschokolade. Alles Dinge, die ich nicht mehr brauche, die ich nur seinetwegen kaufte an Freitagen vor Wochenenden.

Jetzt muss ich nur an mich denken, an meine Konfitüre, meine Geschmacksrichtungen beim Joghurt, mein Brot, meine abgepackte Salami mit Pfefferrand.

Und ohne diese Gedanken an Jan, ohne ihn neben mir wirkt die Welt greller. Man sagt, dass Träume zerplatzen wie Seifenblasen. Vielleicht deswegen, weil dann alles ohne diese leicht verschwommene Schutzschicht schwer erträglich ist.

Die Blase, in der Jan und ich uns bewegten, ist geplatzt. Sie war klein, sie war trüb, aber sie war vertraut.

Plötzlich greifen mich Blicke an, mürrisch und feindlich. Wann habe ich zum letzten Mal darauf geachtet? Habe ich es je getan? Die junge Frau, die mir ihren Kinderwagen in die Ferse fährt, dass ich mich umdrehe und sie ansehe, doch ihr Blick kennt keine Entschuldigung, ihr graues Gesicht ist müde, hasserfüllt. Ich trete zur Seite, das Kind zermatscht einen Schokobon, und die Mutter geht vorbei, als wäre es ihr gutes Recht, Leuten ihr Gefährt in die Beine zu rammen. Man schlägt keine Frauen, schon gar keine Mütter. „Fotze", möchte ich sagen. „Frigide Kuh, pass auf, wo du hinrennst mit deinem Schokolade fressenden Verkehrsunfall!"

In mir brandet ein Hass auf, der ihrem gleicht. Ich weiß, es ist ein sinnloser Hass, aber er brennt wie Säure in mir. Ein geistiges Sodbrennen ist es, das aufwallt, weil die tranige Rentnerin mit ihrem Einkaufswagen das halbe Kühlregal und den ganzen Gang blockiert, weil sie den Käse anstiert, als zeigte sich in den Goudascheiben das Bild der Jungfrau Maria. Vielleicht erinnert sie der Käsegeruch an ihren Mann. Sie hat Zeit. Wie alles, von dem man zu viel hat, macht es süchtig und unzufrieden. Sie hat viel Zeit und will noch mehr. Sie stiehlt sie täglich: hier am Kühlregal, nachher an der Wursttheke, wenn sie erst dann beginnt nachzudenken, wenn die kleine, dicke Verkäuferin „Was darf's denn sein, bitte!" singt, an der Kasse, wenn sie nach Kleingeld kramt und genau weiß, dass sie es nicht passend hat. Sie hamstert Zeit, schnappt sie der Jugend vor der Nase weg, nur weil sie alt ist, weil sie jüngere Menschen mit vollen, beschäftigten Tagen hasst, nur weil sie nicht mehr beschäftigt ist und ihre Zeit, wie jedes Angebot, das die Nachfrage übersteigt, nichts mehr wert zu sein scheint.

„Darf ich bitte vorbei?"

Ich versuche, freundlich zu klingen mit diesem Brennen in meiner Speiseröhre. Sie dreht sich um, sieht mich an wie einen Parasiten und schiebt den Einkaufswagen zur Seite.

Alles ist grell. Ich muss mich daran gewöhnen, denn es wird so bleiben die nächsten Tage und Wochen. Kein Mittel gibt es dagegen. Der Nachbar wird *AC/DC* hören, wie immer, wenn er die Zeit feiert, in der er jung war und deren Frisur er immer noch trägt. Mich wird die Katze auf der Treppe stören, weil das junge Pärchen vom dritten Stock sie tagsüber im Treppenhaus parkt. Das grau getigerte Tier sitzt immer mitten auf dem Treppenabsatz vor meiner Wohnung. Früher blieb sie sitzen. Aber das ist eine Menschentreppe. Also bin ich nicht ausgewichen, bin auf sie zu, bis sie im letzten Moment davon sprang. Wie oft wir das getan haben, weiß ich nicht, aber jetzt macht sie Platz, sie faucht mich an dabei, aber sie macht Platz. Wir hassen uns. Ich verschwende meinen Hass an eine Katze, weil ich zu viel davon zu haben scheine.

Ich stehe bei *Plus* an der Kasse, eingeklemmt zwischen einer nach altem Schweiß riechenden Frau, der die Dauerwelle vor Schreck aus dem dünnen, gelbgrauen Haar gesackt sein muss, und einem Mann mit einem Wagen voller Bierflaschen, der mir ungeduldig seinen säuerlichen Atem über die Schulter bläst. Alles ist ungefiltert. Alles ist wieder da, das ganze Leben ohne eine Membran, die es unscharf und erträglich macht.

Ich halte zwischendurch die Luft an, weil ihr Schweiß und seine Fahne sich genau vor meiner Nase treffen. Ihre Gerüche flirten. Und ich denke dabei ständig, dass ich etwas vergessen haben könnte. Obwohl alles da ist in diesem Korb, weil ich einen Einkaufszettel geschrieben habe, wie ich es immer tue. Alle Dinge, die ich benötige, auch wenn ich sie nicht brauche, räume ich aufs Band.

Im Reisebüro bin ich noch nicht gewesen. Vorbeigegangen bin ich, habe flüchtig auf die Angebote im Schaufenster gesehen, blau auf gelbem Grund blitzten mich Reisen in die Türkei an, auf die Kanarischen Inseln, nach Portugal oder Mallorca. Ägypten ist mir zu teuer, Südafrika zu weit. In den USA ist nur Florida günstig zu bekommen, aber nach Florida möchte ich nicht.

Ich habe vor dem Schaufenster gezögert, aber nichts schien mir verlockend genug. Nun kaufe ich ein, als stünden alle Feiertage von Ostern bis Weihnachten auf einmal bevor.

Nach Montana würde ich gerne fahren. Ich weiß nicht genau, warum. Als Kind habe ich einen Film über Montana gesehen. „Big Sky Country" nennt man es, frei soll man sich dort fühlen, wenn man stundenlang durch die Prärie reitet, die endlosen Highways entlangfährt, durch die Berge, die Hochebenen und Wüsten, die Weizenfelder und die Sierras. Es ist lange her, dass ich diesen Film gesehen habe, und nun ist Montana der einzige Ort, der mich reizt.

Meine Urlaubskasse ist ziemlich voll, aber nicht voll genug für die Dinge, von denen ich träume. Immer wenn ich wegfuhr, nach Holland, Italien, Spanien und in die Schweiz, selbst in Österreich und in Schweden, fühlte ich mich fremd und deplatziert, wie ein Störenfried in Shorts. Ich sah mir Städte an, die nichts mit mir zu tun haben wollten, und ging an Menschen vorbei, deren Worte ich nicht verstand und nicht verstehen wollte. Ich habe mit Männern in anderen Ländern geschlafen; sie fühlten sich ebenso fremd an wie hier.

In dem Film sagte jemand, dass die Luft in Montana so klar sei, dass man, fast wie auf See, ein Licht oder ein Feuer meilenweit sehen könne. Wie ein Leuchtturm, denke ich, für jemanden, der unterwegs ist, eine Hoffnung, die näher scheint, als sie ist, ein beleuchtetes Fenster, das sich doch mit jedem Schritt entfernt. Und für die Bewohner eine Gefahr, der Verrat, der im Gefundenwerden steckt.

Ich fahre nicht nach Montana, weil ich Angst habe, es ist dort genau so wie überall. Und weil ich Angst habe, mich dort ebenso fremd zu fühlen, weil die Luft sicher nicht mehr so klar ist wie in dem Film vor Jahren und ich kein Licht und kein Feuer sehen werde.

„Tüten?" fragt die untersetzte Kassiererin, die einzige hier, die lächelt, wenn man sie grüßt.

„Zwei", sage ich beflissen und linkisch. „Guten Tag."

„Hallo", sagt sie beiläufig und schiebt die Sachen über den Scanner.

Ich nicke und beeile mich, den Einkauf in den Korb zu legen, weil der Säufer mich immer unwirscher anzusehen scheint und das Zittern seiner Hände, mit denen er sich an seinem Wagen festkrallt, sich auf die Flaschenbatterie überträgt.

„Alles, der Herr?"

Sie hätte Sängerin werden können mit ihrem hellen, kräftigen Organ, stattdessen schiebt sie anderer Leute Einkauf über eine Glasfläche, erträgt Dauerwellen, Trinker und sogar mich. Sie hat wahrscheinlich selber einen versoffenen Mann daheim und ein undankbares Blag, holt sich beim Arbeiten Sehnenscheidenentzündungen und ist trotzdem freundlich. Von ihr sollte ich lernen. Ihre Seifenblase ist vielleicht schon vor Jahren geplatzt, und sie bringt es fertig, dem verkackten Leben, das tagtäglich bei ihr Schlange steht, in die blöde Fresse zu lächeln.

„Ja, danke."

„Sechsundreißig dreiundzwanzig."

Sie sollte die Preise jodeln, das brächte Presse und würde den Umsatz steigern. Aber dann müsste sie noch mehr Zeugs über diese trübe Glasfläche schieben, hätte noch mehr Krankheitstage wegen der Sehnenscheidenentzündung und verlöre schließlich ihren Job.

„Dreiundzwanzig Cent hatte ich."

„Gerne."

Ich zähle ihr das Geld auf die Handfläche. Der Säufer grunzt und bläst mir halb wütend, halb erleichtert noch eine Wolke Fäulnis hinterher. Hinter ihm steht die Kühlregalrentnerin und blickt böse, denn niemand ist hinter ihr. Sie ist die Letzte in der Schlange.

„Einen schönen Tag wünsch ich noch."

„Das wünsch ich Ihnen auch." Sie grinst in sich hinein und beugt sich über den Kassentisch, um die Flaschen des Säufers zu zählen.

Ob Kassiererinnen merken, dass man schwul ist?

Hat es der Säufer bemerkt oder die Kampfmutti?

Merkt es überhaupt jemand, außer die Schwulen selbst? Hat das je einer erforscht? Warum erkennen Schwule einander? Wie weiß ich, ob jemand hetero ist oder nicht? Mein pubertierendes Ich, das bar aller Sexualität war, dachte, Homosexuelle hätten einen Code, ein verstecktes Arsenal an geheimen Zeichen wie bei einer weltweiten Verschwörung. Und dieses Geheimnis machte mich rasend und ließ mich erröten. Ich verstand diese Zeichen nicht, ich gehörte nicht dazu.

Inzwischen ist der Code geknackt.

Nun weiß ich nur, dass es eben so ist, dass Schwule sich erkennen.

Sex könnte ich haben. Vier Wochen lang, so oft und so viel ich will. Die Stadt ist voll gepackt mit Saunen, Pornokinos und Darkrooms. Gunter könnte jeden Nachmittag kommen. Oder ich benutze mein Profil bei Gayromeo.

Aber ich werde faul sein. Mit einem Kühlschrank voller Zeugs, einer aufgeräumten Wohnung und ohne Kerl.

Kurz vor dem Reisebüro wechsle ich die Straßenseite.

Montana ist zu teuer. Ich weiß, dass etwas fehlt.

Seit fünf Wochen bin ich nicht im Sportstudio gewesen. Das letzte Buch, das ich ganz gelesen und nicht auf dem Nachttisch vergessen habe, um es verstauben zu lassen, ist fast ein Jahr alt. Wenn ich eine DVD einlege, dann ist es irgendeine Folge von *Ab-*

solutely Fabulous, wo ich die Dialoge mitspreche und lautlos mit den eingespielten Lachern grinse, immer an denselben Stellen. Der letzte Ralf-König-Comic, Jan hat ihn mir geschenkt, heißt *Roy & Al*. Ich habe ihn vielleicht dreißigmal gelesen, angesehen und mich amüsiert. Alle seine Comics habe ich. Immer wenn ich alleine bin und mir nichts einfallen will, lese ich sie. Immer wieder. Meine Lieblings-CD war jahrelang *Ray of Light* von Madonna, jetzt ist es *Home* von den *Dixie Chicks*. Endlos. Wiederholungen. Zwischendurch im Netz, dieselben Gesichter mit falschen Profilen oder umgekehrt, ein paar Dates, laue Nachmittags-Ficks oder lauer Kaffee in einer nicht leer getrunkenen Tasse.

Nur mit Gunter gibt es noch manchmal dieses Fallen, dieses Vergessen, dieses Sein ohne Gedanken, ich in meinem Körper. Und selbst diesem Gefühl ist zu misstrauen, denn ich weiß nicht, wie viel Scham dabei gewesen ist, wie viel Lust am Verrat. Wir hätten tauschen sollen. Der langweilige Karl hätte mir den schönen Gunter abtreten können im Tausch gegen den langweiligen Jan. Aber wie viel von Gunter bleibt, wenn das Geheimnis keines mehr ist?

Was nun? Ich sitze in einer aufgeräumten Wohnung, als wäre ich ein Möbelstück. Wie die Kommode mit den vier Schubladen, oben die Socken, dann die weißen Shirts und Unterhemden, dann die farbigen T-Shirts, unten die Oberhemden, alles gebügelt und gestapelt. Im Schrank die Kleiderstange, außen die schweren Winterjacken, innen zwei gute Sakkos, dann fünf für die Arbeit, ein paar aufgespannte Hosen für Anlässe, die es mal gab. Alles ist knapp davor, aus der Mode zu kommen oder ist seit gestern nicht mehr modern, selbst in diesen Zeiten, wo jeder alles tragen kann.

Und nun bin ich hier, frei, ja, frei fühle ich mich, doch bin ich offenbar nicht fähig, dieser Freiheit nachzugeben.

Montana, Gran Canaria oder Australien. Stattdessen hier, Wohnung, Stuhl, Tisch und Bettwäsche auf dem Wäschetrockner.

Es war besser, als ich noch Jan für diese Langeweile verantwortlich machen konnte. Für dieses lange Nichts, in dem die Zeit immer schneller vergeht. Mit diesen Gesichtern im Büro, die immer schlaffer werden, die Frauen, die sich greller schminken mit jedem Jahr, Männer, die fett werden und von ihren Doppelhaushälften schwärmen.

Letztes Jahr war Klassentreffen. Da dachte ich noch, ich wäre den anderen voraus, hätte, im Gegensatz zu ihnen, der Zeit ein Schnippchen geschlagen. Uwe, der Klassenschönste kämmt sich nun die Glatze zu und hat Fressbacken. Seine Frau ist Janett, die eine Bank hinter mir saß. Sie sind damals schon zusammen gegangen. Die Mädchen von damals, die coolen, die mit den Westklamotten, die immer einen Sitz auf einem Moped oder dem Motorrad hatten, tragen noch die gleichen Frisuren, nur dass sie jetzt billig und vergeblich aussehen. Ihre Ärsche sind von ein oder zwei Geburten und diversen Abtreibungen geweitet, die Gesichtszüge von damals noch ein Echo in ihren heutigen Gesichtern.

Ich war derjenige, der am besten aussah, ich habe sie ausgestochen, die Hengste von damals, die Führer unseres Rudels, die mich hinter meinem Rücken Schwuli nannten und es nie wagten, es mir ins Gesicht zu sagen. Sie sind alt geworden. Wie sie vorgefahren sind in ihren aufgemöbelten Gebrauchtwagen, nicht abbezahlten Mercedes und langweiligen Volkswagen. Es war ein Fest. Sie haben mich fast nicht erkannt. Der Schwule hat ihnen gezeigt, wie gut man mit achtunddreißig aussehen kann, dass es ein Leben ohne weiße Socken und mit einem Haarschnitt gibt.

Die heißen Girls von damals zeigten Bilder von Kindern, von Häusern und Urlauben in Spanien. Und ich war schadenfroh. Selbst wenn sie glücklich sein sollten, ist ihr Glück schon zwanzig Jahre alt, und es wird weiter altern, sich vom Ursprung entfernen wie ein Fluss von seiner Quelle, und es wird enden in einem Meer.

Manchmal gibt es doch Gerechtigkeit im Leben. Ich weiß nicht, was sie von mir dachten. Die heutigen Frauen, die als

Mädchen mir ihr Herz ausschütteten, die vielleicht gar nicht wussten, dass ich schwul werden würde, aber dennoch witterten, dass von mir keine Gefahr ausging. Ihr Vertrauen war mehr Verachtung denn Auszeichnung, diese Frauen sind heute verbraucht und begutachteten mich mit einer Mischung aus Respekt und Neid – neben sich ihre Jugendlieben, die ehemaligen Jungs, denen ich dankbar sein musste, dass sie mich täglich nicht auf der Raucherinsel zusammenschlugen. Nicht einmal das war ich ihnen wert. Ihren Anblick zwanzig Jahre später habe ich genossen.

Heiko, einst der Modellbahnfreak, ein Außenseiter und trotzdem ein mieser, kleiner Klugscheißer mit Fasson-Schnitt, sagte mir: „Bei dir dachte ich ja immer, dass du mal bei einer Transvestie-Show mitmachen würdest."

Ich sah ihn kalt an: „Das heißt erstens Travestie und hat nichts mit Transvestiten zu tun, und zweitens: dass du mal Busfahrer wirst, hab ich mir auch gedacht." Dann wechselte ich den Platz.

Die einzigen Überraschungen an diesem Abend beim Klassentreffen waren die unauffälligen Mädchen, Claudia, Carola und Karoline. Sie glichen sich in der Schule wie ihre Namen. Sie waren nicht besonders hübsch, nicht besonders gut, fielen nie auf, weder positiv noch negativ. Nicht einmal sie zu hänseln, machte Spaß, denn sie zickten nie, petzten nicht und kamen mit jedem zurecht.

Alle drei haben sich gemausert, alle drei sind selbstständig mit eigenem Geschäft, dezent und geschmackvoll gekleidet, freundlich und klug. Bei ihnen saß ich lange. Wir haben viel geredet. Wir gefielen einander, vielleicht sind wir auf eine Art verwandt. Wir gehören zu denen, die immer unterschätzt wurden, die nie gut genug schienen für die inneren Kreise der Macht.

Aber nun gelten andere Regeln als in der Schule. Ein Mitschüler fehlte allerdings. Der Einzige, der es sich leisten konnte, mich offen zu verachten. Er, der schon in der achten Klasse die Mädchen gebumst hat, nur die auffälligen, nicht die grauen Mäuse, er, dessen Urteil alles galt, der entschied, ob man dazugehörte oder nicht – er war nicht da. Ich habe ihm den Tod gewünscht damals. Nicht nur einmal habe ich die Götter gebeten, ihn sterben zu lassen.

„Wo ist eigentlich René?" fragte ich.

„Hast du das nicht gehört?" sagte Sylvya, die mit den zwei Ypsilons und den Strähnchen, die damals schon zwei Abtreibungen hinter sich hatte, ein Kind soll von René gewesen sein. Ihr Gesicht zog sich zu einer bekümmerten Grimasse zusammen.

„Der René hat sich aufgehängt. Das ist bestimmt schon vier Jahre her. Den hat seine Mutter im Garten gefunden in aller Frühe."

„Was?" Ich versuchte meine Kälte und die klamme Freude, für die ich mich schämte, zu verbergen.

„Der hat doch nur noch getrunken. Mitte zwanzig war der schon auf Entziehung."

Ich merkte Sylvya nicht an, was sie in diesem Moment dachte, ob sie um ihn getrauert hatte oder sich ebenso wie ich an der späten Rache freute. In mir stieg ein Gefühl auf, wie Lava in einem Vulkan. Es schmerzte, doch es war voller Befriedigung und voller Schuld zugleich. Als wären meine dummen, pubertären Gebete zeitversetzt erhört worden. Vielleicht hat genau an diesem Abend, als man mir die Erfüllung dieses Wunsches meldete, einer der Götter warnend gegrinst: Sei vorsichtig, was du dir wünschst.

„Es tut mir Leid", sagte ich zu Sylvya, doch sie hörte es nicht, sie redete schon mit jemandem auf der anderen Seite des Tisches und lachte über die alte Geschichte mit der Tafel, die von der Wand kippte und den Mathelehrer fast erschlagen hätte.

Hier erschien der pubertäre, schüchterne Junge, der ich war, für den jeder Tag eine Qual war, der sich mit einer unbestimmten, aber großen Angst herumschlug, weil etwas in ihm schon damals wusste, dass alles anders kommen würde.

Vielleicht ahnte es sogar meine Mutter, obwohl sie nichts ahnte, weil sie alle Ahnungen erstickte unter den Dutzenden Kissen in unserem voll gestopften Wohnzimmer, das immer muffig roch, in dem ewige Dämmerung herrschte.

Alle Bilder aus dieser Zeit sind dunkel, mein Vater nur ein Schatten, meine Mutter ein Umriss, der sich gegen das Fenster abzeichnet. Immer unzufrieden und immer wartend auf etwas, das nie eintraf.

Als ich ihr sagte, ich sei schwul, Jahre später, als es eigentlich schon egal war, als die Offenbarung nur noch der Form halber geschah, sagte sie: „Ich hab's gewusst, dass da was nicht stimmt. Schon bei deiner Geburt hat was nicht gestimmt mit dir."

Sie war da schon zu weit weg, um mir wehzutun. Meine Mutter schmerzt mich nicht mehr. Selbst als Vater ging, war sie mir schon egal.

Ihr Leben sollte ein Geschenk sein, wie für jeden, geheimnisvoll, überraschend und verheißungsvoll, doch sie, voller Misstrauen und Unzufriedenheit, muss eines Tages gesagt haben: „Mir ist das Geld lieber."

Und so bekam sie Geld. Vater bezahlte ihr den Unterhalt, Großmutter vererbte ihr kurz danach zwei Häuser und einen stattlichen Geldbetrag, über dessen Höhe ich nie in Kenntnis gesetzt wurde. Ich weiß nur, dass es ein Konto gibt, das unter meinem Namen läuft und auf dem sich hoffentlich noch etwas befindet, wenn sie eines Tages den Kugelschreiber fallen lässt, mit dem sie die TV-Shop-Sonderangebote notiert, Produkte im *Quelle*-Katalog anstreicht, Kreuzworträtsel löst, Rosamunde-Pilcher-Verfilmungen und *Dallas*-Wiederholungen in der Fernsehzeitschrift markiert.

Warum soll ich meine Mutter hassen? Ich habe Großmutter geliebt. Sie kam selten, doch wenn sie zu Besuch war, lachte sie. Neben ihr verblassten meine Eltern noch mehr. Sie lachte einfach, nahm die Dämmerung, die in unserer Wohnung herrschte, nicht wahr und holte mich raus, in den Tierpark, in einen Zirkus, auf eine Wiese in den Bergen, auf eine Bank im Stadtpark, als sie mich davor warnte, in die Sonne zu sehen. „Mach die Augen zu, und du siehst die Sonne viel besser. Siehst du die rote Kugel?"

Als hätte wirklich immer die Sonne geschienen, wenn sie da war.

Großvater ist gefallen, es muss im Februar 1945 gewesen sein. Den Friseur-Laden führte Großmutter weiter. Wahrscheinlich war es gut für das Geschäft, denn sie krempelte den alten Laden, den ich nur von Bildern kenne, Anfang der fünfziger Jahre völlig um. Sie verkaufte die Einrichtung, trennte sich von den dunklen Holzstühlen, die komplizierte Nackenstützen hatten und mit braunem Leder bespannt waren, den großen, finsteren Spiegeln und den Waschbecken aus falschem Marmor. Sie machte aus dem Herrenfriseur ein Coiffeur-Geschäft für Damen und Herren. Und alle paar Jahre richtete sie den Laden neu ein. Sie zeigte mir Bilder, Polaroids und Zeitungsausschnitte: derselbe Raum mit wechselndem Interieur, mit toupierten Frauen auf roten Sitzen, lächelnde Köpfe unter Trockenhauben, die aussahen wie Raumschiff-Antriebe.

„Ich verkaufe den Laden bald", sagte sie jedes Mal. „Wer soll den denn übernehmen? Die Kommunisten?" Dann lachte sie.

Mein Vater hatte Mutter in den Osten gelockt, und am Ende hat er sie im Osten sitzen lassen.

Zwei Tage, nachdem Vater Mutter verließ, verkaufte Großmutter den Laden, kein halbes Jahr später war sie tot, vom Schlag getroffen in ihrem Swimming-Pool.

„Ich nehme dich noch mal mit", sagte Großmutter immer zu mir, wenn sie wieder wegfuhr. „Irgendwann nehm ich dich mit, mein Schatz."

„Erzähl dem Jungen nicht solche Schoten, der glaubt's noch", keifte Mutter, ungeduldig im Korridor stehend und ein Taschentuch in der Hand zerknüllend. Sie tat immer so, als müsste sie weinen bei diesen Abschieden, aber sie weinte nie.

Aber Großmutter lachte nur und drückte mich. Sie lachte Mutter an die Wand. Vater stand linkisch daneben.

Wenn das Taxi weg war, wir alle standen am Hauseingang, um zu winken, ging das Leben sofort weiter. Großmutter nahm das Licht wieder mit.

Nur ihr Geruch blieb noch eine Weile. Sie roch immer wie frisch gewaschen. Ich weiß nicht, welches Eau de Cologne sie trug oder ob sie einfach so roch, wie sie roch. Wenn sie mich umarmte, atmete ich tief ein. Diesen Duft habe ich nie wieder gefunden, weder in Friseurgeschäften noch anderswo. Großmutter roch fast ein wenig wie der Intershop, den Mutter kurz nach den Besuchen enterte, um zu kaufen, was sie zu benötigen meinte.

Es gibt Täler der Erinnerung. In ihnen liegt Leben, an das kein Licht kommt, weil wir uns nicht an die Routine erinnern, an das Tagtägliche, das, was immer ist. Nur die besonders schlimmen und besonders schönen Erlebnisse ragen wie Felsen und Berge aus diesen Tälern hervor.

Als Großmutter starb, durfte Mutter vier Tage in den Westen fahren, um sich um den Nachlass und um die Formalitäten zu kümmern. Großmutter hat kein Grab. Mutter ließ sie auf einer Wiese beisetzen, anonym, zusammen mit der Asche von Menschen, die sich kein eigenes Grab leisten können, aus Armut oder Einsamkeit.

Großvaters goldene Taschenuhr sollte ich bekommen, aber Mutter hat sie nie herausgerückt.

Sollte sie gehen, dann habe ich mir geschworen, dass ich sie ebenso auf einer kommunalen Streuwiese beisetzen lasse. Ohne Leichenschmaus, ohne richtigen Abschied, ohne Grabstein.

Ich hasse sie nicht. Dazu habe ich Großmutter zu sehr geliebt. Das gleicht sich aus wie auf einer Waage. Es gab nicht zu wenig Liebe; sie war nur anders verteilt. Es gab sie in großen, süßen Stücken, wie Torte an einem Sonntagnachmittag. Und ich konnte mich so satt essen, dass es reichte bis zum nächsten Mal, dass im Abschied schon die Vorfreude verborgen war. Meine Kindheit, das sind die erhöhten, hellen Flecken der Großmutterbesuche und ihre Postkarten. Die Worte, die nur für mich bestimmt waren, nicht einmal Grüße an die Eltern oder meinen Bruder schrieb sie im PS, sondern kleine Hinweise. „Wasch dir immer die Ohren." „Sei artig in der Schule, aber pass trotzdem auf!" Und wenn ganz unten „bis bald" stand, dann war das ein Zeichen, dass es nicht mehr lange dauern würde.

Man sagt, alte Menschen erinnern sich viel bildhafter an ihre Kindheit als an die späteren Jahre, weil sie voller Höhepunkte war, weil alles neu war, entdeckt und erfahren werden wollte, von der Freude bis zum Schmerz, alles ist noch klar und unverfälscht. Sie erinnern sich nicht an die Wiederholungen der späteren Jahre.

In zwanzig oder dreißig Jahren werde ich mich kaum daran erinnern, dass ich jetzt hier gesessen habe und nicht mehr wusste, wohin. Obwohl alles klar schien und aufgeräumt, gab es keine Überraschungen mehr, keine übermütige Wendung, denn so etwas funktioniert nur, wenn man naiv ist und nichts durchschaut, wenn man sich in Anfänge stürzt, weil nichts anderes da ist und weil kein bitterer Nachgeschmack trübt und trügt.

Ich sitze im Tal.

Der nächste Berg ist nicht in Sicht, und wenn ich ihn sehen sollte, dann wird es mich alles kosten, ihn zu erklimmen.

„Das Schwein!" schreit Maya in mein Ohr. Es ist kurz nach acht, ich sitze in einer aufgeräumten Wohnung, gucke Porno ohne Ton und trinke den dritten Gin-Tonic. Die erste Woche meines Urlaubs vergeht noch langsam.

„Dieses Schwein hat mich verlassen. Er will mich nicht mehr sehen."

Ich kombiniere: Es geht um den Zahnarzt, das Fickverhältnis, das Maya mit der großen Liebe verwechselt hat, weil Frauen angeblich nur zu vögeln sind, wenn es für immer oder wenigstens mit ganz viel Gefühl und irgendwie sonst von Bedeutung ist. Und wenn nicht, dann tun sie wenigstens so, als hätte die Affäre Bedeutung. Nichts scheint für Frauen schlimmer zu sein als ein Fick, der nichts weiter ist als ein Fick.

Ich drücke auf die Pausentaste, der Kostümsoldat erstarrt und bleibt liegen mit dem Schwanz des Kostümpolizisten im rasierten Ami-Arsch. Es ist der einzige Porno, den ich besitze. Der

Film ist öde, aber er reicht mir. Außerdem habe ich ihn jahrelang nicht gesehen.

„Maya, der ist verheiratet, und du hast das gewusst. Seine Frau hat wahrscheinlich Wind davon bekommen“, lüge ich. Maya mute ich die Hardcore-Version nicht zu. Wahrscheinlich hat der Zahnarzt Ersatz gefunden. Sie kommen zu ihm in die Praxis, legen sich freiwillig hin auf die Auswechselbank und lassen sich behandeln. Er hat sich eine neue Patientin gegriffen, der er Füllungen macht.

Maya schluchzt unterdrückt.

„Was hat er denn gesagt?“

„Gesagt? Er hat eine SMS geschickt. ‚Es ist aus. Können uns nicht mehr sehen. Sorry.‘ Punkt.“

„Ach so.“

„Dieses Schwein!“

„Reiß dich zusammen. SMS ist scheiße, ja. Aber dass er sich nicht scheiden lässt, war doch klar.“

Sie schnieft. Ich sollte sie trösten, bei ihr vorbeifahren und ihren grünen Tee trinken, von dem ich immer noch Stunden danach pissen muss.

„Maya, hör auf.“

Wie oft hat sie gesagt, dass der Zahnarzt der erste Kerl ist, bei dem sie nur ans Poppen denkt, bevor sie „aber“ sagte.

Aber der ist so anders.

Aber der ist so sensibel.

Aber der versteht mich halt.

Aber der hat mir heute Blumen geschickt.

Aber der schreibt ganz liebe E-Mails.

Die „Aber“ Liste ließe sich noch lange fortsetzen.

„Du weißt ja gar nicht, wie das ist“, ruft sie anklagend.

„Nein, weiß ich nicht, aber du hast gewusst, dass das ein Verhältnis nebenbei ist. Hast du das gewusst oder nicht?“

Vielleicht ist sie doch reif für die ungekürzte Fassung, ohne Schnitt und ohne, dass die Kamera wegschwenkt, wenn's grausam wird oder obszön.

„Trotzdem", sagt sie bockig. „Mit 'ner SMS!"

„Ich weiß, das ist blöd, aber nun hast du wieder freie Auswahl."

„Ich habe es satt. Ich habe es so satt."

Ich verdrehe die Augen und nippe am Gin-Tonic. Ich bin angetrunken, aber ich lalle noch nicht.

„Schlaf erst mal eine Nacht drüber. Vielleicht bereut er es ja."

Ich sage es und höre der Falschheit meiner Worte zu. Ich lüge meine beste Freundin, meine einzige zudem, gerade an, rate ihr zu etwas, das ich selber niemals tun würde – und muss lachen. Es kitzelt und gluckst in meinem Hals.

„Glaubst du, nach dem Ding geh ich zurück? Du spinnst ja wohl."

Das muss sie jetzt sagen, denn das ist sie ihrer Würde schuldig, die ich ihr eben wegzuwerfen geraten habe. Aber ich weiß, dass, sollte er sich melden, Maya schneller auf dem Rücken liegen würde als ein toter Maikäfer Anfang Juni.

„Dann hak's ab und gut ist's, Maya", presse ich hervor. „Und lass dich nicht wieder beschwatzen."

Der Lach-Reflex wird immer stärker. Er steckt mir hinter dem Gaumen, füllt sämtliche Nebenhöhlen aus und will raus, raus, raus.

„Was ist denn?"

Ich pruste. Aus meiner Nase schießen Gin-Tonic und Rotz.

„He."

„Sorry, Maya."

Ich lache laut.

„Du", sie faucht in den Hörer, „du bist ein Dreckschwein. Du bist ein Arschloch!"

„Maya! Sorry! Bitte, ich ..." Es ist ein unappetitlicher Lachkrampf. An meinem Kinn hängt eine Rotzglocke, meine Augen tränen.

„Bitte, ich kann nicht ..."

„Verfickte, schwule Sau!" Sie holt Luft, es kling asthmatisch und verzweifelt. „Du charakterlose schwule Sau, du verfickte!"

Es knackt.

Ich lache, obwohl ich nicht lachen will. Es schüttelt mich, bis das Lachen mich loslässt und ich auf der Couch zusammensacke. Jetzt bin ich betrunken. Sinnlos besoffen. Ich sollte Maya umgehend zurückrufen. Doch ich werde es nicht tun. So betrunken bin ich nicht.

Früh um fünf – eigentlich sollte ich Kopfschmerzen haben, doch ich fühle mich wohl – sind nicht viele Männer online. Genau 143 sind es, die meisten aus Deutschland, ein paar aus den Niederlanden, Österreich und der Schweiz. Gerade mal ein Engländer ist hier.

Im Menü meines Profils – StillesWasser36 habe ich es genannt, obwohl ich 37 gewesen sein muss, als ich es anlegte – klicke ich auf die Anonym-Funktion. Das heißt, ich kann mir Profile ansehen, ohne dass die Besitzer merken, dass ich ihre Homepage angeschaut habe.

StillesWasser36 gibt es seit der Zeit, als Jan und ich den Sex am Abend vergaßen, als wir immer schläfriger wurden zusammen, als es genug schien, nebeneinander zu sitzen, zu essen oder fernzusehen. Doch immer, wenn er wieder weg war, wusste ich, dass es nicht reichen wird auf Dauer. Seine Anwesenheit verdrängte die Zweifel, doch in den Zeiträumen dazwischen sehnte ich mich nach Sex. Das war, bevor Gunter und ich uns zu treffen begannen.

Die Webseite ist eine Ergänzungsdroge, wie Vitaminpillen, die nur wirken, weil man daran glaubt.

Ich sehe mir die Kerle auf den Bildern anonym an, um ihnen und mir die Peinlichkeit der Ablehnung und des Missfallens zu ersparen.

Es gab Dates, heimlich an Nachmittagen. Während ich Überstunden abbummelte, von denen Jan nichts wusste. Ein Dutzend etwa, eventuell mehr. Sehr wahrscheinlich sogar. Denn die meisten habe ich vergessen oder einfach verdrängt.

Wie hieß noch der blasse, dünne, wenn auch muskulöse Mann, ein Frettchen, das joggt, morgens Müsli isst, schon mal

Vegetarier war, das nur Caro-Landkaffee und grünen Tee trinkt, aber bareback ficken will?

Oder der Psychologe von der forensischen Abteilung, der Mörder betreut und in dessen Blick sich eine Dauerpanik eingenistet hat, der mit stetig aufgerissenen Augen auf mich gerichtet kurze Sätze bildete und dessen Blick meinem sofort auswich und wegsah, wenn ich etwas sagte. Er saß mir bei dreißig Grad in Strickjacke gegenüber, die Arme verschränkt, als würde er frieren. Der eigentlich schöne Bär mit den von Zahnstein und Karies entstellten Zähnen, der selbstgedrehte Zigaretten rauchte und wie ein Haufen stockiger Wäsche roch, der „bis bald" sagte und mich küssen wollte, bevor ich ihn wegschob. Am nächsten Morgen hatte ich einen Herpes an der Lippe.

Mit wem habe ich geschlafen? Mit einem Italiener im Plaza-Hotel, ein Geschäftsmann, der den Sex abwickelte wie einen New-Economy-Deal und sich danach den Bauch mit Kleenex abwischte. Ein Verheirateter, der ohne Brille richtig schön war und mich mit Bezeichnungen aus Pornofilmen belegte. Ein arbeitsloser Schriftsetzer, ein Paar aus Landshut, die anfangs vor mir saßen wie Besucher einer Verkaufsveranstaltung.

Nicht zu vergessen, der angebliche Ledertyp HotLtherCockXL, der angeblich keinen Sex im Internet suchte, weil er den angeblich mit seinem angeblichen Partner Gagged4Ever habe und völlig glücklich sei. Das angebliche XL entpuppte sich als blutleer, das angebliche Leder als Tangaslip aus schwarz glänzendem Imitat.

Was werden sie über mich denken oder erzählen, wenn ich ihnen überhaupt noch einfalle?

Im Hauptmenü steht „Homepage ändern oder löschen".

Es ist fast sieben Uhr, ich habe zwei Stunden nur gesessen und nichts erreicht.

„Profil löschen."

Klick.

Der Kaffee ist kalt geworden. Ohne es zu merken, habe ich drei Zigaretten geraucht.

„Sind Sie sicher, dass Sie Ihr Profil löschen wollen?"

Klick.

Keine Wiederholungen mehr. Keine Blind-Dates, keine Männer, die nicht wiederkommen und sich jedes Mal so anfühlen wie andere Männer, die nicht wiederkommen. Als schliefe man mit ein und derselben Person in verschiedener Gestalt, jeder One-Night-Stand nur noch eine Form der optischen Täuschung.

„Ihr Profil wurde gelöscht."

Ein kurzes Brennen in der Magengrube, ein Nachklang vergangener und das Echo vermiedener Enttäuschungen. Plötzlich dehnt sich die Zeit wieder auf das Maß der Wirklichkeit, fließt nicht wie eine Datei beim Herunterladen davon. Ich habe kein Profil mehr, bin bloß noch ein abgefahrener Winterreifen.

Ich kann auch fast schon lächeln in aller Frühe. Mit Gin-Tonic im Kopf und einer Freundin weniger im Leben. Ich habe in mich hineingehorcht, ob es mir wehtäte, wenn ich Maya nicht wiedersehen würde. Kein Echo kam, kein Zweifel kroch hervor, kein Bedauern, nur das Pochen eines Körpers, der auf die vierzig zurast, ein bedächtiger Hufschlag eines müde gewordenen Pulses. So wie ich ihn manchmal abends vor dem Einschlafen höre, wenn ich denke, was geschähe, wenn er einfach anhalten würde, wenn das Pochen ausbliebe. Als Antwort drückte es mich an der Stelle, wo ich mein Herz vermute.

Bevor ich offline gehe, checke ich meine E-Mail. Mein Hauptname hat drei Nachrichten. Wer kann es schon sein? Die im Büro würden anrufen, Maya ist es sicher nicht, Gunter mit einem Terminvorschlag vielleicht oder ein Newsletter vom Sportstudio oder Amazon mit neuer Werbung.

Das Fenster öffnet sich.

Es ist Sebastian.

„Hallo wieder mal."

Er hat immer noch dieselbe Mail-Adresse, tippt seinen Text noch immer in blauen Arial-Buchstaben und trifft mich noch immer wie ein sanfter Schreck.

Sebastian fragt, wie es mir geht. Er schreibt, dass sie seit einem Jahr auch Gästezimmer haben, dass Herbert für die Grünen in den Stadtrat gewählt worden ist und dass das Bistro inzwischen sehr gut läuft.

Sebastian schreibt, er würde mich gern wiedersehen. Es sei vielleicht gut für uns beide, habe er sich gedacht.

Sebastian schreibt, dass er und Herbert mich herzlich zu sich einladen. Sie würden sich freuen. Ich solle mich melden.

Bis bald. Liebe Grüße.

And even I'm getting tired
Of useless desires

Patty Griffin, Useless Desires

zwei

Im letzten Moment habe ich mich doch für den Zug entschieden, das Auto stehen lassen und mir ein Taxi gerufen. Ich bin ewig nicht mehr mit der Bahn gefahren. Plötzlich scheint mir die Vorstellung, drei Stunden durch ein Fenster zu starren und nichts tun zu müssen, verlockend. Mein Koffer ist zu groß und zu voll für zwei Wochen Urlaub auf dem Land, wobei ich mir nicht sicher bin, ob ich so lange bleiben werde.

„Bleib, so lange du willst. Ist noch keine Saison, da kriegen wir das schon hin", sagte Sebastian am Telefon. „Außerdem sind die Zimmer erst fertig geworden, hat eigentlich noch niemand drin geschlafen."

Ich hatte angerufen, zum ersten Mal diese Nummer, die er mir vor Jahren schon einmal auf eine Postkarte schrieb, die ich verbummelte und die Sebastian mir gestern per Mail noch einmal schickte.

„Danke für deine Mail. Hab mich gefreut, dass der Laden läuft und so."

Langsam tastete ich mich vor, nicht zu schnell, nicht zu zaghaft, sicher wollte ich wirken und souverän.

„Ja. Schön, dass du anrufst. Im Moment geht es ein bisschen schleppend, aber für den Sommer haben wir zum ersten Mal Zimmervorbestellungen. Im letzten Jahr hat das noch ganz anders ausgesehen, nichts war fertig, und Herbert wollte zwischenzeitlich schon nach Kanada auswandern."

Sebastian klang wie damals, nur seine Stimme schien belegt, fast wie die eines älteren Mannes.

„Das ist doch gut. Ihr habt ja die ganzen Jahre auch geschuftet, denk ich mal."

Ich wusste nicht, was ich sagen sollte. Ich hatte keine Ahnung, welchen Inhalt mein nächster Satz haben, ob er eine Frage, eine Antwort, eine Feststellung oder eine Abschiedsfloskel werden würde.

„Was ist? Kommst du? Da kannst du dir das alles angucken, und wir haben Zeit füreinander. Ich trete im Moment etwas kürzer."

„Wieso? Ist irgendwas?"

„Nein." Sebastian lachte etwas rau. „Nur eine kleine Auszeit. Auch in einem Bistro kriegt man Burn-out-Syndrom. Und jetzt können wir uns mehr Personal leisten. Da ist das schon okay."

„Schön. Freut mich, dass es euch gut geht."

„Danke."

„Bitte."

Meine Stimme bekam plötzlich einen Knacks, wurde unsicher und brüchig. Sebastian könnte meiner Stimme alles anhören, was ich zu verbergen suchte. Ich hatte Angst davor, aber ich wollte trotzdem, dass er es hört.

„Also, was ist? Wann willst du uns mal besuchen? Wir würden uns echt freuen."

„Morgen", sagte ich.

Kurz war es still, damit hatte Sebastian nicht gerechnet, ebenso wenig wie ich.

„Gut. Schön." Er klang erfreut, oder ich wollte hören, dass er so klang.

Und nun ist morgen. Ich sitze in einem speckigen Regionalzug, der in den nächsten Stunden an jedem Provinzbahnhof anhalten wird.

Der Zug ist fast leer. Ein schmaler Schaffner, um dessen knochigen Körper die dunkelblaue Uniform schlackert wie eine Flagge um einen Fahnenmast, kontrolliert die Tickets, sieht mich dabei nicht an, sondern hält mir die Fahrkarte wieder hin, beschämt und eilig. Mein Abteil ist eines mit sechs Plätzen und einer Tür. Ich hasse Großraumwagen, ich hasse Menschen, die mir im Vorbeigehen ihren Rucksack gegen den Kopf drücken, und Frauen, die sich für die Reise dermaßen einparfümieren, dass man den ätzenden Duft ihres billigen Eau de Toilette auf der Zunge schmeckt.

Vorsichtshalber schließe ich die braungrauen Vorhänge zum Gang. Niemand soll neugierig hereinstarren im Vorbeigehen, keine Gespräche und kein Aneinander-vorbei-Schweigen, keine Muttis mit neugierigen Kindern, keine Omis mit Passbildern der Enkel im Portemonnaie.

Draußen wird das Stadtbild immer flacher und durchsichtiger, die Häuser schrumpfen, die Zwischenräume wachsen. Der Himmel ist leicht bewölkt, es ist nicht zu heiß, sondern angenehm, ein Frühlingstag, wie er im Buche steht.

Und ich rege mich über Menschen auf, die nicht da sind. Was habe ich gegen Menschen? Wenn sie im Kino ständig quatschen, billige Witze reißen oder mit ihren Apfelring-Tüten rascheln, dann frage ich mich, ob es Dummheit, Rücksichtslosigkeit oder pure Konzentrationsschwäche ist, dass die Menschheit gerade noch eine Folge von Birte Karalus konsumieren kann, zu mehr reicht es nicht.

Wenn sie in der Bahn, im Restaurant oder beim Bäcker lauthals Nichtigkeiten in ihre Mobiltelefone blöken, mit aufgedrehter Musikanlage das ganze Wohngebiet mit Proll-Techno zum Vibrieren bringen, ihre Aschenbecher einfach aus dem Autofenster auf die Straße kippen, wenn sie ihre Hunde mitten vor meine Haustür scheißen lassen, sich vordrängeln in kurzen Warteschlangen, durch Gerüche oder Worte die Umwelt verschmutzen, wenn Nachbarn trotz voller Mülltonne ihre Tüten einfach daneben stellen, damit der Wind ihren Dreck in der Nachbarschaft verteilen kann, und wenn eben Menschen im Zugabteil nicht wissen, wenn man in Ruhe gelassen werden möchte, weil sie vergessen haben, was Höflichkeit ist und wie man versteckte Hinweise deutet und es drauf ankommen lassen, dass man „Halt die Fresse, du dumme Sau!" schreit – dann wundere ich mich, dass es nicht mehr Amokläufer gibt. Manchmal glaube ich, dass ich das könnte – sie bedrohen, sie ernsthaft verletzen, vielleicht sogar töten, auf jeden Fall sie zurückwerfen auf ihre lausige, gedankenlose Existenz, die sich nur ums Fressen, Einkaufen und ums Fernsehen dreht, und um den Sex, den sie nie haben werden. Doch selbst einen Schuss ins Knie würden sie nicht verstehen.

Vielleicht verstehe ich es nur, weil ich jetzt schon schrullig bin, böse und unbefriedigt. Noch eine Weile, und ich werde einer von ihnen und tue all diese Dinge, nicht aus Gedankenlosigkeit, sondern aus purer Rachsucht.

Kein Amoklauf, weil die Einfamilienhäuschen, die jetzt vorbeiflanieren, alle längst an Abgründen stehen – ein falsches Wort und sie rutschen hinunter oder fallen einfach in sich zusammen, explodieren, kurz nachdem ein lebensmüder Vati der lebensmüden Mutti sagt, er müsse die Gasleitung reparieren. Aber wer bin ich, dass ich das wissen will? Vielleicht bin ich es, dessen Boden jetzt, in diesem Augenblick, nachgibt, bei dem das eine falsche Wort längst gefallen ist.

Ich habe Angst, Sebastian zu sehen, denn es könnte schlimm werden, wenn ich ihn noch lieben sollte, schlimmer, wenn nicht, wenn alles, was ich für ihn glaubte zu fühlen, nur ein Witz war, eine Luftspiegelung in der Wüste meiner Erinnerung. Es wäre falsch gewesen, nicht zu fahren, nun tue ich es, und auch das ist möglicherweise ein Fehler. Was habe ich zu verlieren?

Vor dem Fenster ist die Erde eine Scheibe. Der Zug wird noch langsamer, fährt ein in einen Bahnhof, der sonst übersehen worden wäre. Der einzige Bahnsteig hat nur Platz für ein Ortsschild. Niemand steigt ein oder aus.

Sebastian und Herbert haben eine Entscheidung getroffen. Sie sind aufs Land gezogen. Damals sah es für mich aus wie Flucht.

Ich dachte, es ist falsch, was sie tun. Aber nun ahne ich, sie sind mutig gewesen. Selbst wenn sie sich später anders entschieden hätten, die Hauptsache ist, sich zu entscheiden. Wofür auch immer. Es braucht nicht viel, in der Stadt zu leben als Schwuler. Versteckt als einer unter vielen.

Ich habe mich nie entschieden. Alles ist passiert, wie es passiert ist, weil ich mich eben nie für oder gegen etwas entschieden habe, sondern es geschehen ließ.

Ein unsichtbarer Schaffner pfeift. Es ruckt, der Zug fährt quietschend an. Zögernd, unterwürfig, fast lautlos schleicht sich der Bahnhof davon, mit seinem mit Unkraut überwucherten Bahnsteig, der einzigen Bank, scheckig von übereinander gepinselten Farbschichten, die nun alle wieder aufplatzen wie Geschwüre, den nutzlosen Backsteingebäuden, denen Kinder die Fenster einwarfen, als es hier noch Kinder gab.

Schnell noch ein Blick auf den davontreibenden Ort, neben leeren Schaufenstern schmucke Einfamilienhäuser, weiß getüncht und im Stil irgendwo zwischen Landhaus, Gebirgshütte und Hochbunker.

Wie lebt man hier? Kann man hier leben? Wer tut so etwas mit seiner Existenz? Hier, in der Mitte des Nichts, an dem schon zu Ostzeiten nur vorbeigefahren wurde, das aber dazugehörte zu dem Gebilde, das „Heimat" genannt wird, wie die Leuchtschrift „SCHOK LADEN" irgendwo an einer Bahnstrecke. Ich weiß nicht, wie oft ich daran vorbeigefahren bin, ich weiß nicht einmal mehr, wo diese Schokoladenfabrik gewesen ist, aber dieses O fehlte immer. Ein billiger Scherz eines frustrierten Elektrikers oder einfach die verschlagene Macht des Schicksals, die einem alles so deutlich unter die Nase reibt, dass es unglaublich wirkt, weil zu offensichtlich.

Vielleicht beneide ich diese Menschen hier in ihren Häuschen, die sie sich gebaut haben. Vielleicht hat sich etwas in mir genau das gewünscht, obwohl ich mich hämisch grinsen sehe im Fenster. Vielleicht sind sie hier geboren und haben sich nie etwas anderes gewünscht. Möglicherweise kennen sie nichts anderes, sind unzufrieden und unglücklich, hassen ihre Kinder und Ehepartner, hassen die Eltern, die um die Ecke wohnen und ihr Leben überwachen, und hassen jeden Schritt, den sie durch diese trostlosen Orte machen müssen – dennoch bleiben sie.

Es ist eine Form der Entscheidung, sich nicht zu entscheiden.

Ich werde mich entscheiden. Wofür, weiß ich nicht, aber ich verspreche mir jetzt, hier in diesem leeren Abteil, dass ich mich entscheiden werde. Ich werde Entscheidungen treffen, ja und nein sagen, nach mehr verlangen oder dankend ablehnen.

Kein Jan wird mir mehr zustoßen, keine Maya und kein Karl. Vielleicht ein Gunter. Er ist der Einzige, dem ich gesagt habe, dass ich wegfahre. Ich habe es ihm auf die Mailbox seines Mobiltelefons gesprochen, weil ich weiß, dass er es abends meist ausschaltet. Es war eine Mitteilung wie der Zettel in einer Flaschenpost. Jemand könnte mich retten. Im Moment fällt mir als Retter leider nur Gunter ein.

Mit Karl würde ich nicht über so etwas sprechen, weil ich jetzt zu viel über ihn weiß. Und zu wenig. Ich habe das Falsche über ihn erfahren. Es ist nicht gut, wenn Freunde sich zu gut kennen.

Für Liebhaber sind Abgründe der normale Schauplatz; Liebhaber treffen sich nie an der Oberfläche des Lebens, kommen so nie mit den Rollen durcheinander, die in der Oberwelt gespielt werden und umgekehrt. Jeder, der in einer Beziehung lebt und ein Verhältnis hat, wird mit voller Inbrunst sagen, dass dieser Sex nichts mit dieser Liebe zu tun hat, weil er es wirklich glaubt. Aber die Unterwelt fordert ihren Preis genau wie die Oberwelt.

Seit Gunter mir erzählt hat, was Karl heimlich tut oder tun könnte, weiß ich nicht mehr, wie ich ihn ansprechen soll. Ich sehe ihn in Army-Klamotten in Cruisingparks stehen, knien und liegen, und es ist eine komische Vorstellung. Wie ein Porno mit Laurel und Hardy. Karl, der die Physiognomie eines Beamten hat, grau und immer gut gescheitelt, der sich nie auffällig benimmt oder außergewöhnlich kleidet, in Gedanken dort zu sehen, ist zu viel für unsere Freundschaft oder was auch immer uns all die Jahre verbunden hat. Karl ist ein Fremder mehr in meinem Leben, mit Maya, meinen Eltern, den Kollegen und – mein Gedanke stockt, die armselig kurze Aufzählung reißt ab. Ich zähle Gunter nicht dazu.

Er ahnt nichts davon, aber ab sofort ist Gunter der Mensch, den ich behalten will, bei mir haben möchte in der Zukunft, was immer das sein mag.

Ich will etwas, das anders aussieht, das etwas anderes ist. Ich will mich nicht wieder abhängig machen, nicht den Spielen nachgehen, die ich glaubte, mit all meinen Männern spielen zu müssen. Es gab bis jetzt keine Liebe, nur Verstrickung. Ja, Verstrickung. Man verfällt einander, verfängt sich in einem Netz aus Wünschen und Ansprüchen, wirft es dem anderen über, und die Trennung ist schwer, geht nur mit Schneiden und Reißen. Es tat nie besonders weh, es war nur mühsam.

Das ist nicht gut.

Ich werde meine Entscheidungen treffen, sobald ich weiß, was ich will.

Ich grinse mich im Fenster an, während ich diesen Satz denke. Immer noch hämisch und herablassend.

‚Was willst du denn, hä?'

Das Gesicht, das mich von draußen ansieht, wirkt anders als bisher, etwas müde, älter, zerfurchter – zum ersten Mal sehe ich mir an, wie alt ich bin. Keine teure Creme hat das verhindert, das Licht ist nicht zu ändern, es ist etwas grauer und dunkler geworden, seit die Wolken sich doch verdichtet haben.

Es ist gut, jetzt aufgeweckt zu werden vom eigenen Spiegelbild, nicht erst in zehn Jahren, wenn der Schock so groß ist, weil alles, was ich an mir kannte, womöglich zerschnitten und verschoben sein wird, sodass ich mich in meinem alten Körper neu zurechtfinden muss, wie ein Kind, das ständig anstößt und sich verletzt, weil der Körper, den es mit sich herumträgt, im Wachstum begriffen ist, ungewohnt und fremd.

Es ist gut, dass ich wach geworden bin. Jetzt.

Der Marktplatz ist nicht groß, aber aufgeräumt. Das gepflasterte Viereck in der Mitte wird von jungen Linden bewacht, zwischen denen Bänke, flankiert von glänzenden städtischen Mülleimern, stehen. Niemand sitzt hier, ein paar Autos parken, ab und zu fährt eines vorbei, das Straßengeviert ist Tempo-30-Zone, obwohl meinen Taxifahrer das nicht geschert hat. Weder nickte er wissend, als ich ihm mein Ziel sagte, noch stellte er Fragen, was ich hier wolle und woher ich denn komme. Ich saß auf dem Rücksitz und sah mir die Stadt an. Nach dem Bahnhof kam eine Reihe von Sechsfamilienhäusern, bewohnt, aber verkommen, nur zwei von ihnen neu und peinlich weiß renoviert, mit angebauten Balkonen.

Wir passierten einen Turm mit einem Torbogen darunter, wohl ein Stadttor, restauriert und aufgemotzt wie eine Kulisse für das *Frühlingsfest der Volksmusik*. Ein Kontrast zur Baulücke dahinter und dem leeren Gebäude, an dem immer noch KONSUM über trüben Schaufenstern steht, die von innen mit Brettern vernagelt sind. Zweigeschossige Häuser, renoviert oder alt, mit freundlichen Fenstern und einladenden Freitreppen. Zwei Autohäuser, ein Papierwarengeschäft, ein *Spar*-Markt, die unvermeidliche Drogeriekette, ein chinesisches Restaurant und zwei Imbisse, einer mit Dönern, der andere mit Currywurst. Die Straßen sind offenbar neu asphaltiert. Dann das grellfarbene Leuchtschild einer Versicherungsagentin, die sandgestrahlten Klinker der Sparkassenfiliale, gegenüber das „Stadtcafé" mit dunkelbraunen Vorhängen und vergilbten Stores, der Eingang, in gelbes Metall eingefasstes Drahtglas neben einem leeren Schaukasten, wirkt wie der Eintritt in eine Schleuse, durch die man in die DDR der siebziger Jahre gelangt.

„Hier ist es", sagte der Fahrer und hielt an. Die Fahrt hatte nicht einmal zehn Minuten gedauert. Ungläubig sah ich auf die verschossene Fassade. Dann deutete er auf die Häuserreihe gegenüber.

„Da drüben ist es. Weiter darf ich hier nicht rein."

Das Trinkgeld quittierte er mit einem Brummen.

Meinen Koffer holte ich selber aus dem Kofferraum und zog ihn in die Richtung, die mir der Taxifahrer gezeigt hatte. Vorbei an der Gaststätte „Waldschenke", der graugeputzten Deutschen Bank und einem Schuhgeschäft, aus dem gerade eine Frau in Bolero-Lederjacke trat, mich den holpernden Koffer über das Pflaster ziehen sah und stehen blieb. „Guten Tag", sagte ich im Vorbeigehen. Sie nickte leicht, wollte lächeln, besann sich aber und ging weiter.

Jetzt stehe ich am Marktplatz vor der richtigen Hausnummer.

„Café & Logierhaus Paradies."

Ich stutze. Unter der aufgemalten Schrift steht „Inh. S. Köhler und H. Schell".

Dass sie das Café „Paradies" genannt haben, wusste ich nicht, Sebastian hat es sicher nie erwähnt. Ich würde mich erinnern.

Paradies?

Darüber hätte ich Witze gemacht, das hätte ich ihm um die Ohren gehauen oder ironisch zwischen die Zeilen der Weihnachtskarten und E-Mails getippt. Das hätte ich mir todsicher gemerkt.

Paradies!

Ein billiger Witz oder eine geniale Idee. Im Schaufenster liegen alte kupferne Kuchenformen, ein Nudelholz und andere Altertümer. Auf einem gestickten Leintuch steht „Willkommen".

Zwei Treppenstufen gehen zur Tür hoch.

„Geöffnet von 11 bis 24 Uhr."

Darunter prangt ein Regenbogenaufkleber, was vielleicht Mut braucht, aber nicht viel, denn wer soll hier wissen, was der Regenbogen bedeutet? Aber er passt zu Paradies wie die Kuchenformen und die geschnörkelte Schrift.

Ich atme durch. Noch kann ich umkehren, obwohl der nächste Zug zurück erst morgen Früh fährt. Ich komme mir blöd vor mit dem Riesenkoffer. Ich finde es unpassend, ihn durch die Tür in dieses „Café & Logierhaus" zu wuchten, noch bescheuerter ist es, hier stehen zu bleiben, undenkbar, umzukehren. Und wenn, wohin? Der Taxifahrer ist weg und döst sicher längst wieder am Bahnhof vor sich hin.

Vorsichtig fasse ich die Messingklinke an und öffne langsam die Tür, schiebe mich und den Koffer die Stufen hoch. Ich sehe runde Tische mit Kerzen darauf, ein Regal mit alten Tellern, einen Tresen und einen Kleiderständer, weiter hinten etwas, das wie ein zu groß geratener Puppenkaufladen aussieht.

Fast habe ich es geschafft, da klimpert es über mir. Ein altes Ladenglockenspiel macht alle Vorsicht zunichte.

Aus der Tür hinter dem Tresen schnellt ein Kopf. Im Halbdunkel erkenne ich ihn nicht, aber ich sage „hallo".

„Guten Tag", erwidert der Kopf freundlich, aber auch etwas zögernd, und zeigt den Restkörper.

Es ist Herbert, schmal und hoch gewachsen. Auf der Straße wäre ich wahrscheinlich an ihm vorbeigegangen. Seine Schläfen sind grau, die Gesichtszüge schärfer gezeichnet, sein schmaler Schnurrbart wirkt zickig, aber sein Gesicht ist ruhig. Er trägt ein schwarzes T-Shirt, kommt um die Theke herum und gibt mir die Hand.

„Gregor! Grüß dich! Hat ja pünktlich geklappt, was?"

Hinter mir klimpert es noch einmal, bevor die Tür ins Schloss fällt.

„Komm herein. Setz dich hin."

Er schiebt mir einen Stuhl zurecht und nimmt mir den Koffer aus der Hand, zieht ihn neben die Theke.

„Erst mal einen Kaffee, was? Dann sag ich Basti Bescheid."

Ich nicke und sinke vorsichtig auf den Bistrostuhl.

Basti! Paradies! Was ist das hier?

Herbert huscht wieder hinter den Tresen.

„Kaffee oder Cappuccino oder einen Latte Macchiato?"

„Kaffee ist okay. Schwarz bitte."

„Wird erledigt. Hast du schon Hunger? Ich kann dir eine Kleinigkeit machen. Nachher essen wir richtig, es ist ja noch keine Abendbrotzeit."

Obwohl Herbert eine tiefe Stimme hat, klingt es fast wie Gackern.

„Das ist okay." Ich sehe mich demonstrativ um. „Viel los ist ja nicht."

Herbert hält inne.

„Um diese Zeit unter der Woche ist es eigentlich immer leer. Mittags ist es die Hölle, dann ist Kaffeezeit, und zwischen fünf und sieben ist tote Hose. Hier draußen hält man sich noch an Zeiten. Wir haben jetzt sonntags immer Brunch. Wir wollten das schon wieder einstampfen, da sind sie plötzlich gekommen. Erst gar nichts, dann war die Bude voll. Und nun können wir uns kaum retten, und ohne Bestellung kriegst du Sonntagmittag hier keinen Platz mehr. So sind sie."

„Ist doch schön, wenn es gut läuft. Freut mich für euch", sage ich mit einer Stimme, die wie ein Heucheln klingt, voll gesogen mit hinterhältiger Freundlichkeit. Dabei meine ich es so, wie ich es gesagt habe, doch es klingt nicht so. Herbert lächelt.

Das Paradies ist gemütlich und wird langsam heller, je länger ich hier sitze und mich umsehe. Der Kaufmannsladen ist voll gestopft mit Puppen, mit Bilderbüchern, Geschirr, Gläsern, Servietten und Kerzenleuchtern. Vier hellbraune Teddybären, nagelneu, und doch aus einer anderen Zeit, sitzen nebeneinander im oberen Fach des Schrankes, einer hübscher als der andere, eine Hommage an eine Kindheit, wie sie nur bei Astrid Lindgren existiert hat. Ich sehe die Bären und weiß, sie sind ein Renner. Die Puppen, deren Plastikköpfe wie Porzellan wirken, die Bilderbücher, alles passt zusammen, alles kündet von Geschmack.

An der Decke hängt ein Kronleuchter aus Kristall, ein goldener Rahmen ohne Inhalt an einer Wand, an der anderen historische Fotografien, die wohl den Marktplatz zeigen.

Herbert stellt mir eine Tasse Kaffee hin, auf dem Unterteller liegt Gebäck, und zündet die Kerze an.

„Danke."

Er setzt sich zu mir und lächelt.

Bislang dachte ich, der einzige Gast zu sein, doch links neben mir nehme ich eine Bewegung wahr, ich sehe hin, jemand sitzt an einem Tisch, auf dem auch eine Kerze brennt, und dreht sich zur selben Zeit um, mustert mich fragend mit einem Gesicht, das starr vor Lächeln ist, das blöde aussieht und eingespielt. Jetzt grinst es ertappt – ich habe mich erkannt.

Es ist ein Spiegel.

„Basti freut sich, dass du hier bist."

Noch immer klingt die Bezeichnung „Basti" für Sebastian falsch, wie ein Konfitürenetikett an einem Senfglas. Aber nun ist nicht die Zeit, einen zehn Jahre alten Krieg, der nie erklärt wurde, zu verlieren. Ich will mich zusammenreißen, aufgeschlossen sein, Herbert eine Chance geben. Wenn ich vierzehn Tage hier bleiben will, habe ich keine andere Wahl.

„Ihr habt ganz schön viel geschafft, Herbert. Ich staune."

Er nickt. Er lächelt stolz, ohne Triumph, nicht überheblich, aber auch erschöpft.

„Ja", sagt er und sieht mich an. „Ich bin auch ganz froh, dass du endlich mal gekommen bist." Er legt die Hände auf die marmorierte Tischplatte. Seine Fingerspitzen berühren sich.

„Wir beide hatten ja damals einen blöden Einstieg."

Er hat es also nicht vergessen. Das tut gut.

„Ja. Da hast du Recht."

Wir lachen uns an. Die Erinnerung an sein verkniffenes Gesicht, seine dünnen und nach unten gezogenen Mundwinkel verglüht in diesem Lachen. Herberts Gesicht ist älter, aber auch schöner geworden.

„Wo ist Sebastian?"

„Basti hat sich vorhin noch etwas hingelegt. Trink erst mal deinen Kaffee, dann zeig ich dir das Haus und wo du schläft."

Ich nicke.

„Wie lange willst du bleiben?"
„Ich weiß nicht."
Er deutet auf den Koffer.
„Wenn du nicht nach Übersee willst, dann schätze ich mindestens eine Woche."
Wieder lachen wir.
„Ich habe fast vier Wochen Urlaub. Ich bin also völlig frei. Aber zu lange werde ich euch nicht auf die Nerven gehen."
„Bleib, so lang du willst. Wenn's dir nicht zu langweilig ist in dem Dorf hier."
Ich zucke mit den Schultern. „Ich langweile mich lieber mal woanders als zu Hause."
„Dann ist ja gut. Basti wird sich freuen."
Herbert steht auf, rückt den Stuhl zurecht und wischt sich die Hände an der weißen Schürze ab, die er um die Hüfte hat und die bis zu seinen Knocheln reicht. Fast sieht er aus wie ein Garçon in einem französischen Restaurant.
Er stellt mir den Aschenbecher vom Nebentisch hin.
„Du rauchst doch noch."
Ich nicke.
„Ich muss in die Küche. Mich ums Abendessen kümmern. Komm einfach rum, wenn du deinen Kaffee getrunken hast."
„Ja."
Er verschwindet; die Tür schwingt hinter ihm zu.
Ich drehe mich noch einmal zu dem Spiegel an der Wand, sehe mich prüfend an. Bin ich hier richtig? Es wirkt nicht falsch, wie ich da sitze. Der Kaffee schmeckt, der Keks auch. Ich sehe mir beim Kauen zu, und ab und an versuche ich mir, ein Lächeln zu schenken.
Außer meinem Koffer habe ich nichts mitgenommen. Niemand außer Gunter weiß, wo ich bin, dass ich hier sitze in einem hübschen Bistro, das „Paradies" heißt.
„Na, was kann ich für Sie tun, junger Mann?"
Sebastian steht in der Küchentür.
Ich springe auf.

„He!"

Er kommt auf mich zu. Hellhäutig, glatzköpfig, nicht mehr ganz so stämmig, wie ich ihn in Erinnerung habe. Er war nie fett, aber kräftig. Seine Augenbrauen haben noch den eleganten Schwung, die linke zuckt nach oben. Ich erinnere mich. Wir umarmen uns.

Er riecht sogar noch so wie damals, bilde ich mir ein. Aber das ist wirklich Einbildung, weil ich möchte, dass ich mich an ihn erinnere, weil ich will, dass Sebastian wichtig für mich ist, dass er eine Spur hinterlässt in meinem Leben und dass ich bei ihm etwas hinterlasse. Wir drücken uns, etwas länger als nötig, weil wir unsicher und verlegen sind, weil uns plötzlich bewusst wird, wie lange es her ist, wie weit wir gelaufen sind hierher auf verschiedenen Wegen – und wie fremd wir uns sind. Unsere Leben haben nichts mehr miteinander zu tun. Die Weihnachtskarten, die Mails zu den Geburtstagen, das alles haben wir uns gegönnt, weil wir beide zu feige für einen handfesten Abschied gewesen sind.

Wir treten einen Schritt zurück, wie um ein Bild in einer Galerie auf uns wirken zu lassen, sehen uns an, lächeln, und die Freude weicht einer Klarheit.

Sebastian atmet auf, bleibt aber beim Lächeln.

„Schön. Du bist da, Gregor. Ich zeige dir gleich, wo du schläfst, und du kannst dich frisch machen. Dann gibt's die Führung durch die Latifundien."

Ich nicke. Er will meinen Koffer nehmen, hebt ihn an, lässt ihn wieder sinken.

„Boah, hast du dein eigenes Geschirr mitgebracht?"

„Gib her", sage ich. „Ich pack immer zu viel ein, also muss ich das auch selber schleppen."

„So viel gesellschaftliche Anlässe gibt es hier nicht", lacht Sebastian. „Aber nächste Woche ist Stadtverordnetenversammlung. Vielleicht willst du dich dafür aufbrezeln und Herbert in Aktion sehen."

„Ja. Herbert macht ja Politik."

„Beziehungen sind eben alles. Aber es macht ihm trotzdem Spaß. Komm mit."

Neben dem Ladenregal mit den Teddybären ist eine Tür, die mir nicht aufgefallen war. Dahinter ist ein Korridor mit Geweihen an der Wand. „Keine Angst, die sind nicht selber geschossen, bloß selber geerbt."

An den beiden Toilettentüren sind goldene Lettern, D und H. Ein Zigarettenautomat dazwischen, in dunklem Holz. Sie haben sich offensichtlich Mühe gegeben, dass alles zusammenpasst.

Im Treppenhaus hängen Bilder, kleine Stillleben, im ersten Stock blickt mich ein strenger Mann mit Bismarck-Schnurrbart und Glatze vor dunklem Hintergrund an, ein altes Foto in einem Goldrahmen.

„Herberts Urgroßvater."

„Guten Tag, der Herr."

Wir gehen um die Ecke. Die Wände sind beige gestrichen, es riecht nach frischer Farbe, alles ist hell und doch wie aus einer anderen Zeit.

„Hier sind die Zimmer. Nummer 3, das ist deins."

Er schließt eine helle, gelaugte Tür auf.

„Wie viele Zimmer habt ihr?"

„Wir haben hier vier und oben im zweiten Stock noch mal fünf. Das reicht. Reinkommen."

Sebastian stellt sich mit einladender Geste in die Tür.

„Ey, das ist aber schön."

Ein schmiedeeisernes Himmelbett steht in der Mitte des Zimmers, gegenüber ein wuchtiger Schrank mit Bauernmalerei, daneben ein antiker Schreibtisch, auf dem eine Vase mit gelben Rosen steht. Die Wände sind in einem matten Beige gestrichen, der Boden gedielt, vor dem Bett liegt ein kleiner Perserteppich. Am Fenster keine Gardine, aber offenbar Rollläden.

„Hier ist das Bad", sagt Sebastian, nachdem er die Tür hinter sich geschlossen hat.

Ich drehe mich um. Er zeigt auf die schmale Tür, dahinter ein langgezogener Raum mit Badewanne, Waschbecken und einer Toilette mit Holzbrille.

„Schön habt ihr das gemacht."

„Das ist das Hochzeitszimmer, mein Lieber. Also benimm dich."

„Ach, glaubst du, ich komm hier unter die Haube, oder was?"

Er schüttelt den Kopf.

„Na gut, die Schwulendichte ist nicht so hoch wie in der Stadt, aber Herbert sagt immer, wahre Liebe gibt's nur auf dem Land."

„Da kann er Recht haben."

Ich setze mich vorsichtig auf das Bett. Die Tagesdecke ist mit einem Rosenmuster übersät, und auch der Himmel hat Rosen, durchsichtig und zart.

„Keine Hochzeit die nächsten Tage? Nicht, dass es dann heißt, ich hätte die Hochzeitssuite blockiert."

Sebastian schüttelt den Kopf, während er den Schlüssel auf den Schreibtisch legt.

„In drei Wochen erst. So lange kannst du bleiben. Hier heiratet man nicht so spontan."

„Macht ihr auch Hochzeiten?"

„Catering machen wir. Aber wahrscheinlich öfter für Beerdigungen." Sebastian grinst nicht, während er das sagt.

Ich kann es mir nicht verkneifen: „Kanapees zur letzten Ruhe." Dabei suche ich seinen Blick, versuche ihn anzulächeln, eine Verbindung herzustellen, das Eis zu brechen. Sebastian lächelt nicht.

„Ja. So ähnlich."

Er sieht sich prüfend um.

„Gut, dann lass ich dich allein."

„So kaputt bin ich nicht."

„Pack erst einmal dein Zeug aus. Ich bin in der Küche. Komm dann einfach runter, ja?"

„Okay."

Er wendet sich zum Gehen, sieht sich abermals im Zimmer um, als fürchtete er, etwas vergessen zu haben.

„Sebastian?"

„Ja." Er dreht sich verwundert um.

„Über den Preis müssen wir noch reden. Ich will hier nicht gratis wohnen."

„Machen wir. Bis nachher."

Leise schließt er die Tür.

Ich atme durch.

Ich habe kaum etwas von dem Sebastian gesehen, der er damals war. So viel jedoch habe ich entdeckt: So wenig er auch dem Bild ähnlich scheint, ist er immer noch der Sebastian, den ich zu kennen glaubte für eine kurze Zeit, der verschwand und den ich nie vergessen konnte, der mich immer begleitete, denn nach ihm gab es nur Ersatzmänner. Alle erinnerten mich an Sebastian, mit einem Lächeln, mit dem Tonfall eines Satzes, der linken, hochgezogenen Augenbraue, einem unbestimmten Aufblitzen in den Augen.

Bis hin zu Jan. Bei ihm war es die Art, wie er manchmal meine Hand hielt in der S-Bahn, nicht zu offensichtlich, aber auch nicht versteckt, ganz selbstverständlich und sicher. Und oft erinnerte ich mich dabei an Sebastian, an eine Berührung, die es womöglich so nie gegeben hat, aber trotzdem dachte ich an ihn, während Jan mich hielt.

Ich lege mich auf die Rosen, prüfe die Härte der Matratze und blicke dann in den rüschigen Betthimmel.

Sie alle sind seine Stellvertreter gewesen. Meine Männer, die ich aus Einzelteilen, aus Resten und Augenblicken, die alle Sebastian gehörten, zusammenfügte. Wie Monster.

Dampf schlägt mir entgegen, Spiegelungen in Edelstahl. Herbert sieht in einen Topf und macht genießerisch: „Mh."

Neben ihm steht ein blonder Mann in weiß, der lächelt, mit einem Löffel bewaffnet, schiebt Herbert beiseite, sagt schnippisch, aber freundlich: „Klar ist das lecker. Was haben Sie denn gedacht?"

Seine Stimme ist so hell wie sein Haar. Er hat dunkle, schnurgerade Augenbrauen und in der linken einen Ring. Er trägt einen Kinnbart, auch dunkel, denn das Blond ist nicht echt. Er ist höchstens Ende Zwanzig.

„He, Gregor!" Ich zucke bei meinem Namen zusammen, die beiden Männer drehen sich zu mir um, Sebastian kommt um die Ecke auf mich zu: „Alles klar im Zimmer?"

Jetzt lächelt er echt, als wäre er aufgeblüht in der letzten halben Stunde.

Ich nicke und lächle zurück.

Er schiebt mich zu den anderen.

„Das ist Gregor, ein alter Freund, der die nächsten Tage im Hochzeitszimmer wohnt."

Der blonde Koch sieht mich an, taxiert, lässt aber keine Reaktion, keine Neugierde erkennen, grinst aber nicht mehr.

Sebastian legt seine Hand auf meine Schulter und erklärt: „Und das ist unser Koch, ach, unser Chefkoch. Ohne den könnten wir nämlich dicht machen."

Der Chefkoch grinst immer noch nicht.

„Das ist Sven."

„Guten Abend, Sven", sage ich.

„Mit einem W bitte." Er klingt kühl.

„Was?"

„Swen mit W, nicht mit V."

„Also, dann, Swen. Freut mich."

„Ja", sagt er und dreht sich um.

Entweder ist Swen mit W ein Hetero, der Schwule, die nicht seine Chefs sind, hasst, eine kleine Schwuppe, die Prinzessin spielt, weil sie in der Britney-Spears-Hölle der Postpubertät festhängt – oder er steht auf mich.

„Was kocht ihr Feines?" frage ich. Swen hat einen kurzen, weißen Kittel an und eine dieser klein gemusterten Kochhosen, etwas zu eng, einschneidend eng. In meiner Fantasie platzen sie gleich und zeigen zwei leicht behaarte, pralle Arschbacken.

Ich bekomme einen Steifen.

„Soljanka." Swen mit W sieht wieder in den Topf.

„Spezialität des Hauses", sagt Sebastian väterlich.

„Aha", sage ich spitz. „Macht ihr auch Würzfleisch?"

Ich bereue sofort.

„Nein, machen wir schon lange nicht mehr, aber wenn Sie auf so was stehen, kriegen wir das auch hin." Swen sieht mich dabei nicht an. Und er siezt mich. Zwischen uns liegen bestimmt mehr als zehn Jahre, ein breiter Siez-Graben, und ich bin ein Freund der schwulen Chefs. Dennoch macht mich sein „Sie" alt.

Entweder Herbert und Sebastian haben beide mit dem kleinen Swen mit W geschlafen und das „Sie" ist nur für den äußeren Schein, oder sie gehen wirklich so mit dem Personal um. Beides reizt mich.

„Lass die Männer mal machen", sagt Sebastian. „Komm."

Er geht. Ich folge ihm und drehe mich nicht nach dem kleinen, geilen Arsch um.

Es ist Abend geworden. Das Bistro sieht völlig anders aus. Weiße Tischdecken auf den beiden Tafeln, auch die kleinen Tische sind weiß eingedeckt.

Drei sind besetzt. Zwei junge Männer mit Siebziger-Jahre-Frisuren, der eine mit Dauerwelle, ein junges Pärchen, die unter dem Tisch Händchen halten, und zwei ältere Damen, die aufrecht auf ihren Stühlen thronen, als säßen sie Modell.

An der einen großen Tafel sitzen zwei ältere Paare, sie raunen, blicken mich kurz misstrauisch an, die Frauen haben ein Glas Sekt vor sich. Doch dann, als sie Sebastian ansehen, hellen sich ihre geschminkten Gesichter auf.

„Einen schönen guten Abend wünsche ich", sagt Sebastian deutlich, aber nicht zu laut, freundlich, aber nicht unterwürfig. „Ist alles in Ordnung?"

„Ja, natürlich, bei Ihnen ist doch immer alles in Ordnung", sagt die hochtoupierte Mahagoni-Frau, und ihre aschblonde Pagenschnitt-Freundin nickt zustimmend.

Die Ehemänner, beide mit bunt gemusterten Hemden, halten sich zurück, nicken jedoch sehr routiniert und verschwörerisch.

Sebastian stellt sich kurz ans Kopfende der Tafel und begutachtet den Tisch.

„Sie werden bedient?"

„Ja", sagt die Blonde. „Doreen war schon da. Die ist doch immer flott."

„Das freut mich", entgegnet Sebastian und faltet seine Hände wie ein Priester. „Dann wünsche ich Ihnen einen schönen Abend bei uns."

„Bei ihnen ist es doch immer schön", sagt die Blonde. Die Mahagoni-Farbene ergänzt: „Genau. Wie im Paradies."

Sie lachen etwas kreischend. Die Männer nicken Sebastian noch einmal zu, diesmal wirkt es, als wollten sie sich für das laute Lachen ihrer Gattinnen entschuldigen.

Die Frauen stoßen an.

„Komm", sagt Sebastian zu mir, und wir gehen an die andere Tafel.

„Setz dich." Er schiebt mir den Stuhl zurecht, sodass ich mit dem Rücken zu den Honoratioren sitze. Er stellt das Reserviert-Schild zur Wand und setzt sich gegenüber hin, nimmt die Serviette, die zu einer kleinen Krone gefaltet ist, schüttelt sie gewissenhaft mit einer kurzen Bewegung aus und legt sie sich auf den Schoß.

„Der eine ist der ehemalige Bürgermeister, der rechte hat einen Fotoladen. Die Gattinnen sind beide im Kulturausschuss", sagt er verhalten zu mir gebeugt. „Ohne die läuft hier nichts."

Doreen kommt: schwarze Bluse, weiße Schürze, schmal und blass, die Haare etwas zu rot gefärbt, die Lippen dünn. Jedenfalls glaube ich, dass es Doreen sein muss. Sie gibt uns die

Speisekarten, dunkelbraun mit goldener Schnörkelschrift. Paradies.

„Guten Abend."

„Guten Abend, Doreen. Das ist Gregor, ein Freund des Hauses."

„Hallo", sage ich.

Sie nickt. „Herzlich willkommen. Darf ich Ihnen schon etwas zu trinken bringen?"

Auch Doreen siezt mich.

Bevor ich das Bier, das ich eigentlich will, bestellen kann, übernimmt Sebastian.

„Wir nehmen eine Flasche Wasser, zwei Gläser Prosecco und mit dem Wein warten wir bis zur Bestellung. Sie können ja die Weinkarte dann auch bringen."

„Gerne", sagt Doreen und geht. Sie macht einen Bogen durch das Lokal, nimmt die leeren Teller bei den Damen mit, prüft die anderen Tische. Sie scheint wirklich flott zu sein.

„Doreen ist mein Diamant", sagt Sebastian. „Ich dachte erst, das wird nichts, weil sie den Mund gar nicht aufbekommen hat. Ich habe mich schon gewundert, was die in der Lehre gemacht hat. Aber nach drei Wochen ist sie so aufgetaut. Und jetzt mag ich ihr gar nicht freigeben."

„Das ist doch schön."

„Du hast die traurigen Gestalten vorher nicht gesehen. Ich glaube, wir haben sieben Kellnerinnen verschlissen. Alles Fachkräfte eigentlich, aber maulig, sag ich dir. Da hab ich doch dann lieber selber den Laden geschmissen."

„Aber jetzt scheint der ja wohl zu laufen."

Doreen stellt uns jeweils von rechts ein Glas Prosecco hin, schenkt dann Wasser ein und stellt die Flasche in die Mitte der Tafel.

„Haben Sie schon gewählt?"

„Danke, noch nicht, Doreen, wir brauchen noch etwas."

Er artikuliert deutlicher, wenn er zu ihr spricht, im Tonfall freundlich, fast väterlich, aber auch kühl.

„Natürlich", sagt sie, blickt über den Tisch, lächelt und wendet sich dann der Vierer-Tafel hinter mir zu. Eine der Frauen ruft hinter meinem Rücken: „Also, das Huhn hier ist bestimmt total lecker, Doreen!"

Mit all ihrer Färbung, die fast schon ins Sächsische geht, klingt es, als spräche die Mahagoni-Frau beim Casting fürs *Gard Haarstudio* vor. Manche Dinge ändern sich, und manche bleiben, wie sie sind, und ändern nur ihren Anschein, Chamäleons sind unterwegs. Ich bin eins davon, stadtfarben und träge. Aber hier falle ich endlich auf. Die Menschen an den Tischen begutachten mich.

„Ich find es schön, dass du gekommen bist. Und so schnell", sagt Sebastian.

„Ja", bestätige ich, die Gedanken und Blicke beiseite schiebend, immer die Methode der Stadt im Kopf. Niemanden kenne ich, keinen hier werde ich je wiedersehen, also was soll's. „Ich finde das auch gut. Aber ich bleibe nicht so lange."

„Nun bist du erst mal da."

Nichts erinnert noch an den Sebastian, den ich zu kennen glaubte. Er hat sich verändert, oder ich sah ihn damals falsch.

Ich nicke und sage: „Alle Achtung, ihr habt ganz schön was geschaffen hier."

Er lächelt. Und auf Kommando erzählt er.

„Ich habe Herbert kennen gelernt, mich völlig verliebt in den Kerl und gar keine Zeit gehabt, nachzudenken. Ein paar Dinge hätte ich im Nachhinein gern anders geregelt." Er macht eine kleine, bedeutsame Pause, holt Luft. Er spricht weiter, als er sieht, dass ich den Wink verstanden und die Entschuldigung akzeptiert habe.

„Seine Mutter ist gestorben, da waren wir grad mal zwei Monate zusammen. Das war nicht so einfach. Andere können sich zum Kennenlernen länger Zeit nehmen, rumprobieren, aber wenn du jemanden gleich in so einer Krise erlebst, dann kannst du nur wegrennen oder bleiben. Und ich bin eben geblieben, obwohl ich manchmal gedacht habe, dass er mich gar nicht braucht. Herbert war so stark. Er hat den ganzen Mist mit Trauerfeier und Einäscherung alles selber geregelt. Er hat sich benommen wie ein erwachsener Mann. Die Verwandtschaft, die dann zur Feier auftauchte, hat ihn nur akzeptiert, weil er die Drecksarbeit gemacht hat. Der Leichenschmaus war die Hölle für ihn. Für mich auch. Ich hab dabei gesessen, als Beistand oder als Tatsache, ich weiß es nicht. Er wollte mich dabei haben. Es gab da ein paar missgünstige Tanten, die mich gemustert haben wie einen Leprakranken. Ein Onkel hat mir auf die Schulter geklopft und gesagt, ich würde ja aussehen wie ein richtiger Kerl. Und er hat gelacht, der Arsch.

Herbert hat das alles kalt gelassen. Er hat nicht geweint, nicht mal bei der Totenfeier. Das hat mir fast schon Angst gemacht. Aber irgendwie hat mich das fasziniert, weißt du. Wie er das alles geregelt hat. Erst da bin ich mir eigentlich sicher gewesen, dass ich ihn will, dass er der Mann ist. Die Liebe meines Lebens, und so – laber, laber."

Er macht eine abfällige Handbewegung dabei. Doreen kommt und nimmt unsere Bestellung auf. Ich esse Linguine mit Lachs, Sebastian nur einen Salat. Er bestellt einen südafrikanischen Rotwein für uns. Er kostet ihn, blickt konzentriert an die Decke, nickt und fährt fort.

„Das dicke Ende ist dann gekommen, als Herbert zum Notar ist. Da war ich nicht dabei. Ich hab zu Hause gewartet und eigentlich gedacht, das Schlimmste ist vorbei, jetzt können wir uns wieder um uns kümmern."

Er prostet mir zu, wir trinken, ich nicke, um zu bestätigen, dass mir der Rotwein schmeckt.

„Ich hab Herbert gar nicht wiedererkannt, als der heimkam. Der saß plötzlich auf der Couch wie eine Wachsfigur. Ich hab erst nicht gewusst, was ich da sagen soll. Ich hab mich hingesetzt und seine Hand genommen. Und da ist er zusammengebrochen. Ich war völlig hilflos. Er hat geweint wie ein kleines Kind. ‚Die hat mir ein Haus vererbt, mitten im Osten, blöde Kuh', ich hab so was noch nie gesehen. Der hat das immer wieder gesagt, völlig durch den Wind. Ich hab gedacht, na ja, dann kann man das verkaufen, und da hat sich der Lack. Aber so einfach war das dann doch nicht."

Doreen bringt das Essen, sie stellt die Teller hin, beflissen und schnell, spricht kein Wort, sagt nicht einmal „bitte sehr". Sie hat wohl bemerkt, dass ihr Chef dafür jetzt keinen Sinn hat.

„Herberts Mutter hat einen Antrag auf Rückübertragung gestellt, ohne irgendeiner Seele was zu sagen. Und bei der Mischpoke kann ich das sogar verstehen, die hätten das bisschen Zeug zerpflückt wie die Aasgeier. Soweit war die alte Frau also noch ganz klar im Kopf. Herbert hat das völlig aus der Bahn geworfen. Wir haben die ganze Nacht auf der Couch gesessen, er hat ganz viel geweint. Und da war ich mir noch sicherer, dass ich ihn liebe. Auch wenn dieser ganze Mist mit seiner Mutter und dem Haus etwas zu früh gekommen ist für meinen Geschmack."

Sebastian trinkt wieder einen Schluck, ich lasse mein Glas stehen. Ich will ihn durch nichts unterbrechen.

„Eine Woche später sind wir hergefahren. Ich dachte, das ist Tschernobyl-Süd. Als wir das Haus gesehen haben, hätten wir am liebsten auf dem Absatz kehrtgemacht. Die Kneipe hatten die schon in den Siebzigern dichtgemacht, und im ersten Stock, wo du jetzt schläfst, gab's nur noch Frau Bachert. Die wohnt jetzt zwei Straßen weiter. Die lernst du auch noch kennen, die backt nämlich unseren Kuchen."

Er lächelt stolz. Wir beginnen nebenbei zu essen, Sebastian braucht für seinen Salat länger als ich für meinen Lachs. Aber er erzählt. Er fragt mich nichts, er sagt mir, was ich zu wissen habe. Seine Erzählung klingt fast wie die eines Korrespondenten. Er berichtet vom Ort des Geschehens, mitreißend, aber doch mit Abstand, mit der Distanz von fast zehn Jahren.

„Wir haben uns das also angesehen. Herbert wollte wenigstens mal gucken. Und das hab ich auch verstanden. Aber wie wir dann hier durchgegangen sind, wir haben wirklich vom Keller bis zum Dach alles richtig inspiziert, von den durchgefaulten Dielen bis zum Dachboden, der voller Taubendreck war,

Schwamm im Keller, der Putz fiel von den Wänden, Holzwurm in der Treppe. Das Geländer war schon fast umgeknickt. Als wir also die ganze Bescherung gesehen haben, ist was passiert. Ich bin mitgekommen, habe meine Kommentare abgegeben, und die waren nicht besonders optimistisch. ‚Was willst du mit einer morschen Ruine im Osten?', ‚Was sollen wir hier in der Pampa?', ‚Das kostet ja Millionen!'"

Sebastian äfft sich selber nach – oder den, der er damals gewesen ist. Vielleicht mag er den heute auch nicht so besonders, wie ich mich.

„Damals hat das zwar schon geboomt an ein paar Stellen, aber hier? Das ist ja nicht unbedingt Leipzig oder Dresden, das ist ‚Hinter-Siehst-Mich-Nicht'. Herbert war ganz still. Das war so der dritte Knoten, der dann geplatzt ist, nach Beerdigung und Testament.

Da haben wir oben bei Frau Bachert einen Kaffee getrunken. Die war ganz froh, dass sich überhaupt jemand blicken ließ. Der kommunalen Wohnungsverwaltung war doch das Alteigentum egal. Also gab's Kuchen und Kaffee. Sie hat uns ausgefragt, und wir haben soweit geantwortet. Sie hat ja Herberts Opa noch gekannt. Aber sie hat wirklich nicht das Haus angesprochen und was Herbert damit machen will.

Zwischendurch ist sie rausgegangen, um Kuchen zu holen oder so. Herbert hat meine Hand genommen, mich angeguckt und einfach gesagt. ‚Ich glaub, ich muss das machen. Bist du dabei. Kommst du mit?'"

Sebastian legt sein Besteck kurz ab und wischt sich mit den Fingern über die Wange.

„Ob du das glaubst oder nicht, das war wie ein Heiratsantrag. In dem Moment ist mein ganzes Leben vorbeigezogen, und bevor ich einen klaren Gedanken fassen konnte oder irgendwie die Lage sondiert habe, bewusst jetzt, da hab ich Ja gesagt."

Sebastian lacht ungläubig und schenkt mir Wein nach.

„Ich hab Ja gesagt. Und ich hab mich selber dabei gehört und das gar nicht geglaubt. Aber ich hab's gesagt. Und das Komische dabei ist, ich habe mich nie wieder so frei gefühlt und so glücklich wie da oben im alten Wohnzimmer von Frau Bachert, wo ich Ja zu Herbert gesagt habe."

Er stellt die Flasche ab, schüttelt den Kopf.

„Wir haben uns geküsst, und in dem Moment kam Frau Bachert natürlich rein, knallte die Kaffeekanne auf den Tisch, wir beide sind zurückgezuckt, völlig aus den Wolken. Kawumm!"

Wieder eine große Geste seiner Hände.

„Da stellt die sich hin, grinst, und weißte, was die gesagt hat?"

Ich schüttle beflissen den Kopf. Ich weiß natürlich nicht, was sie gesagt hat. Vor meinem inneren Auge steht eine dicke Frau in Kittelschürze, die einen Kuchenteller fallen lässt und schreit: „Früher hätte man euch ins Gas geschickt, ihr perversen Säue!"

Sebastian spitzt den Mund und deutet ein Kreischen an: „‚Ich hab's mir fast gedacht, Sie haben den Kirschkuchen nicht aufgegessen!'"

„Echt?"

„Wir sind fast von ihrem Kanapee gefallen. Sie hat uns dann bei sich schlafen lassen die eine Nacht. Mit Treppenklo und Kachelofen. Wir haben uns auf das Kanapee gekuschelt, und ich glaube, wir haben keine Minute geschlafen. Wir haben da gelegen und uns angesehen. Nicht mal gesprochen haben wir. Das war's dann. Zwei Monate später waren wir hier."

Sebastian lächelt leicht, schiebt seinen Teller zur Seite. Wie auf Kommando erscheint Doreen.

„Hat es Ihnen geschmeckt?"

„Ja, danke, wirklich sehr gut", sage ich.

„Noch ein Dessert?"

„Ja", sagt Sebastian. „Bringen Sie ein Stück Zupfkuchen."

„Ich bin wirklich satt."

„Soviel geht noch rein. Den hat Frau Bachert heute frisch gebacken, der ist ein Gedicht. Ohne sie wären wir nämlich aufgeschmissen. So einen Kuchen kriegst du nirgends. Das kannst du dir nicht entgehen lassen."

Ich gebe mich geschlagen.

Die Vierertafel wird gerade aufgehoben. Die beiden Frauen bauen sich vor unserem Tisch auf.

„Es war wieder ganz vorzüglich."

Sebastian steht auf.

„Das freut uns doch."

Die Blonde sieht mich an.

„Besuch? Sie habe ich hier noch nicht gesehen."

„Ein alter Freund aus der Stadt."

„Oha", sagt die Blonde. Es klingt wissend, aber nicht abfällig. Die beiden Ehemänner bleiben im Hintergrund, als würden sie eigentlich nicht mit aufs Bild wollen, aber sie bleiben stehen, weil es sich so gehört.

„Dann sehen wir uns ja noch", sagt die Mahagoni-Frau freundlich zu mir, mustert mich noch einmal kurz und nickt gnädig.

Sie geben Sebastian die Hand. Die Frauen herzlich, die Männer auf eine Weise verschwörerisch und doch mit Respekt.

„Bis bald", sagt Sebastian.

„Bis Montag."

Die nach Davidoff duftende Karawane zieht fort. Sebastian setzt sich.

„Montag ist Geschäftsfrauen-Stammtisch. Da kommen sie zum Teil fünfzig Kilometer hergefahren. Die haben das sogar schon fertig gekriegt, Rita Süßmuth einzuladen. Die hat dann hier bei uns geschlafen, im provisorischen Gästezimmer. War ziemlich nett. Hätte ich nicht gedacht. Die Hildebrandt war da, auch ganz bezaubernd, aber halt laut. Die Merkel wollen sie noch kriegen."

Sebastian schüttelt den Kopf und grinst.

„Die Weiber sind unglaublich. Die stecken alle Kerle hier in die Tasche, sag ich dir. Die machen Tombolas, veranstalten Lesungen, wen die schon alles eingeladen haben, die managen das Schützenfest, und wenn Kirmes ist, dann stellen die ein Bierzelt mit Live-Musik vors Paradies, und der Laden platzt vor Menschen."

Sebastian beginnt zu strahlen. Er strahlt noch mehr als vorhin bei der Liebeserklärung. Etwas leiser setzt er hinzu: „Wenn man bedenkt, dass die uns am Anfang am liebsten weggemobbt hätten."

Doreen bringt den Zupfkuchen. Natürlich mit Sahne. Sebastian lächelt und nippt am Wein.

„Dann lass es dir schmecken."

„Sieht gut aus."

Meine Antworten sind beschissen pflichtbewusst. Ich bin zum Kotzen höflich, ich will hier bleiben und ich will hier raus. Nicht weil ich Sebastian nicht ertrage, sondern weil ich Probleme habe, mich zu ertragen.

„Ich bin gleich wieder da." Sebastian verschwindet in der Küche, nicht ohne dem letzten besetzten Tisch zuzunicken. Das Pärchen lächelt schwach und erleichtert, als hätten sie diese Bestätigung gebraucht, um sich ihrer Existenz zu versichern.

Ich esse den Kuchen, den ich offiziell nicht essen will, der wirklich gut und viel zu fett schmeckt, doch ich esse ihn, weil wir das höfliche Spiel spielen. Freundlich abwehren, aber nicht zu absolut, die kleine Hintertür auflassen und dann doch die Freitreppe hochmarschieren. Ich freue mich auf mein Hochzeitshimmelbett.

Das Paradies hat sich geleert. Das junge Pärchen sitzt noch unentschlossen am Tisch. Sie schweigen beide. Vielleicht haben sie sich gestritten, oder es gibt nichts mehr zu streiten. Manchen Gesichtern sieht man ihr Altern schon ganz früh an.

Das Mädchen wird ein Doppelkinn bekommen, besser, sie hat schon eins, es wird größer werden, ihr Gesicht breiter, bäurischer. Sie sitzt nach vorne gebeugt, um ihren Busen zu verstecken, und sieht sich um, vermeidet, zu unserem Tisch zu schauen. Ihr Freund, dünn und drahtig, wird vielleicht später zu trinken beginnen, seine Mimik ist schon jetzt die eines alten Mannes. Er starrt auf sein halbes Bier, hält es mit einer Hand fest, als könnte jemand es ihm wegnehmen.

Ich will das nicht sehen, ich will das nicht denken. Diese Menschen sind mir egal, ihr Leben geht mich nichts an – und meins kann ihnen gestohlen bleiben.

Ich bin ohne Verbindung. Alle Leitungen zu mir wurden gekappt, ich habe es getan. Wie Treibgut sitze ich hier.

Ich kann wieder wegfahren morgen Früh, ohne mich losreißen zu müssen. Wahrscheinlich würde ich es tun, wenn ich wüsste, wohin. Oder wenn dort, wo ich hingehen kann, etwas wäre, für das sich die Rückkehr lohnt.

Doreen, die sich hinter dem Tresen mit dem Polieren von Gläsern die Zeit vertrieben hat, geht bei ihnen vorbei und fragt, ob es noch was sein darf. Sie wachen aus ihrem Frostschlaf auf, der Junge fragt nach der Rechnung, Doreen nickt und eilt zur Kasse, nicht ohne im Vorbeigehen den Füllstand meines Rotweinglases zu prüfen. Sie sieht jetzt müde aus. Der Kassendrucker fiept, Doreen ist schnell zurück, die beiden bezahlen und gehen, das Mädchen trottet ihm hinterher und schaut dabei auf den Boden.

Mag sein, sie schließen die Tür hinter sich und laufen nun lachend nach Hause, spielen Fangen, verstecken sich voreinander in Hauseingängen, finden sich kichernd und vögeln dann hastig hinter einem Papiercontainer.

Das wäre schön.

Der Kassendrucker rattert und kratzt die Abrechnung auf die Papierrolle.

„Entschuldigen Sie, Doreen, ich habe noch nicht bezahlt."

Sie schaut kurz hoch.

„Das geht aufs Haus, ist mir gesagt worden."

Sie klingt nicht schnippisch, doch ich höre einen abfälligen Ton. Ich bilde mir ein, nicht willkommen zu sein.

„Doreen, Sie können dann Schluss machen. Bringen Sie uns vorher bitte noch eine Karaffe vom offenen Rotwein und noch zwei Gläser", sagt Sebastian.

Die Tür zur Küche schwingt hin und her.

„Danke!"

„Natürlich."

Er geht kurz durch das Lokal, begutachtet die Tische, alle sind abgeräumt, die Kerzen gelöscht, und kommt wieder an den Tisch.

„So. Ein Weinchen gönnen wir uns noch."

„Mal sehen, nicht dass ich mich gleich am ersten Tag bei euch besaufe."

„So schnell geht das nicht."

„Ich bin noch nicht ganz da", sage ich. „Ich brauch noch ein bisschen, um anzukommen."

„Klar. Das wird schon. Lass dir Zeit. Du hast schließlich Urlaub. Morgen zeig ich dir den Rest, und dann können wir was unternehmen. Ich hab ja im Moment nicht so viel zu tun."

„Ja, würd ich gern."

Doreen bringt den Wein und schenkt uns ein.

„Danke, Doreen. Sie können dann Feierabend machen."

„Ja. Dann gute Nacht."

Doreen lächelt. Für einen Moment wundere ich mich, dass sie keinen Knicks macht.

Wir wünschen ihr ebenfalls eine gute Nacht.

„Tschüs, bis morgen", sagt sie im Hinausgehen.

Sebastian wartet, bis die Tür zu ist.

„Das ist wirklich ein Goldstück, die hat das echt im Griff."

„Das hab ich gesehen, die ist auf Draht."

Sebastian lächelt. Ich lächle. Und bevor wir beide nicht wissen, was jetzt noch zu sagen wäre, übernehme ich: „Hätte wirklich nicht gedacht, dass ihr das so weit gebracht habt. Nicht, dass ich euch das nicht zugetraut hätte. Ich hab eigentlich gar nichts gedacht."

„Gott, Gregor, wie lange haben wir uns gekannt? Drei Monate?"

Ich nicke: „Ja, nicht mal drei Monate."

„Und Herbert kennst du eigentlich gar nicht. Der Abend war damals ein bisschen unglücklich."

Die Entschuldigung kommt spät, aber sie kommt. Es tut gut, dass Sebastian diesen verdammten Abend ebenso noch im Gedächtnis hat.

„Ja, ein bisschen unglücklich", untertreibe ich. Fast zehn Jahre Rachegelüste verpuffen in diesem Augenblick, die Szenen, die sich immer wieder abspulten in meinem Kopf, bis ich nicht mehr wusste, was wirklich passiert und was dazugedichtet ist, wer was gesagt oder nicht gesagt hat. Das ist jetzt alles gut. So einfach, so verdammt einfach. Die Küchentür geht auf.

„Seid ihr fertig? Alles okay?"

„Alles okay", bestätigt Herbert. „Hab die Sachen für morgen noch gemacht. So viel Essen war ja nicht heute. Gemüse geh ich morgen selber holen."

„Ich hätte das auch gemacht."

„Lass mal, kümmere dich um unseren Gast."

Herbert lächelt mich an und setzt sich zu uns.

„Na, Gregor, hat es geschmeckt? Oder willst du morgen wieder abhauen?"

„Nein, ich bleib da, wenn's recht ist."

Sebastian schenkt ihm Wein ein.

„Ist recht", sagt Herbert. „Ist sehr recht."

Wir wollen uns zuprosten, aber Herbert macht eine Handbewegung.

„Wartet mal." Er wendet sich zum Tresen. „Swen! Kommen Sie auch?"

„Gleich", höre ich Swen rufen. Im nächsten Augenblick kommt er durch die Tür, im schwarzen T-Shirt und mit Jeans. Ich versuche, nicht auf seine Figur zu sehen. Er ist stämmig, etwas muskulös. Wenn ich nur an seinen Arsch in den Kochhosen denke, werde ich geil. Ich sehe nicht hin.

Er setzt sich neben mich. Auch er bekommt Wein.

„So, haben wir wieder mal alles geschafft", seufzt Herbert.

„Umsatz war doch gut, oder?" fragt Sebastian nebenbei.

„War schon besser, war aber auch schon viel schlechter."

Sie lachen.

„Aber so was von schlecht", echot Sebastian.

„Schluss mit dem Geschäft. Prost, Männer."

Swen riecht nach etwas. Nach Wärme, wenn das geht. Ich rieche seine Wärme, meine linke Seite wird heiß.

„Angucken, sonst gibt es sieben Jahre schlechten Sex", droht Herbert.

Also proste ich lächelnd und sehe die beiden an, dann muss ich auch Swen in die Augen schauen.

Wahrscheinlich werde ich rot. Sein Blick weicht schnell wieder aus, schneller als meiner. Sie reden, und ich, als säße ich in einer Kiste, höre dumpfes Murmeln, aber kein Wort. Sie lachen. Neben mir sitzt ein Mann, der aus Feuer zu sein scheint, denn die Hitze kriecht über meinen Arm, frisst sich weiter, bis meine linke Körperhälfte brennt.

Jetzt bloß keinen Fehler machen, keine dieser Anmachen starten, um mich zu blamieren vor Menschen, die Freunde sein könnten, es aber nicht sind. Sie können es aber werden, ihre Einladung ist eine Offerte einer möglichen Freundschaft. Ich würde Sebastian und Herbert nie meine Freunde nennen können, wenn ich jetzt diesem Swen verfalle für eine Nacht oder für ein paar Stunden, vielleicht sogar nur Minuten. Säßen wir auf den Hockern irgendeiner Bar, würde es darauf hinauslaufen.

Er ist zu blond gefärbt, seine Jeans und das T-Shirt sind zu eng, die Signale sind auf den kurzen Effekt aus, für das Sommergewitter, bedrohlich, erfrischend, aber schnell vorbei, nicht für lang, es bleibt nichts zu entdecken, alles ist da.

Aber ich kenne diesen Swen nicht, also sollte ich doch die Signale erst deuten, wenn ich ahnen kann, wer er ist. Vielleicht zieht er sich so an, um Stärke zu beweisen, dem Landvolk zu zeigen, dass es ihm egal ist, was es über ihn denkt und sagt, worüber es sich beim Metzger das Maul zerreißt. Swen ist möglicherweise ein mutiger, junger Kerl, der nicht in die Stadt geflohen ist, der den Kampf mit Eltern, Nachbarn und dem ganzen missgünstigen Rest vor Ort austrägt, nicht aus der Ferne, in der vermeintlichen Sicherheit der Anonymität. Doch auch fernab in der Stadt treffen die Pfeile aus der Heimat; nur die Verteidigung ist nicht möglich. Mag sein, Swen versteckt sich hier vor dem Leben, wohnt bei Mutter, lässt sich bekochen und spielt nur nach außen den Rebellen.

Sie reden jetzt über Lasagne, die ausverkauft ist, und über einen Gast, der „Gnotschi" sagt, wenn er Gnocchi bestellt, sie sprechen über die rätselhafte Soljanka, die immer gut ankommt, von der es anscheinend nie genug geben kann, was aber nicht dazu passt, dass das gute alte Würzfleisch von der Karte genommen werden musste. Vielleicht zu viel Erinnerung.

Sie lachen nicht darüber, sie schmunzeln etwas. Herbert erzählt von Muscheln, die sie wegwerfen mussten, weil niemand es wagte, sie zu bestellen. Sebastian meint, dass es daran gelegen habe, dass keiner weiß, wie man Muscheln isst. Swen schüttelt den Kopf und sagt: „Probieren geht über studieren."

Die Hitze hat meinen Körper ganz erfasst. Sie kommt noch immer von der linken Seite, auf der Swen sitzt. Sein Arm ist zwei Handbreit von meinem entfernt, sein Knie nah an meinem, das sich wie eine Brandwunde anfühlt.

Swen ist schwul. Soviel ist sicher. Wir erkennen uns alle. Wie man einen Geruch nie in seine Einzelgerüche zerlegen kann, wird es nie möglich werden, die Zeichen zu benennen, die wir geben und zu verstehen meinen. Und wir wissen nicht, warum wir, die wir einerseits dankbar sind für das Gefühl, so verdammt allein da stehen. Aber dennoch schwingt manchmal Verachtung und Angst in diesem Erkennen mit, denn wir zeigen uns, dass wir zwar versuchen können, uns zu verstecken, aber dennoch entdeckt werden. Manchmal finden andere einen, bevor man sich selber gefunden hat.

Es gab eine Zeit, als ich oft in die Sauna ging. Ich genoss das Unkomplizierte, das Zeigen, das Nehmen und das Abweisen. Ohne Filter. Aber immer, wenn ich da einen traf, den ich hätte wiedersehen wollen, spukte die Erkenntnis durch meinen Kopf, dass es keinen Sinn hat, hier etwas wie eine Beziehung zu suchen, denn der andere geht morgen vielleicht schon wieder hierher, dann bin ich nur noch ein Schatten von gestern, ein Gesicht, dem man noch eine Weile zunickt, wenn man es zufällig auf der Straße oder in der Szene sieht, bis es irgendwann zu denen gehört, von denen man sich sicher ist, sie schon gesehen zu haben, aber sich nicht mehr erinnert, wo das gewesen sein könnte.

Ich weiß noch, dass er Dino hieß oder sich so nannte, dass ich ihm meine Telefonnummer gab und dass er nie bei mir anrief. Für ein paar Wochen kam ich jeden Abend nach Hause und drückte erwartungsvoll auf die Taste des Anrufbeantworters. Nie war eine Nachricht von Dino drauf.

Und ich ging nie wieder in die Sauna.

Swens Knie ist so nah an meinem, dass ich es nur Zentimeter nach links schieben müsste, um seins zu berühren.

Die Hitze muss jetzt kühler werden. Ich ziehe mein Knie weiter weg, setze mich aufrecht hin.

„Geht's dir gut, Gregor?" fragt Sebastian.

Ich erschrecke fast.

„Ja, klar. Gut. Nur ein bisschen müde. Entschuldigung", stammle ich.

„War ja auch ein langer Tag für dich", sagt Herbert.

Swen sagt nichts. Er trinkt seinen Wein aus.

Ich kühle ab, so schnell, dass ich fast zu frieren beginne.

„Ich geh dann mal", sagt Swen und steht auf, schiebt seinen Stuhl ordentlich an den Tisch.

Er gibt Herbert, Sebastian und mir die Hand. Wieder sieht er mich an, kein Lächeln, kein Zeichen, nur Kühle, abweisend und nichts sagend. Ich nicke, versuche freundlich zu wirken, ohne dabei zu lachen.

Swen nimmt seinen Rucksack, den er neben den Tisch gestellt hatte, und geht.

Die Türglocke bimmelt hinter mir.

„Bin froh, dass ich den Swen habe", sagt Herbert.

Sebastian nickt. Anscheinend ist das Siezen nicht nur Fassade, und Swen hat in keinem ihrer Betten gelegen oder ist in einer ruhigen Stunde nach Mittag in der Küche gevögelt worden.

Sebastian fragt: „Bett?"

Ich nicke, lächle beiläufig, als wäre ich müde, versuche entspannt zu wirken. Wie Urlaub eben.

„Ich glaub, ja. Wie spät ist es eigentlich?"

„Gleich elf", sagt Herbert und sieht mich forsch an, sucht etwas, schmunzelt.

„Ich bedanke mich für das Essen. War sehr gut."

Beide nicken und lächeln, Herbert legt seine Hand auf Sebastians Rücken und streichelt ihn.

Ich lächle auch.

„Und ich will mich für die Einladung bedanken. Ich bleib nicht zu lange, ich versprech's."

„Erst einmal bist du da", sagt Sebastian, schaut kurz zu Herbert, sie grinsen.

Ich versuche, sie anzulächeln. Nicht zu dankbar, aber gelassen, obwohl ich nicht gelassen bin. Mein Körper ist kalt geworden, als wäre er in dem Moment, als Swen den Raum verlassen hat, gestorben.

Vielleicht hören Sebastian und Herbert die Fragen, die es innerlich in mir schreit.

Es – nicht ich. Es – das Gefühl. Es. Dieses flüchtige, launische, tölpelhafte und unbestechliche Es. Es ist immer da, und Es ist nie zu fassen, selten zu begreifen und nur ganz gelegentlich ist ihm zu trauen. Weil Es beeinflussbar ist, überschwänglich im falschen Augenblick, und im richtigen ist Es kalt und dreht sich weg.

Es gackert in mir.

Wo wohnt Swen? Nah?

Hat er einen Freund, oder ist er sogar verheiratet?

Lebt er bei seiner Mutter?

Lebt er offen schwul?

Wie alt ist er genau?

Steht er auf Männer, die zehn Jahre älter sind?

Was kocht er am liebsten?

Wie lange ist er schon im Paradies?

Habt ihr mit ihm geschlafen?

Ist er ein Flittchen?

Ist Swen der Mann fürs Leben? Hahaha! Natürlich nicht für mich!

Ist er es längst für irgendwen?

Es soll jetzt das Maul halten, sich zurückziehen, abwarten. Müde sein.

„Denkst du irgendwas?" fragen sich Liebende in den Augenblicken der Stille. Aber schon die Frage ist gelogen, feige und hilflos.

Genau wie: „Geht's dir gut?"

Die richtige Frage ist: „Fühlst du irgendwas?"

Doch diese Frage wird niemand stellen. Und so muss keiner Antworten geben: Ich fühle Kälte. Ich fühle mich allein. Ich fühle mich schlecht, fühle keine Liebe, fühle, dass du mir auf die Nerven gehst, fühle, dass ich nichts fühle. Nichts.

Es ist schwerer zu sagen: „Ich fühle nichts", als zuzugeben, dass man gerade nichts denkt.

„Danke. Gute Nacht, ihr zwei. Bis morgen."

Ich stehe auf, nicke beiden wie sympathischen Fremden zu, wohl erzogen, schiebe meinen Stuhl an den Tisch.

„Nacht", sagen sie wie aus einem Mund.

„Frühstück gegen halb zehn, zehn?" fragt Sebastian.

„Perfekt", entgegne ich.

Im Vorbeigehen berühre ich die Lehne von Swens Stuhl mit den Fingerspitzen. Sie ist noch warm.

Wir sitzen pünktlich beim Frühstück, nachdem ich gut geschlafen und nichts geträumt hatte. Wir reden nicht viel. Herbert kommt vorbei, ruft „guten Morgen, ihr zwei" und hastet in die Küche.

„Er war schon auf dem Großmarkt heute Morgen", sagt Sebastian. „Ich habe verschlafen."

„Muss auch mal sein", sage ich. „Ich dachte, ihr habt eure Zulieferer."

„Haben wir auch, aber ab und zu ist es ganz gut, selber zu gucken. Allein schon wegen der Preise. Herbert bringt gern mal was Besonderes mit. Er experimentiert ganz gern."

„Mit Muscheln?"

„Ja, mit Muscheln zum Bleistift", lacht Sebastian. „Swen hat auch gern Abwechslung. Und wenn es bloß für uns ist. Da freue ich mich immer irgendwie."

„Ist noch leer hier", sage ich, während ich im Lokal herumsehe. Ich könnte Sätze wie ‚Das Paradies ist noch leer, wahrscheinlich sitzen alle noch in der Hölle.' sagen, aber in mir sträubt sich alles, zumal sie diese Witze alle kennen werden hier. Den Namen Paradies finde ich schön, gleichzeitig stößt er mich ab wie ein Groschenroman.

„Wir machen erst um elf auf. Früher hat das hier keinen Zweck. Hier setzt man sich nicht einfach in ein Café; das halten die für dekadent oder mindestens für Verschwendung. Die rechnen, was die Tasse Kaffee zu Hause kostet, und vergleichen das dann mit unserer Karte. Und das ist ein Unterschied. Mittagessen ist schon was anderes, und der Nachmittag ist außer Konkurrenz, da kommen unsere Damen und genießen ihre Rente. Und wahrscheinlich genießen die auch ihr Witwendasein, glaub ich."

Er macht eine Pause und schenkt unsere Tassen voll.

„Am Abend ist dann oft reserviert, da geht das auch. Die Preise sind ja nicht so heftig. In der Stadt wär's ein Drittel teurer, aber das kann man hier nicht bringen. Wir verdienen ganz gut, aber Millionär wird man mit so einem Laden nicht. Willst du noch ein Brötchen?"

Ich schüttle den Kopf.

„Ich bin satt. Danke."

Nach nicht einmal vierundzwanzig Stunden geht mir das Danke-Sagen etwas auf die Nerven.

„Gut, dann trinken wir in Ruhe unseren Kaffee aus und machen uns davon. Da haben Herbert und Swen freie Bahn. Doreen muss auch gleich kommen, und ich muss mich nachher um Frau Bachert kümmern. Wir zwei machen einen Ausflug, was hältst du davon?"

Wieder nicke ich, der Tag ist offenbar verplant. Doch andererseits bin ich bar aller Vorhaben und Pläne, ein unbeschriebenes

Blatt, ohne Ziel, nur mit fast vier Wochen freier Zeit geschlagen. Es sind gerade noch drei und ein paar Tage.

„Schön. Klingt gut."

„Okay." Er trinkt seine Tasse aus und steht auf. „Dann lass uns mal sehen."

Ich widerspreche nicht, lasse meine Neige stehen und folge ihm. Im Flur gehen wir an der Treppe vorbei, unter den Geweihen durch.

„Hier geht es zum Hof", sagt Sebastian und deutet mir mit einer Kopfbewegung, ihm zu folgen. Eine dicke Tür mit Glasfenstern, erschreckend neu, weiß und aus Kunststoff.

„Hier hinten musste das sein, sonst hätte uns keine Versicherung genommen", sagt Sebastian, der meinen Blick auf die Tür bemerkt hat.

„Wir wollten hier noch Tische draußen haben, aber das machen wir nicht in diesem Sommer, nächsten vielleicht."

Der Hof ist gepflastert, aufgeräumt. Er ist von Häusern umfasst. Die Fensterkreuze blicken wie aus einer anderen Zeit, dann die beige-gelb verputzte Rückfront eines Hauses und eine Art Nebengelass. Gemauert, aber die Backsteine sehen frisch aus.

„Das war mal die Scheune."

Wo früher eine Öffnung gewesen ist auf halber Haushöhe, wahrscheinlich um das Stroh einzubringen, ist jetzt ein verglastes, türgroßes Fenster.

Wir gehen zu dieser Scheune.

„Hier wohnen wir."

„Ach", sage ich ungläubig, weil ich meine, es ungläubig sagen zu müssen. Schon von außen sieht der Bau edel aus.

Wir gehen hinein: eine kleine Diele mit unverputzten Wänden, ein stählerner Schirmständer und eine Metallgarderobe an der Wand.

„Komm." Sebastian schiebt mich in einen großen Raum, das Wohnzimmer. Rau verputzte Wände, helle Vorhänge an den beiden Fenstern, ein Ölbild eines Mädchen an der Wand, sie stützt ihr Kinn auf ihre Hand und sieht am Betrachter vorbei. Das Bild sieht echt aus, der Rahmen verschwenderisch.

An der Decke ein Kronleuchter, ein goldfarbenes Gerippe, mit einzelnen Kristallen geschmückt.

„Das ist das Wohnzimmer." Sebastian klingt stolz. Und er kann es wohl auch sein. Sie haben Geschmack, und offenbar haben sie Geld.

Eine helle Couch, wie man sie mutmaßlich nicht bei Möbel Höffner finden wird, schlicht und klar, fast etwas zu eckig, zwei Sessel, einer mit Ohren, sicherlich antik, dunkelroter Samt. Auf dem Couchtisch zwei Stapel Bücher, eine Anrichte, voll gestellt mit Kerzenleuchtern und Nippes. Eine Stehleuchte, die aussieht wie eine verchromte Stabheuschrecke, daneben ein Glastisch mit Rollen, Flaschen darauf, Bombay Sapphire Gin, Glenfiddich Whisky, nichts Billiges. Die nächste Tür, rohes Holz, gewachst, führt zur Küche. Links protzt ein altes Kuchenbord, auch rohes Holz, alt und edel, ein Spülstein und ein alter Herd.

„Kocht ihr darauf?"

„Ja, manchmal werfe ich den an. Irgendwie ist das eine andere Wärme. Im Winter ist das ganz schön. Da mach ich Linseneintopf, bloß, um das Teil zu benutzen. Das riecht immer wie aus einer anderen Welt."

In der Mitte steht ein Tisch mit vier Stühlen, ich tippe auf Gründerzeit, aber ich bin nicht gut in derlei Dingen.

An den Wänden hängen alte Gewürzmenagen, ein Bord für Geschirrtücher, an dem ein weißes, handbesticktes Leintuch hängt: *Trautes Heim, Glück allein*.

Delfter Porzellan auf Regalen, eine Kaffeemühle hängt an der Wand, eine alte Krupps-Waage steht auf dem Fensterbrett.

Es gibt sicher Menschen, die das alles taxieren könnten. Ich kann es nicht, also staune ich nur.

„Schlaf- und Arbeitszimmer sind oben."

Das Haus ist eine Art bewohntes Museum. Ich gehe durch und ertappe mich dabei, wie ich mich vorsichtiger bewege. Die schmale Wendeltreppe nach oben, eine große chinesische Vase gleich neben dem Treppenaufgang, ein großes Bett unter dem Dachfenster, der Raum geteilt durch ein Bücherregal, dahinter ein dunkler Schreibtisch, darauf ein Apple-Laptop, der wie ein eben falsch gelandetes Raumschiff wirkt. Alles ist ordentlich, bis auf einen Papierstapel, Bücher neben dem Bett, ein DVD-Regal, in dem sich die Hüllen lässig aneinander lehnen.

„Schön alles", sage ich.

Sebastian sagt nichts, schiebt mich wieder nach unten in die Küche.

„Setz dich kurz."

Auf dem Tisch steht eine Obstschale aus Glas mit Bananen und Äpfeln.

„Ich ruf nur kurz mal an."

Sebastian geht ins Wohnzimmer. Ich bleibe in der Küche sitzen; wie ein weiteres Objekt in einer Dauerausstellung.

Sebastian lacht und spricht. Ich verstehe nichts.

Je länger ich sitze, desto stärker wird ein Gefühl, das mich an meine Großmutter erinnert. Wie ein Ton einer unbekannten und unhörbaren Frequenz, ein wohliger Ton. Er klingt nach Zuhause. Nicht nach meinem Zuhause, nach einem Zuhause, in dem sich zwei wirklich heimisch fühlen. Diesen Ton, den ich nie in meiner eigenen Wohnung gehört habe, kenne ich nur aus zweiter Hand. Diese Küche, diese teure, umgebaute Scheune gehört Sebastian und Herbert. Und ich bin ein Besucher aus einer anderen Welt. Hier passe ich nicht hin, aber ich würde gern hierher passen. In Ermangelung einer Alternative. Es gibt keine Küche, die mein Zuhause ist oder die andere für Stunden als ihr Zuhause anerkennen würden. Ich habe keinen Geschmack, der weiter als IKEA oder *Schöner Wohnen* reicht. Meine Einrichtung ist eine Kopie anderer Kopien.

„Frau Bachert kommt in zehn Minuten. So lang warten wir, und dann gehen wir raus, okay?"

„Okay."

Sebastian setzt sich zu mir und sieht mich an.

„Was ist?"

„Nichts. Ich bewundere euer Haus. Schön."

„Ich kann mich manchmal gar nicht drüber freuen, und dann knalle ich wieder völlig durch. Wir haben so lange auf einer Baustelle gehaust, da wäre ich auch in eine Kellerwohnung gezogen, Hauptsache, fließend Wasser und eine Heizung, die geht."

„Aber jetzt ist doch alles schön. Ich bin beeindruckt."

„Viele Sachen sind von Herberts Familie. Erbstücke. Als seine Mutter gestorben war, gab's nicht nur das Haus, sondern auch den ganzen Kram. Da haben wir an einem Wochenende einen Möbelwagen wirklich bis zum Rand voll gepackt und das Zeug auf den Speicher gebracht. Ich war erst völlig geschockt, aber dann hab ich peu à peu entdeckt, wie schön der Krempel ist. Und nun mag ich's. Auch weil Herbert es mag. Der hat sich aber auch damit anfreunden müssen."

Sebastian lacht.

„Das ist nicht unbedingt ein Spaß, wenn dir ein olles Haus vererbt und dir nebenbei noch die ganze Kindheit vor die Füße gekippt wird. War fast so was wie eine Krise. Aber wir haben gar keine Zeit für so was gehabt."

„Ihr habt ganz schön Geld hier reingesteckt."

Sofort bereue ich meine Bemerkung, eben ging es nicht um Geld, es ging um Herbert und um Krise und um Kindheit, alles keine Dinge mit Strichcode.

Sebastian zuckt mit den Schultern.

„Herbert ist der Erbe. Die Familie ist schon nicht arm gewesen. Siehst ja, Großvater Paradies hat hier was aufgebaut. Der hatte ja noch Ländereien." Sebastian winkt ab. „Das haben die Russen enteignet. Bodenreform. Und das hier ist alles, was noch geblieben ist von Opa Paradies." Er lächelt. „Kurt Friedrich Paradies – der Name ist doch der Hammer. Ich dachte damals, Herbert verarscht mich."

Sebastian wiederholt den Namen noch einmal, als könnte er ihn noch immer nicht fassen.

„Aber hätte der Osten noch ein paar Jahre durchgehalten, hätten sie das hier auch ganz kaputt gekriegt. War wirklich die letzte Chance. Der Laden war kurz davor, baupolizeilich gesperrt zu werden. Weiß nicht, wieviel Geld hier drin steckt. Meine Eltern hatten für mich einen Bausparvertrag abgeschlossen; das Geld steckt hier auch mit drin. Und noch was dazu. Begeistert sind meine beiden nicht gewesen. Aber es war gut. Sie kommen einmal im Jahr für ein langes Wochenende, dann reicht es ihnen wieder. Und mir auch. Aber einen anderen Erben haben die nicht. Bloß mich."

Es klopft. Sebastian dreht sich zur Tür.

„Immer rein in die gute Stube, Frau Bachert. Es ist offen, und wir beißen heute mal nicht!"

Die Tür geht auf.

„Das wäre ja mal was ganz Neues, mit dem Beißen. Guten Tag."

Eine Frau Ende sechzig, vielleicht auch schon Anfang siebzig. Stämmig, mit einem runden, freundlichen Gesicht. Ihr graues Haar ist kurz geschnitten, ein paar Fransen fallen ihr in die Stirn. Unter dem olivgrünen Kapuzenanorak mit Webpelzbesatz trägt sie eine Kittelschürze, die etwas länger ist als die Jacke.

„Frau Bachert, schön. Setzen Sie sich hin ein paar Minuten. Das hier ist Gregor, ein Freund von uns." Sebastian lässt die Stimme oben, wartet, bis ich aufgestanden bin, um Frau Bachert die Hand zu geben. Sie nickt, murmelt etwas, dann lässt sie sich auf einen Stuhl fallen und seufzt.

„Aber wirklich nicht lange."

„Na, für einen Kaffee wird das schon langen, oder?"

Sie wedelt mit der rechten Hand. „Ich hab doch erst bei dem Herrn Herbert einen Expresso gehabt." Sie sagt Expresso, und ich weiß nicht, ob sie es absichtlich tut oder nicht.

„Nachher ist noch Wäschemangel, das macht mein altes Herz doch nicht mit, Herr Sebastian."

Sie schäkert, sieht Sebastian mütterlich an, wirft mir aber Seitenblicke zu, lauernd, aber nicht bösartig.

„Ja, ja, Sie und Ihr Herz, Frau Bachert."

„Das ist immer so eine Sache." Sie schraubt mit der Hand eine unsichtbare Glühbirne ein. „Immer so eine Sache."

„Wir passen auf Sie auf. Gut?"

„Ja, wenn ihr Leute sonst nichts zu tun habt, als auf so eine alte Trude aufzupassen, dann macht das mal."

Sie lacht, ihr Busen hüpft, für einen Augenblick sieht sie jung aus. Sie hat rote Backen, ihr Kinn hängt herunter. Bei ihrem Gesicht würde man eine Dauerwelle vermuten, aber die kurzen, etwas unordentlichen Haare geben ihr etwas Verwegenes, obwohl sie wahrscheinlich einfach nur praktisch sind. An ihrem linken Ringfinger stecken zwei Eheringe.

„Geld kriegen Sie noch." Sebastian huscht durch die Küche, öffnet eine Schranktür und holt einen Umschlag heraus.

„Wenn das sein muss, hätte aber auch Zeit gehabt bis nächste Woche."

Er gibt ihr den Umschlag. Sie fühlt mit den Fingern kurz nach, dann lässt sie ihn in der Tasche verschwinden.

„Wollen Sie nicht doch mal nachzählen?"

„Ph. Wenn ihr mich bescheißen wollt, hättet ihr das längst machen können."

Ich lache sie an, weil ich nicht anders kann. Und in dem Moment scheint sie mich wahrzunehmen.

„Und was haben Sie hier verloren?"

„Noch nichts", entgegne ich. „Bin nur auf Kurzurlaub da."

Ihr Lächeln wird verschmitzt.

„Dann warten Sie das mal ab. Meine Mutter wollte hier auch nicht bleiben, die wollte hier nicht mal tot übern Zaun hängen. Kommt immer anders, als man denken tut. Mir hat sie immer gesagt: ‚Trudchen, du gehst fort und studierst. Du bleibst hier nicht.' Ha! Und was hat Trudchen gemacht? Hat nicht studiert, sich aber einen Studierten angelacht, und der hat nichts Besseres zu tun, als sich von den Russen holen zu lassen."

Sie klingt, als würde sie eine amüsante Anekdote zum Besten geben, aber die Lachfältchen um ihre Augen sind verschwunden.

„Was für Kuchen haben Sie heute gebracht?" Sebastian lenkt ab, ich hätte ihr gern weiter zugehört.

„Na, Zupf. Wollen Sie ja immer." Sie sagt es vorwurfsvoll. „Dann Streusel, heute mal mit Pudding drunter, und Apfel gedeckt. Und die Muffins. Schokoladen-Muffins. Die vom Wochenende sind wohl nicht so gegangen mit den Blaubeeren."

Sie sagt Muffins, wie man Muffins schreibt.

„War auch nicht so viel los, Frau Bachert. Die Muffins waren sehr gut. Ich hab ja allein schon drei gegessen."

Sie blickt Sebastian strafend an. „So kommen Sie aber zu nix, das sag ich Ihnen."

„Ach, Frau Bachert, je mehr ich esse, desto teurer wird Ihr Kuchen, das machen wir schon. Und der ist so gut, dass die Gäste fast jeden Preis bezahlen. Wetten?"

„Ja ja. Zuckerwasser!" Sie winkt ab und schaut wieder zu mir. „Gefällt's Ihnen bei uns?"

„Bis jetzt sehr. Und Ihren Zupfkuchen hab ich auch schon probiert. Und der ist wirklich sehr, sehr gut."

„So", stellt sie verwundert fest und stemmt sich hoch, als hätte ich sie beleidigt. „Ich muss dann mal in die Mangel."

„Rufen Sie an, wenn Sie was brauchen?"

„Ja. Ist noch alles da, aber mit dem Zucker wird's knapp nächsten Mittwoch so. Und Obst kommt ja immer, der Herr Herbert hat das noch nie vergessen."

Sie richtet sich zu voller Größe auf.

„So", sagt sie und streckt mir ihre Hand hin. „Hat mich gefreut. Dann haben Sie einen schönen Urlaub bei uns. Ist nicht so schlimm, wie es aussieht." Sie drückt meine Hand fest, ihre ist trocken, warm und etwas rau. „Aber nichts durcheinander bringen."

Sie ist spitz. Sie hat mich wahrscheinlich durchschaut oder mag mich nicht. Jedenfalls zieht sie mich auf.

Ich schüttle den Kopf, aber Frau Bachert sieht mich schon nicht mehr an, sie haut Sebastian leicht auf die Schulter.

„Passen Sie auf sich auf. Bis Montag."

„Auf Wiedersehen, Frau Bachert. Und danke für den Kuchen."
„Zu danken haben Sie nicht, oder ist weniger Geld im Umschlag als sonst?"
„Lassen Sie sich überraschen", sagt Sebastian lachend.
„Das werden wir noch sehen. Tschüs, die Herrschaften."
Dann ist sie weg, die Tür schlägt zu.
„Die ist ja in Ordnung."
„Aber hallo! Die würden wir als Oma adoptieren. Wenn wir das nicht eh schon getan haben."
„Aber ihr siezt euch."
„Na ja, das Du muss sie uns anbieten. Herbert und ich sind da eigen, auch beim Personal. Bis jetzt ist das okay. Trudchen könnten wir auch duzen, aber irgendwie liebe ich das, wenn sie ‚Herr Herbert' und ‚Herr Sebastian' zu uns sagt." Er macht eine Pause und grinst in sich hinein. Er setzt an, etwas zu sagen, aber macht den Mund wieder zu, schaut kurz in die Ferne und besinnt sich. „Ich mag es halt einfach."
Er atmet ein und sieht sich um.
„Wollen wir?"
„Von mir aus gern."
Wir gehen zurück durch den Hof, mir fällt die Toreinfahrt auf, die durch das Haus geht. Ein weißer Kleintransporter steht da. Im Vorbeigehen entdecke ich den Schriftzug „Paradies" an der Seite. Noch immer klingt der Name seltsam.
Im Bistro hantiert Herbert hinter dem Tresen.
„Frau Bachert hat einen Expresso bei dir getrunken?" fragt Sebastian unheilvoll.
„Das hat sie gemacht, die Gute. Und Schoko-Muffins sind auch da. Wollt ihr einen?" Herbert sagt Muffins wie Frau Bachert. Wir grinsen.
„Wir gehen ein bisschen raus. Ich zeig Gregor die Sehenswürdigkeiten."
„Ts. Dann seid ihr ja in zehn Minuten zurück. Was wollt ihr zu Mittag?"
„Das hat Zeit."

Ich höre ihrem Gespräch zu, wie man einem Ping-Pong-Spiel zusieht.

„Das will ich hoffen, ich hab nämlich den Laden voller Bestellungen, da kann ich eure Extrawürste gar nicht gebrauchen."

„Echt? Toll."

Durch die Küchentür kommt Swen geschossen. Er schwitzt, unter seinem weißen T-Shirt zeichnen sich die Brustwarzen ab. Die Hose ist immer noch eng.

„Tach." Er nickt Sebastian zu und streift mich nur mit einem kurzen Blick. Er schenkt sich ein Glas Wasser ein und trinkt. Dann geht er wieder in die Küche zurück. Ich stehe wie angewurzelt da.

„War mir ein Vergnügen", singt Sebastian im Hinausgehen und wirft Herbert eine Kusshand zu.

„Beehren Sie uns bald wieder."

Ich winke Herbert zu, er lacht. Er hat jetzt überhaupt nichts mehr mit dem Bild zu tun, das ich von ihm hatte. Bis gestern war er eine Hassfigur meiner Erinnerung, ein böser Schatten, verantwortlich für eine verlorene Liebe oder wenigstens für den Diebstahl einer Möglichkeit.

„Ihr zwei seid noch richtig verliebt", stelle ich draußen auf dem Marktplatz fest.

Sebastian bleibt kurz stehen, geht weiter, zuckt mit den Schultern.

„Es ist ein Auf und Ab. Manchmal denk ich, es hätte leichter sein können ohne den ganzen Zauber hier. Aber dadurch kennen wir uns halt so gut. Ohne ihn möchte ich nicht mehr leben."

„Ja", sage ich, als könnte ich das ebenso sagen, als hätte ich eine Ahnung mit meinen Dutzendbeziehungen, die nie eine wirkliche Krise hatten. Sie waren wie warmes Wasser, in dem ich schwamm, das langsam dahin floss, schleichend und unmerklich kühler wurde, bis es plötzlich gefroren war wie aus heiterem Himmel. Aber Krise? Habe ich je einen angebrüllt? Gab es einen Streit mit zerbrochenen Tellern? Nicht einen.

Ich habe nie um einen Mann gekämpft, und keinen habe ich um mich kämpfen sehen.

„Er ist halt mein Herbert", sagt Sebastian. „Es gab ein paar Durststrecken. Wir haben uns eine Zeit lang nur noch abends wahrgenommen, da lagen wir nach all der Arbeit wie erschossen nebeneinander. Und als nicht mal mehr gekuschelt wurde, habe ich es knallen lassen. Aber das war eine Kleinigkeit. So jeden Tag mit einem – da wird man nachlässig, wenn man nicht aufpasst."

Wir gehen quer über den Marktplatz. Sebastian sieht versonnen auf den Boden.

„Ich glaub, wir haben das hingekriegt." Er sieht mich an, seine Stimme springt von ruhig auf Marktschreier. „Aber jetzt ist Stadtführung angesagt." Er räuspert sich. „Die Stadt ist 1007 erstmals schriftlich erwähnt worden, da war es natürlich noch keine Stadt, das Stadtrecht wurde erst im Jahr 1174 verliehen. Schauen Sie bitte nach links. Jawohl. Das Rathaus, gotisch, vollendet 1507, auf einem Stück Land, das der Erzbischof von Magdeburg der Stadt geschenkt hat."

„Sebastian, mach das nicht die ganze Zeit so."

„Nein? Aber wie soll ich das Zeug sonst verkaufen? Was glaubst du, was ich alles gelesen habe? Muss doch den Gästen was erklären können. Also."

Er holt Luft und sagt die Daten auf wie ein Schüler, der seine Hausaufgaben gut gemacht hat.

„Der Theologe Thomas Müntzer war so um 1519 da, aber nur kurz, Wallenstein hat im Dreißigjährigen Krieg, 1626, vorbeigeschaut, und Friedrich der Zwote von Preußen hat hier den Siebenjährigen Krieg angefangen, das war 1756. So, wir gehen nach links, da durch das Rothe Meer, so heißt diese Gasse. Da gab's ein Massaker im Dreißigjährigen Krieg."

Wir passieren die kleine Gasse mit geduckten Fachwerkhäusern. Die Fenster im Erdgeschoss sind niedrig, man kann hineinsehen.

„Schön", sage ich, immer noch der Besucher, immer noch der Gast, immer noch benommen und mich durch eine Welt bewegend, der ich die Realität noch nicht abkaufe.

Uns begegnen Leute, die Sebastian ausnahmslos grüßt und die seinen Gruß erwidern. Ich nicke nur, um zu zeigen, dass ich dazugehöre, aber sie scheinen das schon verstanden zu haben, mustern mich kurz und wissend. Sie nicken.

Wahrscheinlich wissen auch alle, die uns hier begegnen, dass Sebastian schwul ist, und zählen mich ungefragt dazu.

Es sollte mich nicht stören, aber es stört mich. Es ist ein Gefühl, als liefe ich nackt durch die Stadt, und alle sehen es und tun so, als wäre es normal.

„Wir gehen jetzt zur Kirche. So weitläufig ist es hier nicht", sagt Sebastian.

„Wie habt ihr das gemacht? Hier." Ich bleibe stehen.

„Was gemacht?"

„Hier als Schwuler zu leben. So stell ich mir die Hölle vor."

„Am Anfang dachte ich das auch. Aber ..." Er zögert, geht ein paar Schritte, bleibt wieder stehen und sieht die kleinwüchsige Häuserflucht entlang. „Wir haben ziemlich schnell die Katze aus dem Sack gelassen. Direkt gesagt haben wir es nie, aber verneint auch nicht. Es war klar, es gab Gerede, und wir sind nicht dagegen vorgegangen. Ganz einfach."

„Einfach."

„Ja, einfach. Die meisten Menschen sind feige. Die würden es nie wagen, es dir ins Gesicht zu sagen. Im Stadtrat gab es wohl eine Sitzung, als klar war, dass Herbert das Paradies zurückbekommt und das Café wieder eröffnen will. Die beiden Herren gestern, die mit ihren Gattinnen bei uns gegessen haben, die wollten das verhindern. Schwulenpuff und so. Aber die anderen waren froh, dass überhaupt was passiert. Sonst haben die Läden alle dichtgemacht, und wir wollten einen eröffnen. Jetzt spendieren die CDU-Kerle einmal im Jahr ein Wildschwein, denn das offizielle Abendessen beim Schützenfest gibt's bei uns. Der Bürgermeister feiert seinen Geburtstag bei uns, und die Business-Frauen treffen sich auch im Paradies. Also klappt's."

Wir gehen weiter; die Gasse mündet in eine Straße.

„Da hinten ist das Krankenhaus." Sebastian zeigt nach links. „Auch ein schöner Bau."

„Hätte ich nicht gedacht", sage ich und meine nicht das Krankenhaus.

„Ach, Gregor, eigentlich hassen die sich alle. Dazu brauchen die uns nicht. Aber in so einem Kaff kann man sich nicht aus dem Weg gehen, also tun alle so, als würden sie sich nicht hassen. Sie hetzen, sie tratschen, aber wenn's drauf ankommt, kann man sich aufeinander verlassen, und darauf kommt's dann an, finde ich."

Ich nicke und müsste doch mit dem Kopf schütteln.

„Am Anfang wollte ich gleich wieder meine Koffer packen. Aber inzwischen würde ich nicht freiwillig wieder weggehen. Das, was du siehst, haben Herbert und ich zusammen aufgebaut, mit allem Drum und Dran. Wir sind schwul, alle wissen das, erst hat man uns geschnitten und gewartet, dass wir einfach abhauen. Doch wir sind geblieben, und jetzt ist es schick, bei uns essen zu gehen. So einfach ist das. Die sind stur, wir sind es auch. Punkt. Und jetzt zeig ich dir die Kirche."

Kleinlaut trotte ich neben ihm her. Die Scham gehört mir ganz allein. Ich möchte weg. Und ich bleibe hier. Ich weiß, dass ich hier bleibe, nicht nur, weil ich keine bessere Idee habe, wo ich hingehen könnte.

„Die Geschäftsstraße zeige ich dir dann. Aber shoppen kannste mal alleine gehen die Tage. So lange wird's nicht dauern. Es sei denn, du bist *Conny's-Container*-Fetischist."

„Ja, *Conny's Container* macht mich total heiß."

„Jetzt gibt es Kultur."

Wir gehen auf den Kirchhof. Zum ersten Mal bemerke ich, dass es Frühling gewesen sein muss, das Grün ist noch frisch. Ich atme tief durch.

Wir setzen uns auf eine Sandsteinbank.

Sebastian erzählt etwas über die Nikolaikirche, deutet auf einen der beiden Türme, erklärt Fenster und architektonische Finessen.

Ich höre ihn kaum, ich sehe mich nur um.

Vielleicht ist es unmöglich, die Seele vom Körper zu trennen. Doch hier auf dieser Bank glaube ich plötzlich daran. In mir ist kein Gedanke, kein Gefühl, nur ein großes Nichts, eine Art leichter Wind, der nach Frühsommer duftet.

„Komm, wir gehen da mal rein, müsste offen sein."

Ich folge ihm. Die Kirche ist offen, der Frühling fließt durch das Schiff in staubigen Streifen. Ein dunkler Lüster schwebt über uns wie ein schmiedeeisernes, böses Wesen. Ich habe Kirchen nie gemocht, so prächtig sie auch sein mögen, immer hielt ich sie für böse. Die bunten Fenster mit den verwirrenden Motiven, den Qualen überall, Märtyrer, die von Pfeilen durchbohrt ihre Qualen zu genießen scheinen, Heilige, die blutleer neben der blutleeren Maria wachen, Engel aus Stein, zu schwer zum Fliegen, als Palastwache, nicht als Schutzengel. Kirchen sind bedrückend. Maya sagte mir einmal, bei der Taufe, einer Art schwarzer Messe, würde das dritte Auge, das wir alle eigentlich besitzen, verschlossen. Ab da laufen wir blind durchs Leben, blind für Gefühle, blind für Offensichtliches und blind für das Unsichtbare.

Sebastian setzt sich auf eine der Bänke und sieht nach oben. Fast wirkt es, als ob er beten würde. Und wenn, ich schütte jetzt nicht meinen Kirchenhass aus. Ich bin hier, weil Sebastian mir die Kirche zeigen will. Er wird seinen Grund haben. Und ich habe keinen Grund, hier herumzuätzen. Also setze ich mich zu ihm, eine Bankreihe weiter, mit den Beinen zum Gang, damit ich ihn sehe.

Er lächelt. „Schön hier."

„Ja, schön." Ich kann lügen. Wenn er es schön findet, werde ich ihm die Freude nicht vermiesen mit antiklerikalen Tiraden.

„Ich bin nicht mal getauft", sagt Sebastian – flüsternd, vielleicht hört ja doch jemand mit, und als hätte er meine Gedanken gelesen.

„Mich haben sie taufen lassen. Evangelisch."

Auch ich flüstere, ohne flüstern zu wollen.

Vorhin noch leer, übermannt mich eine Ruhe. Hier sitzen. Nirgendwohin müssen. Wenigstens für ein paar Wochen. Das reicht mir im Moment. Nichts müssen. Vor allem nicht *müssen* müssen. Von hier aus ist alles möglich, ich kann mich ändern, an nichts liegt mir etwas, an nichts hängt mein Herz.

„Warum habt ihr mich eingeladen?"

Die Frage kommt aus meinem Mund, ruhig und auf alles gefasst, nichts wird mich jetzt erschrecken.

Sebastian sieht noch immer nach oben, langsam senkt sich sein Kopf, schwenkt sein Blick zu mir. Ernst und doch liebevoll.

Ich könnte ihn jetzt küssen.

„Manchmal muss man Dinge klären. Das ist wie Aufräumen. Ich weiß bis heute nicht, was das zwischen uns gewesen ist seinerzeit. Aber irgendetwas muss es gewesen sein. Ich war nicht in dich verliebt. Das habe ich aber erst bemerkt, als Herbert kam. Weißt du, ich musste bei ihm nicht überlegen, ich musste nicht nachdenken, was er für Vorteile hat und was für Nachteile, hab mir nichts ausmalen müssen ..."

Er zögert, nimmt seinen Blick von mir weg und schaut in die Weite des Kirchenschiffes. „So ganz ohne Vorsicht. Ohne Angst, was Falsches zu machen oder zu sagen, was Richtiges nicht zu sagen. Irgendwie so. Herbert und ich haben uns bei einer Party getroffen. Dich hab ich nicht mitgenommen, weil du immer so bitter warst, weil du Leute abgeschreckt hast mit deiner sarkastischen Art. Und aus irgendeinem Grund wollte ich das an diesem Abend nicht. Ich wollte nicht, dass du dich zurückgesetzt fühlst oder dass du Leute angreifst, die nichts dafür können, wie sie eben sind. Und da habe ich Herbert getroffen."

Meine Ruhe ist noch da, aber sie ist in eine Starre übergegangen. Jedes Atom meines Körpers steht still, verharrt, ich bin wie tot. Sprechen kann ich nicht. Ich sehe an Sebastian vorbei, denn träfen sich unsere Augen, wüsste er wahrscheinlich alles über mich.

„Wie oft haben wir uns gesehen, Gregor? Du hast mir kein Zeichen gegeben, oder ich hab deine Zeichen nicht verstanden. Vielleicht habe ich deine Gefühle unterschätzt. Das ist mir erst aufgegangen, als du Hals über Kopf abgehauen bist an dem Abend. Ich wollte dir Herbert zeigen, weil ich gedacht habe, du freust dich mit mir."

Er legt eine Pause ein, schnauft etwas, als kostete es ihn Kraft, viel Kraft.

„Ich war naiv, ja, ich war dumm. Es tut mir Leid. Irgendwie hab ich dich jetzt eingeladen, um das aus der Welt zu schaffen. Und weil ich dich gemocht habe. Und ich mag dich immer noch. Ich wollte sehen, was aus dir geworden ist. Und du sollst halt sehen, was ich gemacht habe in den letzten zehn Jahren. Ich weiß, dass das wichtig ist. Frag mich nicht, woher ich das weiß, aber so ist es."

Starr höre ich ihm zu. Starr nehme ich das heilige Rauschen der Stille wahr, ich bin einer der Stelen, ein Mensch, der erst zum Heiligen gemacht wird, wenn er zu Stein geworden ist. Jetzt bin ich dran. Ich muss etwas sagen, ich muss alles erklären. Inmitten dieses Rauschens. Langsam kommt Bewegung in meinen Kreislauf.

„Ich hab immer an dich gedacht. Immer. Verliebt war ich nicht, glaube ich. Ich weiß das sogar, aber ich hab da lange gebraucht, um das rauszufinden. Du bist der Mann gewesen, den ich mir immer vorgestellt habe, ohne zu wissen, dass ich überhaupt so was wie eine Vorstellung habe. Ich war dumm. Ich bin ein blödes Zonenkind gewesen. Aber weißt du, was das Verrückte ist? Obwohl ich nicht in dich verliebt war, warst du meine große Liebe."

Die Worte fließen, sie sind ein Strom, der durch mich hindurchfließt. Ich sage Dinge, die ich nicht wusste bisher.

„Das ist auch blöd. Und jeden Typen, und wenn der nur für eine Nacht da war, habe ich mit dir verglichen. Und erst recht meine Beziehungen. Und deswegen bin ich hierher gefahren. Ich muss dich loswerden, Sebastian."

Pause. Halt. Stopp. Ich bin meinen Worten hilflos ausgeliefert, ich rede mich um Kopf und Kragen, verteidige mich nicht. Ich spreche mich nicht frei, stattdessen spreche ich mich schuldig.

„Ich muss dich als Vorstellung loswerden, nicht als Mensch, nicht als Sebastian. Einfach als Ding in meinem Kopf, als blödes Ding, das ich nicht weggekriegt hab. Ich hab's auch nicht probiert, dich wegzukriegen. Ich war mit Männern für Jahre zusammen und hab mich nie auf sie eingelassen, sie waren einfach da. Ich bin ein Feigling, Sebastian."

Noch immer sehen wir uns nicht an. Wir atmen gleichzeitig aus und ein.

Es flüstert aus mir heraus.

„Ich hab mit meinem Freund Schluss gemacht, wahrscheinlich mindestens ein Jahr zu spät, ich hab meine beste Freundin zur Hölle geschickt, ich schlafe mit dem Kerl von meinem besten Freund. Und so kann das nicht weitergehen. Ich ertrag mich selber nicht mehr. Ich hab keine Lust, ich habe keine Lust mehr auf das, was ich bin."

Die Flüsterworte hallen nach und fliegen in die bemalte Kuppel.

Jetzt habe ich alles gesagt. In einer Kirche.

Sebastian sitzt noch da, ich sitze hier, habe Ballast abgeworfen, aber erleichtert bin ich nicht.

„Da hast du was zu tun. Ich kann dir da nicht helfen." Er klingt fast wie ein Fernsehpastor. „Du bleibst aber noch, Gregor, bitte."

Ich nicke, ich werde bleiben. Was soll ich auch sonst tun?

„Ja, wenn du nichts dagegen hast."

Sebastian lächelt und verneint.

„Sie haben Tumore gefunden bei mir. Vor zwei Jahren."

„Was?"

Kein Flüstern mehr.
„Was?"
Die Kuppel und die Wände, alle Heiligen, die Engel, Mutter Maria und ihr kleines hölzernes Kind, das Abendmahl und der am Kreuz, die Orgel auf der Empore wiederholen:
„Was?"
„Lass uns rausgehen", flüstert Sebastian.

Müdigkeit. Abgespannt. Viel Arbeit. Schlaf. Noch müder. Schwächeanfall abends im Paradies. Vor dem Tisch mit Hummer der Wirtschaftsfrauen. Notarzt. Herbert die ganze Nacht am Bett. Ärztin. Ostmutti. Beschwichtigungen. Gelaber. Herbert schreit. Tests. Wahrheit. Bösartig. Kein Grund für Ostmutti-Ärztin zur Panik. Charité, schreit Herbert, Charité! Zwei Wochen.

Metastasen klein. Verstreut. Oberer Bauchraum. Nicht in den Lymphen. Gut. Aber bösartig. Bestrahlung. Therapie. Glatze. Keine OP. Glück. Viel Glück.

Wir stehen an einem Turm mit Durchgang, der Verkehr wird um das Denkmal herumgeführt. Es sieht aus wie in den Asphalt amputiert.
„Der Eierturm", sagt Sebastian.
„Die haben mit Eiern geworfen? Tomaten gab's wohl noch keine. Oder haben sich die Wachen nachts an den Eiern gespielt?"
„Sicher auch. Der Grundriss ist eiförmig, deswegen Eierturm."

Wir lächeln uns an. Offen und hilflos. Ich fasse ihn an, mitten in dieser kleinen Welt, mitten in dieser kleinen Stadt. Ich umarme ihn und halte ihn fest. Er ist etwas größer als ich, aber das macht nichts. Er legt seinen Kopf an meinen Hals, und ich streichle ihn. Autos fahren vorbei, Gesichter glotzen uns an mit hängenden Unterlippen. Aber sie werden erst an der nächsten Ampel begreifen, dass hier zwei Männer stehen und sich festhalten. Dann schütteln sie mit dem Kopf oder lachen und erzählen es heute Abend, weil endlich mal was passiert ist.

An meinem Hals wird es nass.

„He, ist doch alles gut jetzt. He, he, he."

Er macht sich los, sieht mich an, seine Augen sind rot.

„Sie sind wieder da."

„Wer?"

„Die Metastasen."

Ich habe geschlafen in meinem Hochzeitsbett. Den ganzen Nachmittag nach unserem Spaziergang. Ich habe von Hollywoodschauspielerinnen mit Glatze geträumt, von schönen, leidenden Frauen, denen am Ende die Haare wieder wachsen, die nie wirklich schlecht aussehen. Susan Sarandon hatte schon Krebs im Film, natürlich Meryl Streep. Julia Roberts? Nein, die sicher nicht, bei der waren es die Nieren. Ich habe nichts geträumt.

Es ist fast sechs. Ich habe Hunger, aber ich mag nicht nach unten. Andererseits muss ich jetzt gehen, bevor die ganzen Abendgäste kommen.

Vorhin war das Paradies auch voll. Die Damen mit Hut, ein Tisch junger Leute, nabelfreie Girls und Jungs mit zu viel Gel in den zerfledderten Frisuren. Sebastian ging durch das Lokal, nickte nach links und rechts. Ich blieb am Tresen bei Herbert stehen, denn er gab mir zu verstehen, dass er mit mir reden wollte. Herbert balancierte ein Tablett durch den Raum, servierte Milchkaffee, Wasser und zwei Drinks, die wie Gin-Tonic aussahen, auf dem Rückweg sammelte er leere Kuchenteller und Gläser ein, nickte und lächelte, alles in einer Bewegung, ohne innezuhalten, und doch wirkte es nicht lieblos.

„Komm." Er stellte das Tablett ab und schob mich in die Küche. Swen legte Fleisch ein und sah kurz hoch.

„Er hat es dir gesagt, nicht?"

Ich nickte.

„Wir wissen noch nichts Genaues, er fährt nächste Woche hin, und da nehmen sie ihm noch mal Blut ab, er kriegt eine CT und so. Es ist noch kein Grund zur Panik. Es ist vielleicht was anderes, vielleicht ist es gutartig, oder sie haben sich getäuscht, und da ist nichts."

Herbert redete auf mich ein, als wäre ich der Patient, den es zu beruhigen gilt. Auf seinem schmalen Gesicht spiegelte sich Angst, die er mit diesem Lächeln, das alles gut machen soll, zu überdecken versuchte. Sein Freund ist wahrscheinlich sehr krank, und mich wollte er beruhigen.

„Wir wissen auch noch nichts ..."

Ich strich ihm über die Wange, einfach so und ganz leicht. Er verstummte sofort. Wir sahen uns an, ratlos und schweigend für einen langen Moment.

„Du bleibst noch eine Weile da, nicht?"

Ich nickte.

„Es wäre gut, wenn du noch da bist. Das ist ihm wichtig."

„Ich weiß. Mir auch."

Wir ließen uns nicht aus den Augen. Wir verstanden uns. Wir lauerten.

Herbert beugte sich kurz zu mir und gab mir einen Kuss. Einfach einen Kuss, mehr nicht. Es war nichts hinter diesem Kuss, jedenfalls nicht bei mir.

Aber inmitten dieses kurzen Kusses, dieses unverfänglichen Kusses, der nicht einmal richtig meinen Mund traf, der möglicherweise mehr aus Unbeholfenheit als aus Zuneigung passiert war, habe ich verstanden, was Sebastian meinte. Sich nicht zurückzuhalten, Sätze nicht überprüfen zu müssen, Zeichen nicht zu kontrollieren, sondern einfach so sein zu können, wie man ist. Und das zusammen mit einem, der auch einfach nur er ist.

Einfach.

Herbert drehte sich um und ging nach draußen ins Lokal.

Swen stand bei seinem Fleisch, sah mich kurz an.

„Entschuldige, ich wollte dich nicht stören."

„Du störst nicht", sagte er zum Fleisch vor sich, das er mit einer rätselhaften senfartigen Paste bestrich.

„Ich hatte so den Eindruck, du magst mich nicht."

„Kann täuschen so ein Eindruck."

Seine Hose immer noch so eng, das T-Shirt schon etwas befleckt auf dem Latz, er machte eine dreckige, unschuldige Figur. Ich war froh, dass ich nicht geil wurde in diesem Augenblick. Aber das Bild, das er abgab, berauschte mich. Swen war so schön in diesem Moment. Selbst mit diesem Piercing, das leicht aus seinem Profil herausragte.

„Ja."

Obwohl er mit Fleisch herummatschte, sah er perfekt aus, anmutig und am richtigen Platz.

Seine Nase ist etwas kurz, dafür hat er ein Kinn und eine Kieferlinie, die sich genau und edel abzeichnen, mit einem leichten Bartschatten, der seine blondierten Haare noch verwegener aussehen lässt.

Ein Prinz, der Fleischscheiben einlegt. Ich sah ihm zu, er wirkte konzentriert und geschickt, ohne sich ablenken zu lassen.

Der ist jetzt schon da, wo er hingehört, dachte ich. Ich weiß nicht, warum ich diesen Gedanken hatte, aber er kam, ohne dass ich danach gesucht hätte.

„Hast du auch mal frei?"

Wahrscheinlich hatte mich der Teufel geritten oder eine Abart der galoppierenden Landgeilheit.

„Montags. Und manchmal noch einen Tag, das ist immer Verhandlungssache mit dem Chef."

Swen klang weder besonders erfreut noch abweisend.

„Aha."

Ich hatte angefangen. Wie sollte ich weitermachen? Sprüche habe ich genug, aber keinen, der in diesem Augenblick passte.

„Was wird das?"

„Ich lege Hühnerbrust ein. Gibt's mit Reisnest diese Woche. Musst du mal probieren."

„Ja."

Das Gebläse der Dunstabzugshaube sang gleichmäßig. Ich fühlte mich plötzlich unwohl. Ich muss ihn angestarrt haben die ganze Zeit.

„Ich geh dann mal wieder. Bis dann, Swen."

Er drehte sich mir zu, immer noch ganz ruhig und ganz sicher. In seinem Alter hätte ich für diese Ausstrahlung getötet.

„Wir trinken heute Abend bestimmt noch ein Glas", sagte er.

Heute Nachmittag zeigte mir Swen, wie man so was richtig macht. Er fragte nicht, er stellte fest.

„Gern."

Ich verdrückte mich, ging durch das Lokal.

„Willst du was essen?" raunt mir Herbert im Vorbeigehen zu.

„Später, danke. Später."

Und nun habe ich Hunger.

Die Tür zur Wohnung ist nicht abgeschlossen. Sebastian steht am Küchenschrank und nimmt sich gerade eine Tasse heraus.

„He, Gregor, hast du auch geschlafen."

„Ja, sieht man das?"

Er lacht. „Ja, bist noch ein bisschen zerdrückt."

„Ja."

„Setz dich und trink einen Tee mit."

„Okay. Hast du Pfefferminz?"

„Klar."

Er holt mir eine Tasse und hängt einen Teebeutel hinein.

„Wasser kocht gleich."

Ich sitze am Tisch, hier in dieser Küche, als wäre es nie anders gewesen. Sebastian stellt Kandiszucker hin, zündet eine Kerze an, die in einem kleinen Ständer aus beschlagenem Silber steckt, und knipst das Deckenlicht aus. Nur eine Lampe über der Arbeitsplatte brennt noch.

Der Kessel fängt an, leise zu pfeifen. Sebastian holt ihn vom Herd, stellt die Gasflamme aus und gießt das Wasser in die Tassen.

„Kekse?"

„Au ja, Kekse."

Er stellt eine verschnörkelte Dose mit Bildern von Kutschen auf den Tisch. Der Deckel klappert wie ein Spielzeug-China-Gong, als er ihn auf den Tisch legt.

„Biskuit", sagt Sebastian und beißt genüsslich in ein Gebäck, kaut mit geschlossenen Augen.

„Mh."

Ich spiele mit dem Teebeutel, hebe ihn und versenke ihn wieder in der dampfenden Tasse. Stille für Minuten, ohne dass es still ist. Sebastian rührt in seiner Tasse, der Löffel klingelt leise. Ein Grundgeräusch, das ich nicht beschreiben kann, vielleicht ein Rauschen, wie eine Autobahn in der Ferne, gleichmäßig, fast einschläfernd, nicht bedrohlich.

In dieser Küche könnte ich so ewig sitzen und Tee trinken, ohne das Gefühl, etwas zu verpassen, am falschen Platz zur richtigen Zeit, am richtigen in der falschen zu sein, der Chance nie zu begegnen, weil die Chancen andere Zeitpläne haben, wie ein Fahrplan mit falsch eingetragenen Abfahrts- und Ankunftszeiten.

„Kann ich irgendwas helfen?" frage ich plötzlich.

Sebastian sieht mich irritiert an.

„Helfen?"

„Was tun. Im Café aushelfen, abwaschen, Gläser polieren oder Staub wischen von mir aus."

„Ich dachte, du hast frei. Entspann dich und faulenze."

„Wenn ich hier bleibe, und ich bleib gern noch, dann würde ich lieber was machen. Irgendwas."

„Wir schauen mal, was sich findet. Hast du schon Hunger?"

„Ja. Aber heute würde ich dich gern einladen. Aber das ist blöd, dich in eurem Paradies einzuladen."

„Warum?"

„Du kennst ja alles."

„Fast alles."

„Dann lad ich dich ein. Okay?"

„Gut, lad mich ein. Aber lass uns hier sitzen bleiben. Ich ruf drüben an, und Doreen bringt uns was."

„Aber ich bezahle."

„Ja, du darfst mich in meiner Küche einladen."

„Schön. Swen hat Hühnerbrust eingelegt. Das wäre doch was?"

„Ja", Sebastian nickt, als hätte ich ihm ein unmoralisches Angebot gemacht. „Das wäre was."

„Ich muss dir noch was gestehen."

„Was denn?" Sebastian beugt sich kurz über den Tisch, um zu sehen, ob noch Tee in meiner Tasse ist.

„Ich hab ein Date heute Abend."

„Ach. Mit Swen?" Es klingt nicht schelmisch.

„Woher weißt du das?"

„Hab ich mir so gedacht, dass ihr zwei euch gefallen könntet."

„Aber der ist so jung."

„Und? Soll ich dir jetzt sagen, dass du nicht zu alt bist, oder wie?"

Ich zucke mit den Schultern.

„Ja, das könntest du schon machen."

„Das hättest du wohl gern."

Wir sehen uns an, dann kichern wir.

Wir bleiben den ganzen Abend an diesem Tisch. Sebastian legt eine CD in das tragbare Gerät, das auf einem Bord über dem Küchentisch steht.

„Leonard Cohen? Du kannst es dir aber auch schön machen", sage ich. „Zieht dich das nicht runter?"

„Manchmal, aber ich hab jetzt keine Lust, irgend'ne Disco-Husche durch meine Küche plärren zu lassen."

Wir reden kaum, bestellen das Huhn, Doreen bringt es uns und lächelt sogar ein wenig, als sie mir zunickt. Wir essen Muffins zum Nachtisch. Die CD steht auf Wiederholung. Wir hören dreimal *Sisters of Mercy* und dreimal singt Sebastian den Text leise mit.

Oh I hope you run into them
You, who've been traveling so long.
Yes, you who must leave everything
That you cannot control.

„Traurige Lieder sind schöner. Aber noch mal hören wir das jetzt nicht." Sebastian schaltet aus, er sieht auf die Uhr.

„Ist das okay, wenn ich nachher noch mal rüber gehe und Swen treffe?" frage ich vorsichtig.

„Ich glaube, das ist okay, das musst du wissen. Ich geh ins Bett, bin gestern schon zu lange aufgeblieben."

Er streckt sich und gähnt.

„Gut, dann geh ich mal."

Ich stehe auf und gehe auf ihn zu.

„Gute Nacht. Frühstücken wir morgen?" frage ich.

„Mal sehen. Ich weiß noch nicht."

Wir umarmen uns. Er drückt mir einen Kuss auf die Wange.

„Ich geh dann mal."

„Vergiss nicht, die Rechnung zu bezahlen."

„Nein. Mach ich sicher nicht."

„Und sei vorsichtig mit dem Swen, der ist ein Lieber. Wäre schade drum."

Ich nicke. Ich werde vorsichtig sein, obwohl ich nicht einmal weiß, was mich erwartet und was ich eigentlich will, vorgenommen habe ich mir nichts. Ich werde vorsichtig sein, und Swen ist es hoffentlich auch.

„Nacht."

„He", ruft Herbert, als ich ins Café komme. „Da bist du ja, hab schon gedacht, du hast dich ins Bett geschlichen."

Die Tische sind aufgeräumt, niemand ist mehr da.

„War was los?"

Er verdreht die Augen: „Und wie! Es ist Samstag. Da kommen sie immer alle auf einmal, und am Ende gehen sie alle zur gleichen Zeit. Manchmal glaub ich, die sprechen sich ab. Um sieben war nichts, um halb acht war die Hütte voll. Und vor einer Viertelstunde war Zapfenstreich." Er deutet mit einer Kopfbewegung zur Tür. „Ich hab schon abgeschlossen und die Läden runtergelassen. Doreen hab ich auch weggeschickt. Ihr Kerl ist da. Zu ist zu. Sonst rennen mir noch ein paar hyperaktive Discomäuschen in die Bude."

Ich gehe zur Kasse.

„Bezahlen muss ich noch."

Herbert sagt nicht „Lass stecken." Er wischt sich mit den Händen über die Schürze und tippt Zahlen von einem Block in die Kasse. Er ist schnell. Der Kassendrucker fiept wie eine elektrische Ratte.

„Auch so ein Computerding."

„Ja, ich hab noch eine alte Registrierkasse auf dem Speicher, so mit Schiebern. Aber so was darf ich meiner Steuerfrau nicht bringen. Diese neuen Dinger finde ich auch blöd. Früher hat eine Kasse noch Eindruck gemacht. Aber du siehst ja, hab auch keinen Platz, das Ding zur Deko hinzustellen. Ins Schaufenster vielleicht mal."

„Ja, die Kassen sind auch nicht mehr das, was sie mal waren."

„Achtundzwanzig sechzig, der Herr."

Ich nestle mein Portemonnaie raus und gebe ihm zwei Scheine.

„Machen Sie dreißig."

„Oh, herzlichen Dank, beehren Sie uns bald wieder!"

Wir sind zwei Kinder, die Kaufladen spielen.

Swen kommt aus der Küchentür. Er hat wieder Jeans an und ein T-Shirt.

„Ups, junger Mann, das ging aber heute flott."

Swen nickt ernst und erwidert Herberts Grinsen nicht.

Und ich versuche auch, nicht zu lachen.

Swen nickt Herbert zu: „Können wir noch zwei Bier haben, Chef." Und zu mir: „Bier ist doch okay, oder?"

„Ja, von mir aus."

„Zwei große."

Herbert nickt. „Die gehen aber aufs Haus", sagt er gnädig, holt zwei Gläser und stellt sich an den Zapfhahn.

„Radeberger oder Hasseröder?"

„Radeberger", sagen Swen und ich wie aus einem Mund. Jetzt lächelt er doch. Verschmitzt, aber immer noch ernst, wenn jemand denn ernst lächeln kann.

„Setzt euch hin, ich bring's gleich."

Wir gehorchen. Herbert zapft, wir sitzen und schweigen und sehen uns an, diesmal ganz genau, ohne dass einer dem anderen ausweicht.

Ich habe mich nie mit Personal eingelassen. Nie. Die Idee an der Bar zu sitzen und warten zu müssen, bis der Barkeeper fertig ist, hat etwas Erniedrigendes für beide Seiten. Und alle, die dabei sind, bekommen es mit, und manchmal bleiben sie extra lange sitzen, weil sie selber den Typen hinter der Bar gern hätten und sich diesen kleinen, gemeinen Triumph gönnen wollen.

Ich weiß nicht, warum ich hier sitze – und doch weiß ich es ganz genau.

„Viel Arbeit?"

Swen nickt. „Normal halt. Geht so."

Ruhe. Herbert stellt uns die Biere hin.

Wir sagen danke, er bleibt noch einen Moment unschlüssig stehen. Wir blicken zu ihm hoch und lächeln beide.

„Ich lass euch dann mal alleine. Swen, Sie gehen dann hinten raus, ja?"

Swen nickt, Herbert nimmt die Schürze ab, knüllt sie zusammen und geht.

„Gute Nacht, ihr zwei."

„Gute Nacht."

„Passt auf euch auf."

Wir nicken beide, obwohl er es nicht mehr sehen kann.

Ruhe. Wir prosten stumm und trinken, stellen die Gläser hin, sehen uns weiter an, lauern wie bei einem Mikado, wer sich zuerst bewegt.

Aber es bleibt vorerst still. Ich lächle, denn das Lächeln ist in mir wie eine plötzliche Erleuchtung. Ich spüre mich, wie ich hier sitze, ich fühle mich von den Haarspitzen bis zu den Zehen, wie eine Droge macht sich diese Bewusstheit breit, ohne Hast. Es ist keine feindliche Übernahme eines fremden Gefühls, das drohend die Überhand gewinnt und wie ein Waldbrand sich vorfrisst, alles vernichtet und nichts hinterlässt. Es geht mir gut.

„Wie lange arbeitest du schon hier?"

Swen zuckt zusammen. Ich bin wohl zu früh mit meiner Frage.
„Zweieinhalb Jahre."
„Gefällt's dir?"
Er nickt.
„Der beste Job bis jetzt. Hier ist ja sonst nicht viel los. Und Kantine muss nicht sein."
„Ihr siezt euch immer noch."
„Ist mir recht. Besser als das halbseidene Geduze."
„Ja."
Was machen wir hier eigentlich?
„Was machen wir hier eigentlich?" Ich stelle die Frage.
„Mal sehen, was wir machen. Ich weiß das nicht besser als du im Moment. Du gefällst mir einfach."
„Du gefällst mir auch. Aber ich komm mir im Moment irgendwie alt vor."
„Mich stört das nicht."
„Was?"
„Dein Alter. Bist vierzig oder so, hä?"
„Neununddreißig. Und du?"
„Fast neunundzwanzig."
Wir schummeln beide. Er will älter wirken, ich jünger. Ich weiß nicht, wann sich das drehte, wo der Angelpunkt ist, bei dem das Aufrunden ins Abrunden übergeht. Ich bin offensichtlich längst über diesen Punkt hinaus.
„Bist du hier geboren?"
„Ja. Bin noch nicht groß rausgekommen. Wollte eigentlich in eine größere Stadt. Hab mir das angeguckt, aber irgendwie hat mich das nicht so gereizt. Und dann hab ich die Anzeige vom Paradies gesehen und mich beworben. Bin eigentlich zufrieden jetzt."
„Schön. Ich wohne in der Stadt und hab mir den Rest nie groß angeguckt. Aber zufrieden bin ich nicht."
„Wieso?"
Ich nehme mein Bierglas und trinke einen großen Schluck, weil ich verlegen bin. Er sitzt völlig entspannt auf seinem Stuhl,

leicht angelehnt, knapp davor, gelangweilt auszusehen. Aber seine Augen sind wach.

„Hm. Swen, wenn ich das wüsste, dann wäre ich ja zufrieden. Da könnte ich ja was machen."

„Single?"

„Yep. Und selber?"

„Bingo."

Verstohlenes Grinsen. Ich fühle mich wohl und unsicher gleichzeitig. Er hat was, irgendwas hat er, und wenn ich wüsste, was es ist, würde ich ihn entweder auf der Stelle um seine Hand bitten oder schreiend davonrennen.

„Schon lange?" fragt er.

„Nein, gerade eben. Und du?"

„Eigentlich immer bis jetzt. Gab einen, wo ich dachte, das wäre was. War aber dann doch nichts."

„Wohnst du noch bei deinen Eltern?"

Er schüttelt den Kopf über meine Frage.

„Das wär's ja wohl. Quatsch. Hab hinterm Markt eine kleine Bude. Reicht aber."

„Deine Eltern wohnen aber auch hier."

„Meinen Vater sehe ich ab und an auf der Straße. Da sprechen wir kurz miteinander. Manchmal ruft er mich auch an. Mit ihr hab ich keinen Kontakt mehr."

„Ach so?"

Er nickt bestimmt.

„Die hat mir immer was vorgeheult, von wegen keine Enkel und so. Wie unglücklich ich werden würde, wenn das so bleibt. So die Leier halt. Erst hat sie meine Post aufgemacht, und dann hat sie meinem ersten Freund verboten, das Haus zu betreten. Da bin ich dann ausgezogen ziemlich schnell, und hab nicht mehr mit ihr gesprochen."

„Wie lange ist das her?"

„Ich war grad mit der Lehre fertig, so neunzehn. Wir waren zusammen in der Berufsschule, er hat Gastronom gelernt. Ich hab dann im alten Kugellagerwerk in der Kantine gearbeitet, bis die den Laden dichtgemacht haben. Und er war ziemlich schnell drüben. Ich glaube, der ist jetzt in Stuttgart."

„Ihr habt keinen Kontakt mehr?"

„Nö. Ich war schon nach zwei Wochen nicht mehr aktuell, nachdem er weg war."

„Hat wehgetan, was?"

„Pf."

Er nimmt fast demonstrativ einen Schluck von seinem Bier, um zu zeigen, dass dieses Thema für ihn erledigt ist.

„Siehst du deine Mutter nicht manchmal auf der Straße oder so? Wenn die auch hier wohnt."

Ich könnte mich umgehend prügeln für diese Frage.

„Klar." Er lacht etwas abfällig und triumphierend. „Da guck ich so was von durch."

Punkt. Ich bin kein Therapeut. Also Themawechsel.

„Wolltest du wirklich nie weg?"

„Ich war weg, drei Monate hab ich mir das angeguckt. Braunschweig. Und dann bin ich wiedergekommen. Wenn ich abhaue, dann richtig, dann Amerika. Oder Kanada." Er winkt ab: „Aber hier? Ist es doch überall dasselbe mehr oder weniger. Wenn, dann richtig."

Er spricht, und wenn er aufhört zu sprechen, bleibt mir nichts hinzuzufügen. Sein Tonfall beugt Nachfragen vor.

Ein besonders guter Zuhörer bin ich nie gewesen, weil ich es nicht gelernt habe. Mich langweilen lange Geschichten. Ich denke immer mittendrin, wann denn nun endlich das Ende kommt. Maya ließ ich reden, weil es einfacher war. Gunter sagte nicht so viel, Karl sagt immer dasselbe. Jan schwieg immer dasselbe, wie ein Barometer ohne Zeiger. Egal, wie er sich fühlte oder wie ich glaubte, dass er sich fühlen müsste, die Anzeichen waren immer gleich.

Swen kommt mir und meiner mangelnden Konzentrationsgabe entgegen. Obwohl ich noch nie so viel zugehört und erzählt habe wie in den letzten beiden Tagen. Dabei habe ich wahrscheinlich gar nicht mehr Worte gesprochen als sonst im Tagesdurchschnitt.

Swen gähnt.

Uns beiden scheint langweilig zu werden. Wir quälen uns. Ich werde jetzt dieses halbe Bier austrinken, nicht zu schnell, unhöflich will ich nicht sein, aber dann gehe ich in meine Hochzeitssuite. Es war ein Versuch wert. Mir sitzt ein geiler Mann gegenüber, aber ich komme mir vor, als betrachtete ich ihn im Zoo durch Gitterstäbe.

Er ist auf eine sympathische Art unnahbar, aber eben unnahbar. Mir wäre es fast lieber, er würde zickig sein, dann wäre es klar, wir würden ficken – und das wäre es dann. Zickige Typen kriegt man schnell ins Bett, und schnell wieder raus.

Ich trinke, um das Bier leerzukriegen.

„Ich kann noch eins zapfen, wenn du magst."

„Nein, ich denke, das reicht."

„Haste keine Zeit? Ich denk, du bist im Urlaub."

„Ja."

„Na dann." Er steht auf, nimmt den Kerzenständer in die Hand und sagt: „Komm, ich zeig dir was."

Er bedeutet mir, aufzustehen und ihm zu folgen. Wir gehen durch den Flur; die Geweihe sehen bedrohlich aus im Kerzenlicht.

„Willst du kein Licht machen?"

„Nein, will ich nicht."

Er geht ganz nach oben, eine schmale Stiege hinauf, dreht sich um und gibt mir die Kerze.

„Halt mal."

„Was ist denn hier oben?" Ich klinge wahrscheinlich wie ein kleiner Junge vor seiner ersten vergeigten Mutprobe.

Swen holt einen Schlüsselbund aus seiner Hosentasche, hält ihn nah an die Kerze und zählt die Schlüssel durch seine Finger.

„Da", flüstert er, dreht sich um und schließt die Tür auf.

„Komm rein."

Vorsichtig nimmt er mir die Kerze ab. Wir sind auf dem Speicher. Meine Augen haben sich langsam an das Kerzenlicht gewöhnt. Swen geht langsam, fast feierlich vor mir her. Aus der Dunkelheit schälen sich Möbel: ein stummer Diener, der schief steht, weil ihm ein Stück eines Fußes fehlt, ein Nachttisch mit geborstener Marmorplatte. Ich erschrecke vor uns im halb blinden Spiegel eines Schrankes, die Kerze und wir, als wären wir zwei Märchenhelden im dunklen Land einer bösen Fee. Ein Kronleuchter liegt schief auf dem Boden, Stühle, aufeinander gestellt und ineinander gestapelt, ein Esstisch, ein nutzloser Beistelltisch mit Lücken im Gebiss seiner Längsstreben, noch ein Schrank, zweitürig und mit kaum auszumachender Bemalung. Ein Bettgestell, zwei Sessel mit aufgeschlitzten Sitzpolstern. Ein altes Küchenbord ohne Scheiben und mit rissigem Lack, wieder Stühle, ein Tisch mit Mittelfuß, der sich versucht, von seinem fleckigen Furnier zu häuten. Zwei Lampenschirme aus Milchglas, ein Schränkchen mit Fliegengittern.

Swen geht immer noch langsam, hält die Kerze mal nach links und dann wieder auf die andere Seite, damit ich alles sehen kann.

Hinter einer Anrichte, die auf Ziegelsteinen steht, bückt sich Swen und tastet nach etwas. Er findet es und zieht es hervor: eine alte Armeedecke mit NVA-Aufdruck.

Er schiebt mich zurück und breitet sie vor einem abgeschabten Plüsch-Sofa aus, das einmal dunkelrot gewesen sein muss.

Er setzt sich und lehnt sich an die Chaiselongue, stellt die Kerze neben sich, tippt mit dem Finger auf das freie Stück Decke.

„Na, komm."

Ich setze mich, ziehe die Knie heran und blicke mich misstrauisch um.

„Ratten gibt's hier aber nicht." Ich versuche, nicht ängstlich zu klingen.

„Quatsch, Ratten", sagt er abfällig. „Geister gibt's, guck."

Gegenüber, eingesperrt hinter die Glastür einer Kommode, blicken uns Gesichter an. Kleine, elfenbeinfarbige Gesichter mit rosa Bäckchen, einäugig oder blind, mit zugeklappten Lidern und aufgerissenen Augenhöhlen. Sie liegen, sie sitzen, einer im prächtigen Rüschenkleid fehlt der Kopf, zwei Arme stecken der anderen in der Schürze, in einer Schale liegen Porzellanköpfe, ohne Gesicht, ohne Augen, ohne Haar. Eine Puppe hat eine Porzellanfrisur und gesprungene Lippen.

Eine Puppengruft. Ein kleiner Puppenfriedhof. Zombiepuppen, die darauf warten, eines Tages wieder heil zu werden und in einem Wohnzimmer zu sitzen oder ihr sprödes Fleisch auf einem Flohmarkt anzubieten.

„Ein bisschen morbid, oder?"

Swen kichert in sich hinein.

„Vielleicht. Ich finde es schön. Bin ab und zu mal alleine hier oben, nur, um hier zu sitzen. Riech mal. Das riecht so gut, das alte Zeug."

Ich rieche Mottenkugeln, Möbelpolitur, modriges Holz.

„Die beiden wissen nicht, dass ich manchmal hier oben bin. Der Schlüssel war am Schlüsselbund, den mir Herbert gegeben hat. Und da habe ich mich gefragt, wofür der ist. Und Bingo – es ist der Speicherschlüssel. Im Keller ist nichts, nur die Heizung und der Kühlraum. Aber hier oben ist alles." Swen lächelt immer noch und sieht die Puppen an, liebevoll. Seine Augen sind groß.

„Warum zeigst du mir das?"

„Weiß nicht", sagt er nach einer Pause und dreht sein Gesicht zu mir, das nun ganz im Schatten liegt.

Er ist etwas kleiner als ich. Seine Nase ist auf der Höhe meiner Lippen. Ich senke langsam den Kopf, der plötzlich anfängt zu zittern, jedenfalls habe ich das Gefühl, dass er das tut.

Ich habe auch das Gefühl, dass Swen sein Kinn hebt, vielleicht ist es Einbildung.

Das Zittern wird stärker, weil sein Mund meinen streift, ganz leicht. Seine Hand streicht über mein Gesicht, vorsichtig bewege ich die Lippen auf seinen Lippen. Es ist noch kein Kuss, ein Gespräch ohne Ton, wir sagen uns Dinge mit den Lippen, die wir nicht hören.

Dann küssen wir uns, vorsichtig, als wären wir beide zerbrechlich wie die Puppenköpfe gegenüber. Wir küssen uns lange. Ich weiß nicht, wann ich das letzte Mal so geküsst habe, ohne technische Berechnungen und taktische Manöver, ohne den Kuss während des Küssens zu beurteilen, auseinanderzunehmen, ihn zu schätzen wie an einer Börse, an der die Aktie Sex gehandelt wird. Je besser der Kuss, desto geiler das danach, jedenfalls meistens. Wenn der Kuss nicht funktioniert, funktioniert auch der Sex nicht, doch wenn der Kuss gut ist, gibt es immer noch die Möglichkeit, langweiligen Sex zu haben.

Dieser Kuss ist gut. Wir halten uns fest, berühren uns, ohne zu tasten, ohne Härtegrade und Größen mit den Fingern zu überprüfen, Reaktionen mit Berührungen hervorzurufen.

Swen setzt sich, ohne aufzuhören mit Küssen, auf mich, ich lehne an der Couch, er hält meinen Kopf fest und nimmt sich, was er braucht, gibt mir, was ich haben will, lässt mich nehmen, was meins sein soll.

Hinter meinen geschlossenen Augen dreht sich ein Karussell, auf dem Puppen sitzen.

Ich weiß nicht, ob mein Mund noch nach Bier schmeckt, ob ich gut oder schlecht bin.

Ein dumpfes Geräusch lässt uns aufhorchen, ich zucke zurück, sehe sein Gesicht, die Augen große Schatten.

„Scheiße", sagt Swen und springt auf. Die Kerze liegt neben mir. Mir fährt der Schreck wie ein Schuss in die Glieder, ich schrecke hoch und bleibe wie angewurzelt stehen. Heißes Wachs ist auf die Decke gespritzt, es stinkt, der Docht brennt noch, Swen reißt sie hoch, bläst sie aus, trampelt im Dunkeln auf den glühenden Fasern der Decke herum. Er spuckt darauf, kniet sich hin, rollt die Decke zusammen und wieder auf. Ich sehe nichts mehr glühen, nur der kleine, rötliche Stern an der Spitze des Kerzendochtes verlischt langsam und lauernd, als gäbe es noch eine Chance, das verhinderte Unheil geschehen zu lassen.

„Scheiße, Scheiße, Scheiße!" Er schreit flüsternd.

Es stinkt etwas.

„Scheiße", sagt Swen noch mal, diesmal etwas lauter.

„Psst!"

Wir hören uns atmen. Ich kann mich langsam wieder bewegen, der Schreck steckt noch in mir.

„Moment", sage ich, um ihn und vor allem mich zu beruhigen, zurück auf diese Welt zu holen, zu kontrollieren, ob gerade passiert ist, was gerade passierte, und ob wir nicht träumen. „Ruhe."

Ich halte ihn fest; er zittert.

„Wir hätten fast die Bude angezündet. Wir zwei blöden Schweine hätten fast Feuer gelegt."

„Ruhig."

„Scheiße."

„Swen. Psst."

Er wird ruhiger, weil ihm langsam klar wird, dass wir dieses Mal davongekommen sind, oder weil ich ihn festhalte, weil ich mich plötzlich stark und gelassen fühle.

„Komm." Das sage jetzt ich, nicht er.

Ich nehme seine Hand und taste mich vorwärts, ziehe Swen hinter mir her.

Langsam. Die Möbel sind nur noch die Umrisse von Schatten, durch eine Dachluke fällt etwas Licht, aber nicht genug.

„Der Schlüssel", flüstere ich an der Tür. Er gibt ihn mir, ich schließe ab, die Stiege knarrt, auf der Treppe nehme ich wieder seine Hand, und wir gehen, jetzt nebeneinander, zwei Treppen hinunter. Ich biege mit ihm ab, schließe mein Zimmer auf und führe ihn hinein.

Er lässt sich ausziehen. Als ich ihn zum Bett schieben will, schert er aus.

„Pissen", flüstert er.

„Stimmt."

Er fängt an, mir beim Ausziehen zu helfen. Als er fertig ist, gehen wir nackt ins Bad, stellen uns zusammen vor die Schüssel und pinkeln gemeinsam. Wir kichern nicht, fechten nicht mit dem Strahl des anderen, urinieren, bis wir fertig sind. Dann gehen wir ins Bett.

Ich liege hinter ihm, sein Rücken an meiner Brust, meine Hand auf seiner, er greift nach der Hand und hält sie fest.

Mein Mund liegt an seinem Nacken. Ich wage nicht, ihm einen Kuss zu geben.

Wir sagen nicht „Gute Nacht."

Als ich aufwache, weiß ich sofort, dass ich allein bin. Ich starre an die Decke wie an einen Himmel, dem man ansieht, dass aus ihm Regen fallen wird, heute noch, kurz bevor es windig wird und die Blätter heller scheinen vor dem Hintergrund der dunkler werdenden Wolken.

„Es riecht nach Schnee", hat Großmutter einmal gesagt. Wir sahen aus dem Fenster, ich weiß nicht, wie alt ich gewesen bin. Doch ich erinnere mich genau, wie lächerlich und gleichzeitig fremd mir ihre Aussage vorkam. Ich dachte sogar daran, sie könnte eine Zauberin sein, eine Hexe, gut natürlich, aber mit Fähigkeiten versehen, die ich nie ergründen, geschweige erreichen könnte.

Die Decke meiner Hochzeitssuite ist mein Himmel, das Stück, das ich sehe, eingerahmt vom Stahlbaldachin und dem darüber geworfenen Stoff mit Rosendekor.

Swen ist weg, seine Seite vom Bett, ich taste langsam hinüber, ist nicht einmal mehr warm. Vielleicht hat er nur gewartet, bis ich eingeschlafen bin, bevor er sich aus meiner Umklammerung befreite, seine Sachen im Dunkeln zusammensuchte und leise hinausgegangen ist. Ich kann es sehen und riechen, und hören kann ich es auch, denn neben mir atmet niemand.

Das ist vielleicht das Schlimmste an dem Zustand, wieder solo zu sein – dieses Aufwachen allein. Ich habe mich über Jans verpennte Vormittage mehr als einmal geärgert, allein in der Küche, Kaffee trinkend und zum dritten Mal den *Spiegel* der vergangenen Woche lesend. Aber es gehörte zu einer Normalität. Selbst grausame Ehemänner werden von ihren Witwen vermisst.

„In einer Beziehung kannst du aber auch verdammt einsam sein, mein Lieber", hat Maya einmal gefaucht, als wir über andere, die es vermeintlich besser getroffen hatten, redeten, um uns zu verschonen.

Das Alleinsein in einer Beziehung mag verzweifelter wirken, aber es ist geschützt durch die Fassade dieser Zweisamkeit. Meine Eltern saßen auf Festen immer wie Fremde nebeneinander, waren zu anderen freundlich, manchmal sogar charmant, doch sie ignorierten einander immer. Und doch schien niemand an dieser offensichtlichen und öffentlichen Erniedrigung Anstoß zu nehmen.

Mir fehlt etwas, nach dem ich mich nicht sehne, oder ich sehne mich danach, ohne dass es mir fehlt.

Egal. Wir haben Sonntag. Ich drehe mich zur Seite und greife nach meiner Armbanduhr. Es ist nicht einmal halb acht. Das ist früh für einen Sonntag in einem Hotelzimmer. Das Bett ist noch zu warm, aber für das Bett ist die Sonne zu hell, die durch das Fenster scheint.

Ein Bad könnte ich nehmen, von einer Wärme in die andere wechseln. Also stehe ich auf, wühle im Koffer, den ich nur halb ausgepackt habe, und schiebe ihn zurück unters Bett. Ein Zettel von Swen liegt nirgends, weder auf dem Nachttisch, noch auf dem Schreibtisch, dort liegt nur mein Mobiltelefon. Ich habe es im Zug ausgeschaltet und seither nicht wieder benutzt.

Obwohl ich es nicht will, schalte ich es ein, nur kurz, um zu hören, ob ein Spruch auf der Mailbox ist, sei es mein Chef, der meinen Urlaub aufgrund der kränkelnden Kinder allein erziehender Mütter verkürzen will, meine Mutter, die einen ihrer Pflichtanrufe tätigt, Gunter, der fragen will, wie es mir geht, Maya, die sich gefangen hat, oder Jan. Aber der wird sich nicht melden, da bin ich mir ziemlich sicher. Sein Phlegma erfüllt die Funktionen, die bei anderen Bitterkeit und Stolz übernommen haben.

Der Balken für die Verbindung zum Netz ist kurz. Ich bin auf dem Land, aber er dürfte reichen. Ich tippe auf die Nummer der

Mailbox. Bevor ich den Hörer ans Ohr lege, sehe ich prüfend auf das Display, ob Verbindung aufgenommen wird. „Guten Tag!"

Die Frauenstimme betont jede Silbe, jeder, der im richtigen Leben so redete, würde eingeliefert.

„Hier ist Ihre persönliche Mailbox von T-Mobile."

„Ja", sage ich ungeduldig.

„Sie haben keine neuen Nachrichten."

„Was?" Hat sie *eine neue Nachricht* gesagt oder *keine neuen Nachrichten*?

„Wenn Sie zurück ins Hauptmenü möchten, drücken Sie die Eins."

Ich schalte das Telefon ab und lege es in die Schreibtisch-Schublade, werde es nicht mehr anrühren, bevor ich zurück bin. Niemand wird von mir hören.

Das Gefühl, gestorben zu sein, ist verlockend. Es ist besser, als sich vergessen zu fühlen. Gunter hätte ich gern gehört. Aber wozu sollte er mich anrufen mitten im Nirgendwo? Zu weit für einen Quickie am Nachmittag wird er sich der Ersatzbank zuwenden. Was wir getan haben, ist alltäglich und austauschbar, vulgär und hinterhältig, wie es jeden Tag passiert, tausende Male. Wie sollte uns da etwas Besonderes verbinden?

Ich gehe ins Bad und lasse Wasser ein. Ich summe etwas. Völlig nutzlos summe ich ein Lied, das niemand kennt, nicht einmal ich. Auf dem Bord vor dem Spiegel steht ein Plastikfläschchen mit Duschbad. Ich nehme mein eigenes, eine dieser Plastikflaschen, auf denen *Fitness* steht, als wäre Duschen Sport und machte schlank.

Es ist Sonntag und nicht mal acht Uhr, zu früh, um zu Herbert und Sebastian zu gehen, zu deplatziert auch, denn ich kenne sie zu wenig, um ihnen am Küchentisch eine Situation zu erklären, die ich am allerwenigsten verstehe. Zumal meine Probleme einen lächerlichen Kontrast böten zu Sebastians Krankheit.

Das Hochzeitszimmer, warum auch immer sie mich hier einquartiert haben, taugt nicht zum Einigeln am Sonntag. Hier ist keine Couch, auf die ich, ungeduscht, nur mit Bettdecke und

Kissen bewaffnet, umziehen könnte, kein Fach mit Erdnüssen und Fertig-Nudelsuppen, kein schnurloses Telefon, dem ich im Display ansehen kann, wer mich anruft, um im Zweifelsfall den Anrufbeantworter anspringen zu lassen, kein DVD-Player – nur ein Fernseher mit Kabelanschluss und den gängigen Kanälen. Sie taugen nicht für einen einsamen Sonntag mit Vorhängen, die geschlossen bleiben.

Ich steige in die Wanne und versinke zu schnell in zu viel Schaum.

„Guten Morgen, habt ihr zwei einen Kaffee für mich?"

Ich setze mich zu Sebastian und Herbert an den Tisch, frisch gebadet mit noch feuchtem Haar. Das Paradies ist noch zu, die Eingangstür der Scheune nicht abgeschlossen.

„Guten Morgen", sagt Sebastian, steht auf und geht zum Schrank. „Ich dachte, du kommst früher."

„Moin. Und ich dachte, du kommst gar nicht", ahmt Herbert den Tonfall nach.

In diese Schlinge trete ich nicht.

„Ist doch erst neun, ich wollte euch nicht wecken am Sonntag."

„Hier wird früh aufgestanden", erwidert Herbert, während mir Sebastian eine Tasse hinstellt und Kaffee einschenkt.

„Hast du schon Hunger? Wir essen so früh beide noch nichts."

„Ist okay, ich brauch nur den Kaffee, sonst weiß ich nicht, wie ich heiße."

Sebastian setzt sich wieder. Ich trinke genüsslich. Sie sehen mir dabei zu, Herbert das Kinn auf die linke Faust gestützt. Es ist still, kein CD-Player, kein Radio, kein Straßenlärm, nur ab und zu ein kurzer Atemstoß der Kaffeemaschine – und mein Schlürfen.

Herbert seufzt. Er lauert. Ich spüre das und hätte jetzt gern eine Stoppuhr, um die Zeit zu messen, bis er das erste Wort sagt, das sich um Swen drehen wird.

„War's schön gestern?"

Eine viertel Tasse Kaffee hat es gedauert, also nicht einmal zwei Minuten, wie ich das erwartet habe, wenngleich Sebastian die Frage gestellt hat und auf Herberts Gesicht sich Neugierde und Erleichterung treffen.

„Nett, wir haben ein Bier zusammen getrunken."

„Das hab ich gesehen", sagt Herbert.

„Wie?"

„Eure beiden Gläser stehen da noch auf dem Tisch."

„Entschuldigung."

„Quatsch. Ist doch schön. Noch Kaffee?" Herbert grinst Sebastian an, der nur mit dem Kopf schüttelt.

„Hört auf", sage ich. „Der ist ja wohl doch ein paar Monde zu jung für mich."

„Pf", macht Herbert abfällig. „Bloß, weil du dir zu alt vorkommst?"

„Was weiß ich. Ich muss hier nicht am dritten Tag euren Koch, den ihr siezt, ins Bett zerren."

„Genau", schaltet sich Sebastian ein. „Noch dazu ins Hochzeitszimmer."

„Wenn der Swen nicht will, kriegst du den nirgends hin. Das kann ich dir unterschreiben. Das mit dem Du ist mir ein paar Mal rausgerutscht. Ihn hat das überhaupt nicht beeindruckt, der ist beim Sie geblieben, ohne mit der Wimper zu zucken. Auf den ersten Blick sieht man das vielleicht nicht, aber der hat Stil, mein Lieber. Und Stolz."

Sebastian nickt, und Herbert fährt fort.

„Ich hab den noch mit keinem Kerl gesehen. Der kennt zwar einige, die bei uns reinkommen, und manchmal kommt er aus seiner Küche raus und sagt ‚Tag', aber du kannst mich fressen, ich habe nie rausgefunden, mit wem der schon in der Kiste gewesen sein könnte."

„Das ist ein ganz Lieber", sagt Sebastian.

„Ja, aber der Kleine ist auch mit ein paar Wassern gewaschen."

„Kennt ihr seine Eltern?" frage ich.

Herbert nickt heftig: „Aber hallo! Mutti ist am Anfang ein paar Mal am Paradies vorbeigegangen. Dann ist sie vorm Schaufenster stehen geblieben und hat sich die Auslage und die Speisekarte ganz genau angeguckt, dann war sie wieder weg. Herein gekommen ist die aber nie. Ich weiß das auch nur, weil einmal, als sie wieder draußen stand, Swen hinter dem Tresen gestanden hat. Plötzlich ist der richtig starr geworden für einen Moment. Dann ist er sofort wieder in die Küche. Ich hinterher. Da hat er mir gesagt, dass da draußen seine Mutter wäre und dass er mit der nichts zu tun haben will. Und die soll bloß abhauen. Mehr hab ich damals nicht aus ihm rausgekriegt. Später hat er mir mal die Story erzählt. Weiß nicht, ob ich das könnte. Die eigene Mutter nicht mehr angucken."

„Ich kann's verstehen", sage ich. „Manchmal wünsch ich mir, dass ich das könnte."

Die beiden sehen sich, dann mich an. Verwundert, aber nicht geschockt.

„Da musst du sie aber sehr hassen", stellt Sebastian fest.

Ich verneine: „Hass ist das nicht. Nur das totale Desinteresse. Und das beruht auf Gegenseitigkeit. Also ich bin hier nicht der schlimme Sohn." Ich versuche zu lachen. „Ich glaub, ich hätte mir eine andere Mutter gewünscht und sie sich ein anderes Kind. Und das ist okay. Wir sind quitt."

Ich versuche, das Thema abzuschließen, weil ich nicht über Mütter sprechen will, weil jeder eine hat, mehr oder weniger.

Herbert ringt sich ein „Na ja" ab.

Dann ist es still für eine Weile, bis Sebastian die Kaffeetassen kontrolliert, aufsteht und den Rest, der noch in der Kanne ist, möglichst gerecht aufteilt. Herbert blinzelt versonnen in Richtung Fenster, Sebastian sieht uns beide abwechselnd an, trinkt, dann gähnt er.

„Was liegt heute an bei euch?"

Meiner Frage folgt eine weitere Pause.

„Ich geh gleich in den Laden, Doreen und Swen kommen um halb elf. Heute geht's, aber einige Bestellungen für Mittag hab ich."

„Aha", sage ich. „Und du?"

„Wäsche", antwortet Sebastian. „Ich kümmere mich ums Haus. Und was willst du anstellen?"

„Ich weiß nicht. Eigentlich wollte ich noch mal fragen, ob ich was helfen kann. Irgendwas. Hab keine Ahnung, aber so einfach nichts machen die nächsten Tage …"

Meinem Satz fehlt etwas, und die beiden scheinen erst reagieren zu wollen, wenn ich ihn vervollständige. Vielleicht überlegen sie auch nur, welche Aufgaben sie mir übertragen könnten, oder ich bin ihnen einfach lästig, und sie suchen einen Weg, mir zu sagen, dass ich am hilfreichsten wäre, wenn ich nichts täte.

„Irgendwas."

„Hm", macht Herbert. „Was kannst du?"

„Ph. Was kann ich? Buchhaltung natürlich, Saubermachen, irgendwas sortieren oder Gläser polieren von mir aus. Leute bedient hab ich mal während des Studiums, aber das war eben Bierkneipe, da kam das nicht so drauf an. Irgendwas halt."

Ich höre mir zu, und es klingt verzweifelt, obwohl ich nicht verzweifelt sein will, weil ich mich bisher nicht verzweifelt gefühlt habe. Meine Frage sollte beiläufig klingen, wie ein freundliches Angebot, ist aber ein Offenbarungseid geworden, eine Bankrotterklärung.

„Klar kann ich CD-Regale aufbauen", habe ich mit der Stimme eines Machers gesagt, großzügig und zupackend. Klar kann ich's. Die beiden haben drei IKEA-Regale im Keller stehen, noch original verpackt.

„Seit vier Wochen will ich das machen, aber ich krieg das nicht hin. Und bevor mich Herbert lyncht, mach's. Wäre geil", hat Sebastian gesagt.

„Die Dinger hab ich auch, Kinderspiel. Welches Dekor?"

„Buche."

„Schick. Hab ich auch."

„Gut, also dann. Ist mir zwar etwas komisch, aber du hast es so gewollt."

„Ich weiß."

„Ich bin im Haus, falls du was brauchst."

„Was soll sein?"

Ich trage die langen Kartons einzeln ins Wohnzimmer, suche mir ein kleines, scharfes Messer in der Küche, nehme einen Hammer aus der Metallkiste, die Sebastian neben die Tür gestellt hat, lege das Werkzeug ab wie ein Arzt chirurgische Instrumente. Ich schlitze den ersten Karton der Länge nach auf, staple die Einlegebrettchen beiseite, schlitze vorsichtig das Plastiktütchen auf, in dem sich Stifte, Schrauben und Inbusschlüssel befinden.

Zur Sicherheit lasse ich die Bedienungsanleitung offen vor mir liegen, kontrolliere jeden Handgriff mit einem kurzen Blick auf die Zeichnungen.

Die Seitenteile zurechtlegen, sich vergewissern, wo oben ist und wo unten, vorsichtig, ohne das Furnier, das eh dünn ist, zu zerkratzen, die Schrauben eindrehen, nicht zu fest, damit nichts platzt – Kann eine Spanplatte überhaupt platzen oder zerbröselt sie? –, immer wieder der Blick auf die Bedienungsanleitung, ist alles gerade, das mittlere Brett, das der Konstruktion Stabilität gibt, nicht verkehrt herum fixieren. Bevor die Stifte für die Böden eingesteckt werden, kontrollieren, wieviel Platz eine CD in der Höhe braucht, ganz genau, denn die kleinen Metallstifte lassen sich im Ernstfall schwer entfernen, und eine Zange kann Kratzer verursachen. Daumen und Zeigefinger schmerzen vom Inbusschlüssel.

Ab und zu geht Sebastian an der Tür vorbei. Ich spüre, dass er kurz hereinsieht, er bleibt aber nicht stehen, beobachtet mich nicht, und wenn, ich lasse mich nicht beirren.

Für jedes der drei Regale benutze ich die entsprechende Bedienungsanleitung, egal, ob auf jeder dasselbe steht.

Ich arbeite. Mit nichts im Gehirn als den Arbeitsschritten, die mir ein schwedisches Unternehmen diktiert. Nichts denkt in mir, nichts erinnert sich oder zweifelt, nichts benötigt Anerkennung und Zuwendung, keine innere Stimme fragt mich, ob ich hier richtig bin oder im falschen Zug, was ich aus meinem Leben gemacht habe, wozu ich hierher gefahren bin, wohin ich will und ob ich mich je wieder verlieben kann, ob ich überhaupt je verliebt war im Leben. Die Hirnregion, in der das Laientheater meiner Erinnerung alte Szenen immer wieder aufführt, immer wieder, mit leichten Änderungen im Text, immer die unangenehmen, die schmerzenden, die vergessen werden sollten, ist dunkel, hat Spielpause. Ich bin leer und schraube, passe an, stecke ein, probiere, teste, kontrolliere, schwitze, sehe nicht auf, lasse mich nicht beirren, nicht von der Uhrzeit, nicht von Sebastians Schritten, nicht von mir, denn ich baue CD-Regale für Sebastian und Herbert.

Ich knie im Wohnzimmer. An meinem Daumen bildet sich eine Blase, aber sie schmerzt nicht, nichts tut weh, nichts drängt sich auf, alles hält still, weil ich mich bewege.

„Lass dir Zeit", ruft Sebastian im Vorbeigehen, aber ich nehme die Bedeutung seiner Worte nicht wahr. Ich nicke und mache weiter, schiebe die Presspappe der Rückenverkleidung ein, nagle sie vorsichtig fest, darauf achtend, dass kein Nagel schräg aus dem Holz ragt. Nichts im Kopf. Nichts.

Dieses Nichts ist weder hell noch dunkel, es hat überhaupt keine Farbe. Und die Weisheit, die dieses Nichts mit sich bringt, ist unendlich. Ein Lächeln ohne Gesicht, eine Gewissheit ohne Fakten, eine Gelassenheit, die keiner geheuchelten Versicherung bedarf. Niemand muss nun sagen „Alles wird gut." und es auch noch glauben für diesen Augenblick, wenigstens für diesen einen, obwohl jeder wissen muss, der so etwas sagt, und jeder, dem es ins Ohr geflüstert wird, dass nie etwas gut wird, und wenn es gut werden sollte, entgegen allen Prognosen, allen Einwürfen und Erfahrungen, dann wird es nicht gut bleiben. Niemals.

Aber diese Leere ist gut, dieses Nichts. Das ist das Geheimnis der Ehen dieser Welt, deshalb stricken Frauen, und deshalb bauen sich Männer Hobbykeller – nur, um nicht zu denken, nicht zu fragen und nicht zu spüren, dass es nicht gut ist.

Ich falte die Kartons zusammen, trete sie breit, hole mir Klebeband aus dem Werkzeugkasten, knicke die Pappe zu handlichen Paketen, die ich unter den Arm klemmen und zum Papiercontainer bringen kann.

„Du bist schon fertig?"

Keine Zeit für Antworten auf derlei hinterhältige Fragen.

„Wo kann ich die Pappe hinbringen?"

„Im Hof neben der Einfahrt ist der Container."

„Okay."

Ich bringe die drei Pakete auf einmal hinaus, verstaue sie taktisch klug im blauen Container, gehe zurück ins Haus, in die Küche, wo Sebastian im Begriff ist, Tee oder irgendwas zu kochen.

„Wo sollen die Regale stehen?"

Er fährt herum.

„Willst du nicht erst mal Pause machen? Vielleicht was essen?"

Ich bin mit feinem Spanplattenstaub paniert, mein Hemd ist verschwitzt, meine Hände und meine Stirn fühlen sich feucht und mehlig an.

Ich schüttle den Kopf. Mein rechter Daumen beginnt zu pochen, am Zeigefinger blutet eine kleine Wunde. Ich lutsche dran, das Blut schmeckt nach synthetischem Holz, wie ein Erdbeerjoghurt, der nach Industrie-Erdbeere schmeckt und die Zunge taub für die echten Erdbeeren im Juni macht.

Mein Rücken tut weh, meine Knie fühlen sich an wie aus Holz.

„Ich muss das jetzt weitermachen. Bitte."

„Gut."

Er geht ins Wohnzimmer, entfernt eine kleine Grafik, die schräg über dem Fernseher hängt, legt sie auf den Couchtisch neben die gestapelten Kunstbände, zeigt links neben das Phonomöbel.

„Hier dachten wir."

Ich schnappe mir den Zollstock, klappe ihn routiniert auf, messe die Breite eines der Regale, nehme sie im Kopf mal drei, gehe zu dem Stück Wand, messe, klappe den Gliedermaßstab wieder zusammen und sage: „Wird knapp."

Ich sehe mir die Sache genauer an, deute auf die Ecke: „Eins auf die Seite, da in die Ecke, zwei auf diese hier. Wie wäre das?"

„Probieren wir."

Sebastian will sich nach dem einen Regal bücken, aber ich schiebe ihn sanft beiseite. Ich stelle alle drei hin, so wie ich es ihm vorgeschlagen habe.

Sebastian legt den Kopf schief, geht einen Schritt zurück, dann zwei, kommt wieder näher.

„Ja, ich glaub, das ist perfekt." Sebastian beginnt zu lächeln. „Geil."

Ich freue mich, dass er sich freut.

„Wie wollt ihr die CDs sortiert haben? Alphabetisch?"

„Ha?" macht er.

„Klassik und Pop getrennt, oder?"

Er zeigt auf den unteren Teil des Phonomöbels und macht eine Handbewegung wie ein Bauer, der sein Land zeigt.

„Die sind überhaupt nicht sortiert, befürchte ich. Du weißt nicht, was du dir da aufgehalst hast, Gregor. Hier unten ist mehr Klassik und hier im CD-Ständer das Sampler-Zeugs und da hinten der Rest."

„Da hinten?"

„Ja, hinter dem Fernsehschrank. Und drunter."

„Okay, dann mach ich mich da ran. Ich gucke mir das an und bring da ein System rein."

„Willst du das wirklich machen, Gregor? Das ist mir fast ein bisschen peinlich."

„Eine Schüssel und ein Schwammtuch noch, aber nicht zuviel Geschirrspülmittel rein."

Er nickt und geht hastig in die Küche.

Ich schiebe einen der Sessel und den Tisch vorsichtig beiseite.

Jetzt habe ich Platz.

Sebastian bringt eine kleine, rote Plastikschüssel, Schaum und ein blaues Schwammtuch schwimmen auf der Wasserpfütze darin.

„Danke."

„Du kannst dir ruhig Musik anmachen."

Ich schüttle den Kopf und beginne, die Stapel hervorzuholen, räume den Ständer leer, setze mich auf den Boden und wische und sortiere. Sebastian steht noch im Wohnzimmer oder ist schon wieder weg, wenn nicht, vergesse ich seine Anwesenheit.

Es sind mehr CDs, als ich dachte. Das Blut an meinem Finger ist getrocknet, obwohl ich ihn immer wieder ins Wischwasser tauchen muss.

Links liegt die Klassik, sortiert nach Opern, Sinfonien, Liedern, nach Beethoven, Mozart und Mahler, Grieg, Verdi und anderen. Vor mir Pop: *ABBA*, *Boney M.*, *Fink*, *Erasure*, *Portishead*, Norah Jones, Dean Martin, Mireille Matthieu, Cliff Richard, Ella Fitzgerald, Mirwais, Vicky Leandros, *Depeche Mode*, *Keimzeit*, Petula Clark, Suzanne Vega. Halb rechts *Bravo Hits*, *Die größten Filmhits*, *Cabaret*, *Jenseits von Afrika*, *Oh Brother Where Art Thou*, *Priscilla – Königin der Wüste*, *Party Hits I und II*.

Es staubt. Ich wische CD-Hüllen ab, beginne neue Stapel, verteile andere, lasse diejenigen, die nirgends passen, einzeln liegen. Nicht denkend, nicht fühlend, nur noch die Mechanik meiner Gliedmaßen benutzend und die Teile meines Gehirns, die für Systeme zuständig sind, die ich im Büro am Schreibtisch benötige und sonst kaum.

„Was ist denn hier los?" sagt eine Stimme, als ich die Regale auswische.

„Gregor sortiert unsere CDs, Frau Bachert."

„Können Sie den bei mir vorbeischicken, jemand, der aufräumt, fehlt mir auch."

„Hallo", sage ich und winke, sehe hin, ohne hinzusehen.

„Guten Tag. Sie haben sich ja eine Arbeit gesucht. Und das auf einem Sonntag."

„Ja."

Sebastian lenkt sie ab: „Ich mach grad Tee, Frau Bachert, wollen Sie auch?"

„Ich will keine Umstände machen."

„Sie doch nicht."

„Ich trinke nur Tee, wenn Ihr Besuch einen mittrinkt", sagt sie listig.

„Gerne", lüge ich. Denn ich will nicht reden, nicht denken, nicht in einer Küche sitzen, die sich anfühlt wie ein richtiges Zuhause. Im Wohnzimmer ist es nicht so. Es ist hübsch, könnte aber überall stehen, in einer Stadt oder einem Dorf. Die Küche nicht. Weder hungrig, noch durstig, folge ich den beiden. Frau Bachert wirft mir einen schelmischen Blick zu, nachsichtig, mütterlich und mit einer Prise Koketterie. Ich lächle zurück.

Das Pril-Wasser ist sowieso kalt und dreckig. In der Küche stelle ich die Schüssel in den Spülstein.

„So ein Besuch wäre mir auch recht", sagt Frau Bachert und lässt sich auf den Stuhl fallen, mit offenem Anorak, darunter heute keine Kittelschürze – schließlich ist Sonntag –, sondern ein dunkler Rock und ein blauer Pullover mit aufgestickten Blüten, die leicht glitzern.

Dinge und Menschen, die so nah sind, verlieren ihren Schrecken. Auf der Straße hätte ich still über diesen Pullover gespottet und gesagt, man sollte die Kostümbildner aller Regisseure der Achziger-Jahre-Serien verklagen, von *Dallas* über *Falcon Crest* bis zu *Dynastie*. Aber Frau Bachert wird sich nicht bewusst machen, dass Pamela Ewing und Alexis Carrington neben ihr standen, als sie diesen Pulli kaufte, und ihr zuflüsterten, dass dieses Glitzerteil schick sei, an irgendeinem Marktstand mit vietnamesischem Personal oder einem ehemaligen Kurzwarenladen, der sich nun Boutique nennt.

Frau Bachert ist zu nah, da greift keine Häme, denn ich habe nichts gegen diese Frau in der Hand, habe keinen Komplizen, der über meine Bemerkungen heimlich lachen würde. Aber gelacht hat immer nur Maya. Sie ist jetzt weit weg und müsste sich inzwischen mehr in Acht nehmen vor mir.

Ich setze mich zu der Frau, die mich freundlich, aber nicht scheinheilig ansieht.

„So einen Besuch könnt ich auch haben", wiederholt sie.

Ich nicke.

„Muss halt was tun, dachte, ich faulenze ein bisschen, aber das geht irgendwie nicht."

Frau Bachert beugt sich nach vorne über den Tisch, klopft sich mit dem Zeigefinger an den Kopf und sagt verschwörerisch: „Das da oben braucht Bewegung, sonst rostet das ein, und das ist mit dem Rest auch so." Sie lehnt sich wieder zurück. „Faule Menschen sind immer müde, hat meine Oma gesagt, und die hat meistens Recht gehabt. Müde und krank."

Wir lachen zu zweit.

Sebastian stellt Tassen hin und sieht uns beide kurz strafend an.

„Das war jetzt nicht so gemeint", sagt sie. „Faul hab ich hier noch niemanden gesehen."

Sebastian lächelt, aber er ist etwas rot geworden. „Keine Angst, Frau Bachert, wir verstehen uns schon richtig."

„Diese Woche müssen Sie wieder hin?"

Sebastian nickt beim Einschenken, beiläufig, als handelte es sich um den Termin, die Sommerreifen aufzuziehen.

„Hach ja", seufzt Frau Bachert.

Sebastian setzt sich neben mich. Ich kann sein Gesicht nicht sehen, dafür thront vor uns das Urbild aller lieben Großmütter, noch dazu mit Goldstaub bestreut.

„Aber es geht Ihnen soweit gut? Haben ja schon mal schlechter ausgesehen letztes Jahr."

„Ja", antwortet Sebastian, „es geht, aber ich merk schon, dass da noch was ist. Bin schnell müde." Er atmet durch. „Wir gucken mal, Frau Bachert." Es klingt, als müsste er sie beruhigen, als würde sie diese Woche ins Krankenhaus gehen.

„Fährt der Herr Herbert Sie hin?"

„Ja." Sebastian will das Thema wechseln. Er möchte nicht darüber reden, dass die Ärzte wieder „was gefunden" haben, etwas, das keinen Namen hat, keinen Grund, das nicht zu berechnen ist. Nichts ist berechenbar, aber diese Unberechenbarkeit ständig vor Augen zu haben, herumzutragen, in sich zu fühlen vielleicht, auf Röntgenschirmen und Blutbildern zu sehen, verklausuliert und zaghaft erklärt zu bekommen – das kann ich mir nicht vorstellen. Ich spüre, dass Sebastian Angst hat. Neben ihm sitzend, überschwemmt mich diese Angst, dass mein Körper ihr antwortet. Mit Angst.

„Das wird schon", sagt Frau Bachert. Selbstverständlich und sicher. Sie nimmt feierlich ihre Tasse und trinkt. Dann atmet sie mit einem gehauchten Ah aus.

Der Tee ist heiß. Ich weiß nichts zu sagen, neben mir schweigt Sebastian, und Frau Bachert stimmt ein.

Nach einer Weile sage ich: „Langsam will ich mal wieder ran. Soll ja fertig werden heute."

„Hast du überhaupt schon was gegessen heute? Es ist kurz nach drei."

„Ich hab keinen Hunger. Ich esse nachher drüben was bei Herbert."

„Musst du wissen. Ich kann dir auch eine Stulle machen oder ein Stück Kuchen holen."

„Kuchen ist immer gut", sagt Frau Bachert.

Ich nicke und lächle sie an. Sie schenkt mir einen gutmütigen Blick. Es scheint, wir verstehen uns.

„Wollen Sie also weiter den Knecht machen auf einem Sonntag", lacht sie.

„Besser als rumsitzen."

„Auch wieder richtig."

Sebastian schaltet sich ein: „Gregor ist Buchhalter." Er sieht mich kurz an, damit ich zustimmen kann. „Ich hätte für die CDs Tage gebraucht, ich krieg nicht mal die Fotos sortiert oder die ganzen Zeitungsartikel über das Paradies."

„Ach. Da soll ich wohl die nächsten Tage euer kleiner Archivar sein."

„Quatsch."

„Doch. Lass mich das machen, bitte. Bitte."

Ich sehne mich nach der heutigen Leere zurück.

„Reden wir noch drüber, okay? Hast ja wirklich Urlaub."

„Genau. Kann mich ja auf den Marktplatz legen und versuchen, braun zu werden."

„Lang bleiben Sie da nicht liegen. Heinz, der ABV, der wird Ihnen was husten." Frau Bachert droht mit dem Zeigefinger.

„Das heißt jetzt Wohnbereichsbeamter, glaub ich", weise ich sie zurecht.

Sie schüttelt den Kopf und lacht kurz auf: „Der Heinz, der war immer ABV, und der bleibt das auch bis zur Rente."

„Na gut", ich steh auf. „Bevor mich der Heinz einlocht, sortiere ich lieber die CDs fertig."

Sie lacht kurz auf.

„Das war mal ein ganz scharfer Hund, der Heinz, ich wäre da vorsichtig."

„Frau Bachert, bis bald." Ich gebe ihr die Hand.

„Ja, bis bald ..." Sie lässt eine Pause.

„Ich heiße Gregor."

„Ich bin die Trude."

„Gut, Trude, ich wünsch Ihnen noch einen schönen Sonntag."

„Ihnen auch, Gregor." Ihr sitzt der Schalk in der Stimme.

Ich gehe ins Wohnzimmer.

„Und wenn ich was zu sortieren hätt', könnt ich doch zu Ihnen kommen, Gregor?" Sie ruft es mir hinterher, betont meinen Namen unnötig.

„Ja, natürlich, Trude. Aber nur wenn ich als Belohnung Zupfkuchen krieg!"

„Wenn das weiter nichts ist!"

Ich schließe die Wohnzimmertür hinter mir, sehe auf die CD-Stapel und freue mich kurz. Einfach so. Über die Arbeit, über Frau Bachert, darüber, hier zu sein. Einen Augenblick lang könnte ich hüpfen vor Freude, aber ich knie mich hin und nehme mir den nächsten CD-Stapel vor.

„Links ist Pop, alphabetisch, von *ABBA* bis Tom Waits. Mit X hab ich nichts gefunden. Zwischendrin hab ich immer etwas Platz gelassen, falls mal was Neues dazukommt. Hier unten ist ein Fach Filmmusik und zwei mit den Samplern. Und die Klassik ist dann da drüben im Einzelnen, auch von A bis Z, hab aber nicht nach Opern und Sinfonien und so sortiert, wollt ich erst, aber so ist das besser. Ganz unten hab ich frei gelassen und hier sind die, die ich nirgends untergebracht habe."

Ich zeige auf die Regale, wie eine dieser blonden Deko-Tussen auf ein neues Auto-Modell bei der IAA. Denn ich bin stolz. Es ist kurz nach fünf. Ich bin fertig. Meine Hände sind rau von Staub und von Spülmittel. Ich fühle mich ungepflegt und speckig, aber ich habe es geschafft.

„Unglaublich", sagt Sebastian und grient. „Geil. Hier sieht's ganz anders aus. Viel größer und heller."

Er kommt langsam näher und stellt sich mit der Nase ganz nah an die Regale. Seine Augen wandern über die Rücken.

„Geil", sagt er wieder. „Da sind Sachen dabei, die ich Jahrhunderte nicht mehr gesehen habe, dachte, die sind verschollen. Kate Bush – du meine Güte!"

„Zum Inhalt sage ich keinen Ton. Aber bei Nana Mouskouri hab ich schon geschluckt."

Er dreht sich zu mir, boxt mir auf die Schulter.

„Du schluckst doch gern, du Sau!"

„Was?"

Er kommt auf mich zu und umarmt mich, drückt fast zu fest.

„Danke dir. Danke dir", sagt er nah an meinem Ohr.

„Kein Problem", presse ich hervor.

Er lässt mich los.

„Gut, dass du da bist", flüstert er. „Wenn was passiert, Gregor, wenn was passiert." Er macht eine Pause, holt Luft. „Passt du auf den Herbert auf? Bitte."

„He!" Ich mache mich los und sehe ihn an, halte seine Arme fest. „Es passiert nichts. Du wirst schon selber auf deinen Herbert aufpassen."

Er sieht nach unten.
„Okay? Wenn ihr mich braucht, bin ich da", füge ich leise hinzu.
Es klingt wie ein beliebiges Versprechen aus der Stadt, eine billige Ausflucht, die nur gesagt wird, um abzulenken. Aber ich meine es so.
„Ich bin da, Basti." Ich nenne Sebastian Basti und muss nicht einmal würgen dabei.
Er nickt: „Du bleibst noch eine Weile da?"
„Ja, ich bleib gern noch da. Aber nur, wenn ich euch was helfen kann. Morgen geh ich an dein Archiv. Abgemacht?"
„Abgemacht." Er spricht leise und sieht mich nicht an.
„Gut." Langsam lasse ich ihn los, als könnte er nicht alleine stehen.
„Dann machen wir das so."
Er sieht sich abermals um, bewundert meine Arbeit, bestaunt das Zimmer, als sähe er es zum ersten Mal.
„Ja", sagt er zufrieden.

„Essen. Hunger", sage ich zu Herbert, wie eben aus der Verbannung zurück.
Er lächelt, zapft gerade Bier und stellt es ab.
„Setz dich mit an den großen Tisch." Er nimmt ein Tablett und zeigt mir mit dem Kinn die Richtung. Ich drehe mich um; drei Augenpaare mustern mich.
„Komm", murmelt Herbert im Vorbeigehen. Er stoppt direkt bei den dreien, serviert Bier, Wein und ein Wasser. Ich folge ihm zögernd.
„Das ist Gregor", sagt Herbert in die Runde. Wie auf Kommando nicke ich in die Runde.
„Hallo", sagen sie.
„Das ist Jürgen, das ist Ralf, und das hier ist Bernhardt."
Ich gebe allen dreien die Hand und setze mich. Ungeduscht und nicht im Entferntesten so sonntäglich wie diese drei Provinzhuschen, an die mich Herbert gerade verramscht hat.

„Macht euch mal bekannt", sagt Herbert. „Du willst ein Bier?"

Ich bejahe. Er verschwindet wieder, denn das Paradies ist voll. Mein Blick fährt kurz durchs Lokal und kommt zurück an den Tisch.

Jürgen wirkt wie ein Flüchtling aus dem Kreis bibeltreuer Christen. Sein kühn blau-gelb gemustertes Hemd ist bis oben geschlossen, er kann erst Mitte dreißig sein, aber er sieht älter aus, sein Mund ist nonnenhaft spitz, wenn er lächelt, fletscht er die Zähne. Sein dunkelblonder Fasson-Schnitt verstärkt den Eindruck der Farblosigkeit. Das grelle Hemd kann daran nichts ändern. Die randlose Brille gibt ihm etwas Kaltes und Berechnendes.

„Wir haben ja schon viel von dir gehört", japst Ralf, der offenbar zu Jürgen gehört. Sie sitzen nebeneinander und werfen sich einen viel sagenden Blick zu. Ralf ist jünger, hat kurz geschorene Haare und ein T-Shirt, das etwas zu eng scheint, oben quellen Brusthaare raus. Er hat einen Bart, dunkel wie seine dunkelbraunen Augen. Ein eigentlich geiler Mann im falschen Kostüm. Bernhardt ist deutlich über fünfzig, muss einmal sehr gut ausgesehen haben, ist immer noch attraktiv, stämmig. In Sakko mit T-Shirt drunter ist er moderner gekleidet als seine jungen Freunde hier am Tisch. Grau meliertes Haar, Halbglatze und Schnauzer, ein naturbrauner Teint, bei dem er aber offenbar mit der Sonnenbank nachhilft.

„Ich hoffe nur Gutes", sage ich zu Ralf und versuche ein wertfreies und offenes Lächeln.

„Wie man's nimmt", schäkert sich Jürgen dazwischen, etwas zu sehr durch die Nase und etwas zu quäkig für mein Männerbild.

„Geht so", brummt Ralf spitz. Sie sind beide offenbar hochgradig untersext und finden, dass Schwule per se miteinander schlafen sollten, ob sie wollen oder nicht – oder haben schon Jahre kein Frischfleisch mehr vor die Flinte bekommen.

„Wir kommen jeden Sonntag hierher", sagt Bernhardt ruhig und weich, beruhigend, fast liebevoll.

„Aha? Ihr seid von hier?"

„Nicht ganz. Ich wohne so fünfzehn Kilometer weg, hab da mein Atelier in einem kleinen Dorf. Und die beiden nehme ich immer mit."

„Jürgen ist Optiker", sagt Ralf stolz. „Und ich hab ein kleines Reisebüro."

„Aha", sage ich anerkennend, streife kurz die beiden, versuche, nicht abfällig zu gucken, aber doch die Distanz zu wahren, und wende mich Bernhardt zu: „Du bist Künstler? Malst du?"

Er schüttelt den Kopf: „Keramik. Aber keine Angst, ich töpfere nicht zur Selbstverwirklichung. Ganz klassisch: Gebrauchskeramik, dunkelbraun. Vom Kerzenhalter bis zur Teekanne."

„Die Sachen verkauft er bis nach Holland", sekundiert Ralf. „Unser Bernhardt gehört zu den Promis hier. Der kann gar nicht so viel töpfern, wie sie es ihm aus der Hand reißen."

Ralf klingt missgünstig, aber vielleicht haben sich die drei im Ton einander angepasst. Bernhardt scheint nicht zickig zu sein, aber ich kann mich täuschen.

„Würde ich mir gern mal ansehen", sage ich und meine es ehrlich, würde mir aber gern umgehend auf die Zunge beißen. Angesichts der beiden Aushilfshyänen gegenüber klingt es plötzlich wie eine Anmache.

„Gern. Würde mich freuen", sagt Bernhardt und lächelt. Mit ihm, obwohl viel älter als die anderen beiden, würde ich sofort ins Bett gehen, und sei es nur aus Neugierde und Sympathie. Er greift in seine Innentasche, zieht eine Visitenkarte heraus und überreicht sie mir.

Bernhardt Kobe, Keramikkünstler.

„Danke."

„Na, da kannst du ja demnächst eine ausgiebige Führung machen", sagt Jürgen anrüchig.

„Ja, das wäre schön", sage ich, ebenso anzüglich und zwinkere Bernhardt zu. Er zwinkert zurück und tut es hoffentlich, weil er meine Ironie versteht.

„Brauchst du keine Brille? Jürgen macht dir bestimmt einen Sonderpreis", wirft Ralf ein, dem unser Zwinkern nicht zu passen scheint.

„Ja, vielleicht, Männer Ende dreißig brauchen eine Brille, und zur Feier des Tages hol ich mir einen Billigflug nach Maspalomas, damit ich diesmal wirklich was in den Dünen finde. Beim letzten Mal war das alles so verschwommen."

„Ha! Wir sind da fast jedes Jahr", freut sich Jürgen. Ich würde gerne „Bingo" sagen oder „Der Kandidat hat 99 Punkte".

„Wirklich? Ich war einmal da, und das hat gereicht. Aber wie gesagt, mit der neuen Brille ..."

Ich grinse, und zu meinem Erstaunen grinsen sie mit. Sie sind nicht beleidigt oder echauffiert. In diesem Moment beginnen sie, mir sympathisch zu werden.

Herbert stellt mir ein Bier hin.

„Na, bei euch alles gut?"

„Ja!" Jürgen setzt ein Gesicht wie eine kleine Petze auf. „Gregor hat schon die Karte von unserem Keramikkünstler bekommen. Da wird wohl demnächst heftigst der Brennofen glühen."

„Hast du was dagegen, Jürgen?" fragt Herbert scheinheilig und doch umwerfend charmant. „Bloß weil Bernhardt den Ofen deinetwegen noch nicht angeworfen hat?"

Jürgen erfriert für einen Moment.

„Er geht ja auch zu Fielmann in die Stadt."

Nach einer Schrecksekunde lachen sie all vier.

Herbert gibt mir die Speisekarte.

„Swen meint, du sollst das Schweinefilet mit Rosmarinkartoffeln probieren."

„Dann werde ich das auch nehmen", sage ich kurzerhand und gebe ihm die Speisekarte wieder.

„Ich sag's ihm."

„Mir hat Swen noch nie was empfohlen", schmollt Jürgen.

„Das tut mir Leid", sage ich. „Aber ich kann ihm ja mal sagen, dass er Prinzessbohnen für dich machen soll."

Jürgen legt den Kopf schief, sieht mich an, grinst.

„Wenn, dann Herzoginnenkartoffeln."

„Auch gut."

„Nun hört auf, euch anzutucken", sagt Bernhardt.

„Was man gut kann, macht man eben gern", gibt Jürgen schnippisch zurück.

„Was glaubst du, was da im Laden los ist, wenn unsere beiden Großbauern kommen. Die kriegen sich gar nicht mehr ein", sagt Bernhardt zu mir.

„Großbauern?" frage ich.

Ralf schaltet sich ein, kann sich nicht halten: „Das sind Zwillinge, beide schwul und geile Teile, sag ich dir. Da gehen dir die Knie automatisch auseinander. Die führen den Hof ihrer Eltern. Freilaufende Hühner und so. Da kannst du auch ein Zimmer buchen." Ralf grinst vieldeutig. „Ab und zu ist da richtig was los am Wochenende. Meistens im Herbst versammeln sich bei denen um die dreißig Schwestern, und dann geht das ab in der Großbauernscheune."

„Da weißt du dann nicht, welcher dich gerade hatte, Bert oder Lutz, aber das macht auch nichts. Ich würde die beiden auf einmal nehmen", sagt Ralf etwas leiser.

„Als ob du die noch nicht gehabt hättest", bemerkt Bernhardt trocken.

„Ja, aber nicht beide auf einmal."

Wieder grinsen wir, nur Jürgen grinst diesmal nicht, wahrscheinlich ist er bei den Zwillingen abgeblitzt.

„Wie lange bleibst du, Gregor?" fragt mich Bernhardt.

„Zwei oder drei Wochen vielleicht. Mal sehen."

„Da können wir das mit dem Atelierbesuch vielleicht wirklich mal hinkriegen."

„Ja, ich hab aber kein Auto hier."

„Ich hol dich ab."

„Auch schön."

„Woher kennst du Sebastian und Herbert?"

„Wir kennen uns schon zehn Jahre, länger sogar. Aber wir haben uns lange nicht gesehen."

„Aha."

„Ja." Mehr will ich nicht erzählen, zumal ich nicht weiß, wie viel die Runde schon über mich weiß, was Herbert erzählt hat und was sie sich zusammengereimt haben.

„Da kommt unser Essen!" bemerkt Jürgen, froh, sich wieder wenigstens einen Happen Aufmerksamkeit zu sichern. „Du hast ja die Empfehlung des Küchenchefs", wirft er klebrig hinterher.

„Das dauert noch etwas."

Herbert serviert den dreien ihre gefüllten Tortellini.

„Ist Doreen heute nicht da?" frage ich Herbert.

Er schüttelt den Kopf: „Krank. Magenverstimmung oder so. Morgen will sie wieder fit sein."

Er guckt prüfend über den Tisch.

„Lasst es euch schmecken, Männer. Gregor, deins kommt gleich."

„Keine Hektik", lache ich, obwohl mein Magen knurrt und das Bier mir in den Kopf steigt.

Herbert nickt und hastet davon, ohne hektisch zu wirken. „Guten Appetit", sage ich.

Meine Tischherren bedanken sich, tun für einen Moment so, als wollten sie warten.

„Esst ruhig, wird doch kalt."

Ich beobachte Herbert, wie er freundlich und eilig das Paradies im Griff zu haben scheint. Man sieht ihm die Anstrengung nicht an. Aber es ist sicher anstrengend, zwölf Stunden auf den Beinen und immer freundlich zu sein.

Ich kenne mich mit Rechnungslegung aus, aber ich kapituliere schon vor dem Gedanken, Gemüse, Salat, Fleisch und den ganzen Rest zu bestellen, abzuschätzen, wie viel benötigt wird, damit weder zuviel übrig bleibt, noch das Essen nicht reicht. Ob das einfach Talent ist, wie bei Leuten, die einen grünen Daumen haben und deren Zimmerpflanzen einfach so sprießen? Woher weiß man, wie viele Gäste an einem Wochenende kommen, was sie essen und wieviel sie trinken? Ich könnte wahrscheinlich nicht schlafen.

Aus der Küche kommt Swen mit einem Teller. Er geht schwungvoll um den Tresen, stellt mir mein Essen auf den Tisch und sagt: „Guten Appetit." Er lächelt kurz, würdigt die anderen keines Blickes und geht sofort wieder.

Die drei sagen nichts, sehen einander an. Jürgen hat offenbar etwas auf der Zunge, wagt aber nur ein spöttisches Lächeln. Ich erwidere seinen Blick, ohne auszuweichen, und lächle zurück, möglichst freundlich, nicht lakonisch, nur nett.

Wir wären wahrscheinlich sehr gute Feinde.

„Lass es dir schmecken", sagt Bernhardt.

Die anderen beiden brummen zustimmend.

Wir essen. Ich sitze in der Mitte der Provinz mit drei Schwulen an einem Tisch, zuzüglich Koch, Kellner und Sebastian hinten in der Scheune. Zu Hause hatte ich diese Dichte noch nicht, nicht auf einmal.

Herbert bringt mir ein Bier, ohne dass ich danach gefragt hatte.

„Alles gut?" Im Vorbeigehen räumt er die Teller ab, fragt mit einer Kopfbewegung Ralf, ob er noch Wein möchte. Ralf nickt.

Sie reden, lassen mich in Ruhe, weil ich esse, sie mich jetzt schon satt haben und ich vermutlich nicht in ihr ländliches Beuteraster passe. Es ist mir recht.

Jürgen redet von einer neuen Ladeneinrichtung, Ralf bemerkt neunmalklug, dass man heutzutage „auf Zack" sein müsse. Bernhardt warnt, weil nicht weit von hier offenbar ein Einkaufszentrum gebaut werden soll. Und da gebe es dann sicher mindestens einen Discount-Optiker und ein Reisebüro bestimmt auch. Ralf entgegnet etwas über seinen Online-Auftritt, der gut laufe, weil immer mehr Kunden sich einloggten und auch bestellten. Jürgen bestätigt, dass man „wirklich auf Zack" sein müsse, und Bernhardt schüttelt mit dem Kopf.

Ihr Gespräch zieht um mich herum wie eine Wetterfront. Ich bin das Auge des Wirbels, denn ich bin zufrieden mit diesem Tag. Ich habe etwas getan, ich habe etwas zu Ende gebracht, und ich freue mich auf morgen, auf eine neue Aufgabe, die mir Leere und Befriedigung bescheren wird. Und Swen hat mich vorhin angelächelt.

„Was machst du eigentlich?" fragt Jürgen in dem Augenblick, als ich den letzten Bissen runterschlucke.

„Ich bin in der Bank, Lohnbuchhaltung. Also nichts Besonderes."

Die drei selbstständigen Männer nicken und fragen nicht nach. Und das sagt alles. Das Bier füllt immer mehr meinen Kopf und meine Blase.

„Ihr entschuldigt mich."

„Mal sehen", zickt Jürgen.

Ich will auf die Toilette, gehe aber vom Flur aus in die Küche zu Swen. Er schwitzt, steht vor einer Pfanne, brät Filet.

„Danke für das Essen."

Er dreht sich um, sieht mich an, knipst ein Lächeln an und wieder aus, dann schaut er wieder in die Pfanne.

„Gern."

„Warst ja heute Morgen weg."

Das Fett zischt; er wendet das Fleisch geschickt.

„Ich dachte, es wäre besser."

„Vielleicht willst du das nächste Mal aufwachen mit mir?"

Er lässt die Pfanne nicht aus den Augen und sagt: „Warum nicht?"

„Bis dann, Swen."

Ich störe, er hat keine Zeit, also gehe ich endlich aufs Klo. Es fließt aus mir heraus, ich genieße es. Ein bisschen dreht sich die Welt in meinem Kopf, aber nicht zu schnell, ich bin nur leicht angetrunken. Nachdem ich mich zugeknöpft habe, wasche ich mir die Hände und sehe in den Spiegel. Der Spiegel grinst zurück. Ich drehe mich weg, die Tür öffnet sich, Ralf kommt herein.

„Na, alles frisch?" sagt er und geht einen Schritt auf mich zu.

Seine Augen haben diesen hungrigen Glanz, den ich gut kenne. Er grinst leicht, halb herablassend, halb bittend. Ich weiche ihm aus, wir streifen uns im Vorbeigehen, sein Blick folgt mir zur Tür. Mein Schwanz ist steif, aber das tut nichts zur Sache. Das ist nicht von diesem Ralf, das ist meine Geilheit. Es tut auch gut, jemanden haben zu können, ohne ihn zu wollen. Ohne dieses T-Shirt und diese Jeans, die einen Zentimeter zu kurz ist, wäre Ralf ein passabler Mann.

Zurück am Tisch empfängt mich Jürgen: „Na, war's schön?"

„Sehr", sage ich. „kannst ja auch mal gucken."

Ich fühle mich unbesiegbar heute. Ich fühle mich attraktiv. Ich bin aus der Stadt, und sie wollen mich haben. Ob sie mich bekommen werden, kann ich mir noch überlegen. Mit Bernhardt würde ich es einfach so tun, mit Jürgen niemals, mit Ralf unter Umständen. Das Angebot ist nicht schlecht. Der schönste Mann im Revier ist eigentlich Herbert, aber er hat etwas Asexuelles, fällt nicht in den Bereich der schnellen Nummer. Swen läuft außer Konkurrenz, entweder will ich ihn, weil er so jung ist oder weil er mich will. Wenn er mich denn will.

Sebastian steht außer Frage. Nie wieder. Wir haben im Ganzen vielleicht fünf- oder sechsmal miteinander geschlafen. Es war schön, aber es war nicht aufregend.

Ralf setzt sich und achtet darauf, mich nicht anzusehen, stattdessen strahlt er Jürgen an.

„Na?"

„Na?"

„Was macht ihr heute noch?" wende ich mich Bernhardt zu.

„Nichts, ich fahr die beiden nach Hause, und das war's für den Sonntag. Wir machen das fast jede Woche. Eigentlich schon so was wie eine Tradition."

„Schön."

„Man muss ja zusammenhalten", mischt sich Jürgen gouvernantenhaft ein. Er legt den Kopf schief, sein Doppelkinn quetscht sich nach links. „Ist ja auch wichtig." Es soll großmütig klingen, doch seine Worte wirken angeekelt, als wäre ihm etwas anderes lieber. Wenn Ralf jünger wäre, hätte ich Mitleid.

„Seid ihr zusammen?" frage ich Ralf.

Jürgen nimmt den Angriff wahr und will meinen gezielten Degenhieb parieren.

„Und wenn?" fragt er süßlich, immer noch mit der Miene eines beleidigten Klatschweibes.

„Nein, wir sind nicht zusammen", fällt ihm Ralf in den Rücken, ganz ruhig, aber ich sehe, dass ihm meine Frage, dass ihm die Vorstellung allein peinlich ist. Wenn ich hier wohnen würde, könnte Ralf mein Gunter werden. Aber stopp. Ich denke zu weit.

In einem Zug trinke ich mein halbes Bier leer und stelle das Glas vor mich hin.

„Ich glaube, ich geh dann mal", sage ich und stehe auf.

„So plötzlich?" fragt Jürgen, aber ich sehe ihm die Erleichterung an, dass ich endlich das Schlachtfeld räume. Er blutet, nicht ich.

„Bis nächsten Sonntag vielleicht", sage ich zu Bernhardt und gebe ihm die Hand.

„Gern! Ich ruf mal an, dann kann ich dich ja vielleicht unter der Woche ins Atelier holen."

„Das wär schön."

„Das kann ich mir denken", greint Jürgen.

Ralf gebe ich die Hand und sage: „Bis die Tage. Hat mich gefreut."

Zuletzt ist Jürgen dran.

„Schönen Abend noch, Jürgen." Ich strahle, angesoffen von zwei Bieren, angegeifert von drei Kerlen. „Macht's gut." Ich klopfe auf den Tisch und gehe. Ich weiß nicht, wohin. Ich steuere zu Herbert, um zu bezahlen.

Er schüttelt den Kopf.

„Ich mach dir hier einen Zettel, Gregor, dann rechnen wir das zum Schluss ab, wenn du wieder fährst, okay?"

„Okay, Herbert, ich guck mal noch zu Basti."

„Mach das. Grüß ihn."

„Klar."

Er nimmt den Schoppen Wein, den er gerade eingeschenkt hat, stellt ihn aufs Tablett und schwingt elegant um den Tresen zum Tisch.

Auf dem Weg durchs Paradies sehen mich die Gäste verstohlen an, ich bin wohl schon Stadtgespräch. Ich lächle immer noch, lächle an Tischen und Gesichtern vorbei, die nicht wissen, warum ich sie anlächle, ein paar aber antworten, zaghaft, aber deutlich.

„Hallo, bist du wach?"

Sebastian liegt auf der Couch und liest.

„Gerade noch so."

„Stör ich dich?"

„Nein." Er legt das Buch zur Seite. „Geh gleich ins Bett. Bin müde."

Ich setze mich auf den Sessel.

„Was liest du?"

„*Schau heimwärts, Engel* von Thomas Wolfe."

„Gut?"

Er lässt den Kopf zurücksinken.

„Sehr gut. Ich hab's bestimmt schon fünfmal gelesen, und, ja, es ist immer noch gut." Er macht eine Pause und fügt etwas leiser hinzu: „Blöd, was?"

Obwohl ich beschwipst bin, passe ich mich seiner Lautstärke an: „Ja, blöd. Ich könnte locker eine Hauptrolle bei der nächsten Verfilmung von einem Ralf-König-Comic kriegen, egal welcher – ich kann nämlich den Text aus dem Effeff. Sogar bei dem neuen mit den Hunden."

Sebastians Kopf liegt noch immer wie schlafend auf der Couchlehne. Scheinbar unbeteiligt. Ich kann nicht sehen, ob seine Augen offen sind oder geschlossen.

„Echt?" fragt er unvermittelt. „Alle?"

„Yep. Jede Sprechblase, jedes Hmpf und jedes Hechel und Würg."

„Alle Achtung", sagt er trocken.

„Danke."

Wir prusten gleichzeitig los. Zwischen unseren Lippen presst sich ein Lachen hervor, das lauter und heller wird, bis es uns befreit, auf eine Weise von allem. Sebastian von der Anspannung, der Angst und den Zweifeln, von dem Arzttermin, der am Wandkalender mit gelbem Textmarker umrandet ist. Mich befreit es von einer Einsamkeit, die ich nicht wahrhaben wollte die ganzen Jahre, die mich aber immer begleitet hat. Ich habe kein anderes Wort dafür. Ein Gewicht, das man so lange getragen hat, dass man es erst dann spürt, wenn es weggenommen wird.

Unser Lachen scheucht meine Einsamkeit fort, nimmt sie mit, wie Wind Rauchschwaden wegreißt.

Wir können diesem Lachen, das fast schon ein Weinen ist, weil es uns die Tränen aus den Augen presst, nichts mehr hinzufügen.

Der Traum findet in einem leeren Haus statt. Es ist groß, fast wie ein Schloss. Ich gehe über poliertes Parkett; vor den Fenstern scheint ein Park zu liegen. Jemand hat mir gesagt, dass da draußen das Paradies ist, aber ich stehe in diesem Zimmer und glaube es nicht. Meine Vernunft sagt mir, dass es kein Paradies gibt. Auch wenn ich es glauben möchte.

Die Wände in diesem Schloss sind unverkleidet. Ich kann elektrische Kabel und Rohre überall sehen. Sie sind neu, frisch verlegt.

Es klopft an eine Tür, erst leise, dann etwas lauter. Ich sehe mich um, doch da ist keine Tür. Es klopft, und ich renne zu einem Fenster, um hinauszuspringen, in diesem Moment verblasst das Grün und wird grau.

„Gregor?" flüstert jemand.

Ich schrecke hoch.

„Gregor?"

Jemand steht an meinem Bett, ich bin gelähmt. Mein Atem stockt.

„Keine Angst."
Wer sagt, dass eine Waffe unter dem Bett nützen würde, wenn Einbrecher oder Mörder kämen, lügt.
„Ich bin's, Swen", flüstert die Gestalt.
„Was?"
„Swen."
Er zieht sich aus. Ich sehe seinen Schatten im schwachen Gegenlicht des Fensters.
„Was machst du hier?"
„Psst."
Er kriecht unter die Decke, gräbt sich zu mir, kommt näher, berührt meine Brust. Sein Körper ist kühl und glatt.
„Ah, bist du schön warm", flüstert er und küsst mein Ohr, küsst eine Spur über meine Wange zu meinem Mund.
Er legt sich auf mich, zieht die Decke über sich bis über meinen Kopf. Ich sehe nichts, seine Hände halten mich fest, seine Schenkel spannen sich über meinen Unterleib, sein Schwanz liegt an meinem, die beiden reiben aneinander. Er küsst weiter, erst vorsichtig, wie um mich zu wecken, dann heftiger, gierig.
„Mann", sage ich.
„Psst."
Ich will mich aufbäumen, damit ich ihn unter mir habe, aber er hält meine Arme fest.
„Bleib so."
Er nimmt sich einfach, was er will. Er sucht danach, mit seinen Händen und seinem Mund. Jede Bewegung verbietet er mir, sagt, was ich zu tun habe, flüsternd, zärtlich und gebieterisch.
Vielleicht hat er das geplant, denn er hat alles dabei, um mich und sich vorzubereiten. Swen setzt sich auf mich, beugt sich zu mir, bleibt eine Ewigkeit so, küsst, bewegt sich kaum, macht mein Glied ungeduldig, es versucht sich wütend zu wehren. Aber Swen bestimmt. Alles.
Er reitet in Zeitlupe, ich beiße ins Kissen, damit niemand meinen Schrei hört. Swen reitet schneller oder langsamer, ganz

wie es ihm Spaß macht. Dann ist ihm danach, mich umzudrehen.

Er schmeckt nicht nach Küche, er schmeckt wie eine Süßigkeit, aber nicht süß. Ich muss sehr viel davon bekommen, um herauszufinden, wie ich diesen Geschmack bezeichnen soll, ob es einen Namen dafür gibt. Er schmeckt überall, ich darf ihn kosten, aber mich nicht satt essen. Dafür frisst er mich auf, beißt in meinen Nacken und hält mir den Mund zu, weil ich immer lauter werde. Um Hilfe will ich rufen, obwohl ich keine Hilfe will. Ich sage „Nein", wenn ich „Ja" meine, „O Gott", obwohl ich keinen habe und an keinen glaube, stoße ich immer wieder „O Gott" hervor. Ich muss die Augen nicht öffnen, um alles zu sehen. Sein Oberköper ist glatt, aber sein Arsch und seine Beine behaart, seine Schamhaare sind weich und duften, nicht nach Seife, sondern nach ihm, genauso schmeckt sein Schweiß, seine Haut. Ich will mehr, aber er nimmt sich, was er braucht. Er braucht mich in sich, er braucht es, mich zu nehmen, nur um wieder von vorne anzufangen. Er gibt keinen Laut von sich, ich höre nur sein Atmen und seine Worte, die keine Worte sind und die ich dennoch verstehe.

So viel sagt er, ohne zu sprechen. Er zeigt mir, was er meint und wie er es meint.

Er lässt mich kommen, ich kann mich nicht mehr kontrollieren, denn ich gehöre ihm. Jetzt. Nur jetzt. Aber ich denke nicht. Swen erlaubt es mir nicht zu denken.

Er ergießt sich. Sein Hecheln klingt, als würde er weinen, sackt zusammen, fällt auf mich und bleibt liegen.

Erst nachdem er sich beruhigt hat, nachdem er nicht aufgesprungen ist, um ins Bad und dann nach Hause zu rennen, nachdem er keinen Satz sagte, der klingt wie „War geil." oder „Bis die Tage wieder mal.", wage ich, ihn zu streicheln. Ich wage es, ihn anzusehen, ihn neben mich zu legen, damit sein Gesicht bei meinem Gesicht liegt. Wir sehen uns an, sehen uns nicht, nur ein kleiner, matter Glanz in unseren Augen zeigt, dass wir wach sind.

Wir bleiben so liegen, wir sehen uns die ganze Nacht an. Ohne zu sprechen. Irgendwann schlafen wir ein, aber wir schlafen mit offenen Augen.

Es klopft. Neben mir schreckt Swen hoch. Ich taste nach meiner Armbanduhr auf dem Nachttisch.

„Es ist nach zehn, verdammt. Wann musst du unten sein?"

„Heute ist Montag, Ruhetag", sagt er und kuschelt sich an mich.

Es klopft noch einmal.

„Hat's ja doch geklopft", flüstert Swen.

Ich springe aus dem Bett und gehe zur Tür.

„Ja?"

„Ich bin's, Herbert, kommt ihr frühstücken?"

Kommt ihr frühstücken? Woher weiß er, dass Swen hier ist? Bevor ich kombinieren kann, sage ich: „Ja, gleich."

Zurück am Bett sehe ich Swen an. Verschlafen und zerzaust, lächelt er.

„Woher weiß Herbert, dass du da bist?" frage ich. „Ist mir ein bisschen peinlich, wenn ich ehrlich sein soll."

„Ich habe ihn gestern gefragt."

„Was?"

Er nickt: „Denkst du, ich hab's nötig, hier irgendwo rumzuschleichen?"

„Was hat er gesagt?"

„Wenn du nichts dagegen hättest, wäre das okay, aber ich soll das nicht zur Norm werden lassen."

Nachdem sich diese Informationen gesetzt haben in meinem Kopf und Swen sich räkelt, die Bettdecke wegzieht und mir zeigt, woran er gerade denkt, nach oben gerichtet und schaukelnd wie ein Fahnenmast am Republikgeburtstag, sage ich grinsend: „Du Flittchen."

Er lacht und antwortet umgehend: „Schnalle."

Dann werfe ich mich zu ihm, wir tun es hastig und gierig. Wir küssen uns diesmal nicht auf den Mund, denn wir haben noch die Nacht auf der Zunge. Es dauert vielleicht fünf Minuten, dann liegen wir erschöpft und hellwach beieinander.

„Duschen?" frage ich.

„Nö", sagt er. „Wir gehen jetzt frühstücken. Und danach will ich den ganzen Tag nach dir riechen, du schöne Sau."

„Guten Morgen noch mal", sagt Herbert.

Sebastian schaut verwundert vom Tisch hoch, sieht unsere glühenden Gesichter, grinst leicht und sagt kurz: „Moin."

Wir setzen uns hin. Es ist für vier gedeckt. Es gibt Kaffee und frische Brötchen, Aufschnitt und Konfitüre. An den Gläsern kleben selbst geschriebene Etiketten.

„Quittengelee und Erdbeerkonfitüre mit Rhabarber drin. Geheimrezept von Frau Bachert", sagt Herbert, der meinen Blick bemerkt hat.

„Haben Sie auch Milch?" fragt Swen.

„Ja, haben wir", antwortet Herbert, reicht ihm ein verschnörkeltes Kännchen mit Streublümchendekor.

Swen bedankt sich.

Herbert stutzt. Er sieht Swen versonnen an.

Swen ist etwas verwundert über diesen Blick, lächelt unsicher und räuspert sich.

„Ich hol mal lieber noch den Prosecco", sagt Herbert.

„Trinken in aller Frühe?" fragt Sebastian.

Herbert geht zum Kühlschrank, holt eine Flasche heraus und stellt sie mit einem Wumms mitten auf den Tisch, dass die Tassen klirren.

„Klar. Oder denkst du, ich lass mich von Menschen, die mit uns in unserer Küche frühstücken, einfach so siezen?"

Er holt Gläser vom Bord; Sebastian öffnet die Flasche.

„Haste eigentlich Recht", sagt er dabei.

Dann stoßen wir an.

Swen ist lockerer, als ich gedacht habe. Wir reden, er hält sich zwar zurück, aber es ist nicht, als wäre er schüchtern. Er ist da, ich spüre ihn neben mir, ich habe ihn noch in der Nase, seinen Geruch.

„Was wollt ihr heute anstellen?" fragt uns Herbert. „Abgesehen von der Entweihung des Hochzeitszimmers. Aber das habt ihr ja schon hinter euch, wenn mich nicht alles täuscht."

„Ich weiß nicht, aber ich wollte Ordnung in euer Archiv bringen. Würde euch gern die Ablage machen."

„Ah", entfährt es Herbert. „Danke übrigens für die CD-Aktion, dachte heute Morgen schon, ich hätte mich verlaufen. Toll! Ich weiß zwar jetzt nicht, wo meine olle Frau Bartoli steht, aber das krieg ich schon noch raus."

„Für das Zeug hast du doch noch Zeit, musst du nicht heute machen", wirft Sebastian ein. „Wenn überhaupt."

„Außerdem", meldet sich Swen, und sein Knie drückt gegen meins, „ist heute Ruhetag."

„Außerdem ist Ruhetag", wiederholt Herbert und wirkt für einen Augenblick irritiert, vielleicht weil Swen noch nie hier in der Küche gesessen hat oder weil wir zu zweit hier an diesem Tisch sitzen und er es noch nicht ganz geschluckt hat, obwohl er es gewesen ist, der Swen das Du angeboten hat.

„Stimmt. Ich will ja keine Unordnung bei euch machen."

„Das will ich hoffen", gibt Herbert zurück. „Heute kommt Frau Bachert und guckt sich die Zimmer an, in zwei Wochen kommen die ersten regulären Gäste. Du bist ja so was wie die Vorpremiere. Bis jetzt haben wir noch kein ...", er zögert und sucht nach einem Wort, „ ... Zimmermädchen, wenn du so willst. Frau Bachert will mal gucken, ob sie das schafft für eine Weile. Ich hoffe, ihr habt da nichts Schlimmes liegen lassen."

Er will locker klingen, aber ich merke, dass er es ernst meint. Ich gehe in Gedanken das Zimmer durch: Die Kondome haben wir am Morgen schnell noch in Kleenex gewickelt und in den Müll geworfen. Das Bett ist noch nicht gemacht, aber solange sie nicht das Laken nach verräterischen Flecken kontrolliert, dürfte alles gut gehen.

„Weiß nicht, ob sich Frau Bachert vor meinem Beauty-Case und karierten Boxershorts ekelt."

„Kommt drauf an." Herbert grinst wieder. Unter der freundlichen Oberfläche hat er etwas Unberechenbares. Er ist freundlich, aber unter dieser Freundlichkeit scheint er immer angespannt zu sein. Wie gestern im Paradies, flott und verbindlich, konzentriert, aber immer auf der Lauer.

„Ich kümmere mich um mein Zimmer. Und wie gesagt, wenn ich was machen kann – euch helfen und so –, dann mach ich das gern."

„Gut zu wissen, aber du hast Urlaub", sagt Herbert bestimmt, aber auch halbherzig.

„Das geht dich nichts an", erwidere ich. „Das ist mein Urlaub, da ist es meine Sache, was ich mache und was nicht."

„Okay." Er hebt beschwörend die Hände. „Ganz ruhig, wir finden schon was."

Sebastian ist still heute Morgen. Wir frühstücken, Herbert erzählt über Jürgen und Ralf, das Pärchen, das kein Pärchen sein möchte, aber immer zusammen ist, jeder ist auf der Pirsch, aber am Ende landen sie immer wieder beieinander.

„Nach dem Motto: Wenn der Richtige kommt, bist du abgeschrieben."

„Solange es so funktioniert", sagt Swen, der sich ansonsten zurückhält, das Tischgespräch findet zwischen Herbert und mir statt.

„Bernhardt", sagt er vieldeutig. „Das ist der begehrteste Junggeselle weit und breit, da werden Frauen aller Altersgruppen wuschig, sag ich dir. Sogar unsere Frau Bachert kriegt da glasige Augen. Was der schon für Angebote gekriegt hat. Mit seiner Töpferei macht der ein Heidengeld. Das Haus wirst du ja nun vielleicht sehen, der hat sich italienischen Marmor ins Bad legen lassen." Herbert wirft einen Blick an mir vorbei, als könnte er das Badezimmer sehen, staunt kurz, vielleicht ist es Neid, vielleicht auch Verwunderung, wie teuer Nutzlosigkeiten sind. „Aber die Liebe hat er irgendwie noch nicht gefunden – und der ist schon über fünfzig, auch wenn man das nicht glaubt. Er ist nett, ich mag ihn gern, aber so richtig warm mit ihm bin ich nicht geworden."

„Kennt ihr auch die Zwillinge?" frage ich.

Herbert nickt, Sebastian lächelt.

„Wir haben davon gehört, aber die haben uns hier noch nicht beehrt."

„Man hat uns Bilder gezeigt, die wohl im Internet kursieren", sagt Sebastian, verdreht die Augen. „Aber hallo! Man sagt, die verdienen nicht nur mit Hühnereiern ihr Geld. Es soll da eine Webcam geben. Aber selber gesehen hat sie noch niemand."

„Wer weiß", sagt Herbert trocken. „Über unser Paradies haben ja auch die wildesten Gerüchte grassiert. Wir haben noch gar nicht aufgemacht, da will man schon gewusst haben, dass das ein Bordell ist. Dann dachten die, wir wollen ein Altenheim für Schwule aufmachen."

„Was ja grundsätzlich nicht mal eine schlechte Idee wäre", wirft Sebastian ein.

Dann erzählt er über junge Kerle, die schüchtern am Paradies vorbeigehen, immer wieder zögern, ins Schaufenster sehen, bis sie eines Tages hereinkommen und leise und mit rotem Kopf einen Kaffee oder eine Cola bestellen. Dann kommen sie wieder. Manchmal reden sie, geben preis, woher sie kommen, aus einem Dorf, in dem es nicht mal einen Bäcker gibt, mit dem Bus, der nur dreimal am Tag fährt, wagen sie sich ins Paradies, weil es sich herumgesprochen hat. Für sie ist es der Eintritt in eine andere Welt, von der sie Ahnungen haben, die sie ängstigt, die verlockend ist. Wie der Blick in eine Kristallkugel, die die Zukunft in sich birgt. Jeder möchte wissen, was passieren wird, aber dennoch wagt kaum jemand, wirklich hineinzusehen.

Sie werden Stammgäste. Eines Tages kommen sie zu zweit, beginnen Herbert und Sebastian auch auf der Straße zu grüßen, mit ihnen zu reden. Was sie vorher versteckt haben, macht sie nun stolz.

Herbert erzählt von verheirateten Männern, die mit ihren Frauen kommen und ihm Zettel zustecken oder die alleine kommen und glauben, sie könnten im Paradies ihre Dosis Sex bekommen, der würde ihnen serviert wie ein exotisches Gericht. Manche werden ewig so leben, ziehen ihre Kinder auf, zahlen ihr Haus ab und versuchen, wenigstens zuweilen auf ihre Kosten zu kommen. Aber es gibt auch solche, die plötzlich Lederhosen tragen, die sich mit fünfundvierzig noch einen Ohrring stechen lassen und ein neues Leben beginnen. Sie bleiben nicht, sie gehen, sie nehmen Abschied im Paradies, sagen, dass sie wiederkommen werden, aber sie kommen nicht wieder.

Mangel herrscht nicht. Der ehemalige Musiklehrer Daubner leitet den Kirchenchor und ist eine Tunte vor dem Herrn. Alle wissen es, weil es offensichtlich ist, aber er hat sich seine Freiheit ertrotzt, er ist über sechzig, er färbt sich die Haare, er trägt Ringe. Es wird zwar gemunkelt, doch gemunkelt wird immer, über jeden. Pfarrer Meister ist mindestens bi, wenn nicht ganz schwul, seine Frau ist ein knabenhaftes Wesen, das oft Freundinnen von auswärts durch die Stadt führt. Fräulein Rindfleisch, eine komische Frau mit tiefer Stimme, von der auch schon erzählt wurde, sie sei früher ein Mann gewesen, trägt Männerhosen und ist die Sekretärin des Bürgermeisters, ein Ausbund an Zuverlässigkeit, unbestechlich und auf ihre Art freundlich. Manchmal sitzt sie im Paradies, an Samstagnachmittagen, und löst in Windeseile Kreuzworträtsel, trinkt einen Tee dabei, gönnt sich ein Stück Kuchen. „Alles totgeschlagene Zeit", hat sie einmal gesagt und auf die Rätselhefte gedeutet.

Es gibt die, die einfach nur kommen, ihr Bier oder ihren Kaffee trinken, die nie etwas sagen, nur kommen und wieder gehen. Manche sehen unglücklich aus, andere scheinen gelassen. Es wurde auch schon abgeschleppt im Paradies. Bauarbeiter kommen am Mittag auf ein schnelles Bier und essen das Tagesgericht, fassen sich ständig an den Schwanz, bewusst oder unbewusst. Eltern sitzen mit ihren Kindern da, sehen sich um, ängstlich, als würden es gleich zwei Kerle auf dem Nebentisch treiben, oder sie suchen die Wände nach erotischen Fresken ab.

Mütter erzählen Herbert vieldeutig, dass ihre Söhne aus der Stadt zu Besuch seien, stolz und traurig zugleich sind sie. Ohne den Kern der Sache zu benennen, hoffen sie auf Trost oder auf ein Zeichen, eine Geste, die sie entlastet von einer Schuld, denn sie sind noch immer auf der Suche nach dem einen verhängnisvollen Tag, an dem sie gerade das taten oder sagten, das ihr Kind so werden ließ, wie es ist, aber sie werden nichts finden. Sie werden traurig sein, weil sie glauben, sie hätten ein unglückliches Kind erzogen, und kein Besuch, kein Erfolg, keine Liebe, wie lang sie auch dauern mag, wird ihnen diese Traurigkeit nehmen. Sie nehmen die vermeintlichen Leiden ihrer Söhne auf sich, um sie davor zu bewahren.

Manche betreten das Paradies noch immer nicht, haben aber aufgegeben, es zu bekämpfen. Zwar wechseln sie immer noch die Straßenseite, wenn Herbert oder Sebastian ihnen entgegenkommen, aber mittlerweile tun sie es nicht aus Verachtung, sondern aus Respekt.

Herbert erzählt, sprudelt, als müsste alles raus, er zeigt seine Welt. Fast ist es, als säßen wir beide allein am Tisch. Er schwankt zwischen Rechtfertigung und Stolz.

Als er beim Notar war und das Erbe antreten sollte, hat er seine Eltern gehasst. Sie haben nie groß etwas erzählt von früher, nur nebulös trauerten sie dem verlorenen Reichtum im Osten nach oder erzählten von Sommerferien auf dem Land wie in einem Werbespot für Pommersche Wurst.

„Aber es war ganz komisch. Als ich in dieses Haus hier gekommen bin, da war's fast so, als hätte ich was gefunden. Ich kann nicht mit dem Finger draufzeigen, aber von da an, hab ich gewusst, dass ich irgendwoher komme, dass mein Leben logisch ist, dass diese Erbschaft eine logische Folge ist. Das klingt jetzt wie Schicksal, ist aber irgendwas anderes. Ich dachte immer, ich bin im falschen Film, aus der Art geschlagen. Für eine Weile habe ich sogar gedacht, meine Eltern hätten mich adoptiert.

Aber als ich das hier gesehen habe, als mir Frau Bachert von Opa Paradies erzählt hat – meine Mutter hat das nie erzählt, ich hab ihren Mädchennamen erst erfahren, da war ich siebzehn oder so -, da fühlte ich mich vollständiger."

Er macht eine Pause, sieht Sebastian an. „Und dann hab ich Sebastian gefragt, ob er das mit durchziehen will, mit mir zusammen. Ob er glaubt, dass wir zwei so was schaffen könnten."

Sebastian nickt nur. Weil sie es geschafft haben. Ganz allein. Das Bistro war zunächst nur ein kleines Café, nach und nach ist es größer geworden, sie haben die Küche ausgebaut, das Haus wurde schöner, nun gibt es das Paradies schon nahezu sieben Jahre. Und in diesem Jahr soll die Pension dazukommen.

Wir sind alle still. Wieder einmal. Diese Küche ist wie ein Paralleluniversum, ein Loch in der Zeit, eine Zuflucht. Unwirklich und auf eine komische Art real. Ich sehe mich um, ich nehme mich wahr, versichere mich, dass ich hier bin, neben Swen, gegenüber von Sebastian und Herbert. Für einen Moment halte ich alles für ein Hologramm, das mir eine heile Welt vorgaukelt, das von jetzt auf gleich verblassen könnte.

Aber es verblasst nicht.

Diese Küche ist der einzige Ort, an dem ich mich je sicher fühlte und frei.

„So viel brauch ich nicht", sagt Swen und nimmt sich einen Einkaufswagen. Wir sind beim *NP-Markt*, nachdem wir das Hochzeitszimmer vorsichtshalber doch aufgeräumt und das Bett gemacht haben. Dann sind wir die fünf Minuten zu Swens Wohnung gelaufen und in sein Auto eingestiegen. Einkaufen.

Gegenüber dem Supermarkt steht ein Baumarkt, den Platz zwischen ihm und dem Möbelmarkt füllen eine Spielhalle, ein Dart-Café, ein Zeitungsladen und ein Imbissstand, an dem „Frische Breuler" steht. Ich zeige es Swen, er schüttelt den Kopf. „Ich weiß. Das ist nicht mal ein Wessi!"

Wir passieren die elektrischen Türen. Ich nehme Swen den Wagen ab.

„Sonst komm ich mir blöd vor. Du guckst, ich folge dir."
„Abgemacht."
Es ist Mittagszeit. Trotzdem ist der Markt nicht sehr voll. Er ist ruhiger als meiner. Ich genieße auch die Tatsache, dass ich nicht einkaufen muss, dass ich nur dabei bin und bereit stehe, wenn Swen Joghurt, Milch, eingeschweißten Käse, fettarme Salami, Gurken und Äpfel in den Wagen legt, mich dabei nicht ansieht, sondern sich auf die Dinge konzentriert, die er braucht.
Er bleibt stehen und überlegt.
„Du isst doch gerne Huhn, stimmt's?"
„Ja. Wieso?"
„Chicken Wings vielleicht?" Er grinst etwas und wühlt in der Kühltheke.
„Warum nicht?"
„Chicken Wings à la Swen."
„Da bin ich gespannt."
Er wirft zwei Packungen in den Wagen, nachdem er das Haltbarkeitsdatum mit den anderen verglichen hat. Wir sind uns ähnlich, zumindest beim Einkaufen.
„Ich leg die ein. Für heute Abend."
Offenbar hat er den Tag schon geplant, ohne zu fragen, ohne sich zu vergewissern, was ich möchte und was nicht. Ich könnte jetzt zicken.
‚Wie, für heute Abend? Werde ich da vielleicht mal gefragt?'
Aber ich kann jetzt nicht zicken, nicht aus Prinzip, nicht Swen gegenüber.
„Willst du heute kochen? Das machst du doch die ganze Woche."
Er lädt Saftkartons in den Wagen, zieht ihn und mich sanft hinter sich her.
„Ich mach das doch gern. Du trinkst lieber Bier, stimmt's?"
„Kommt drauf an."
Er holt vier Flaschen aus dem Regal.
Wir laufen durch die Gänge, er mit mir, ich mit ihm. Er sagt „Verzeihung", als eine füllige Frau am Nudelregal den Gang und

das Regal mit sich und ihrem Korb versperrt. Sie geht zur Seite; er grüßt sie freundlich, sie grüßt zurück.

Ich hätte wahrscheinlich ihren Korb gerammt und so getan, als wäre es aus Versehen passiert. Mich hätte die breite Tussi mit Suzi-Quatro-Frisur am Stand mit den Fertiggerichten gestört, der alte Mann, der einen kalten Zigarrenstumpen im Mund und zwei Flaschen Nordhäuser Doppelkorn im Einkaufswagen hat, sich in Zeitlupe bewegt, ohne die Füße zu heben. Ein junges Pärchen diskutiert mitten im Gang lauthals über Pesto. Sie reden wie Klone aus *Gute Zeiten, schlechte Zeiten* und sehen auch so aus.

Ich würde sie hassen, wenn ich zu Hause und Swen nicht bei mir wäre. So sind sie mir egal. Ich muss sie nicht einmal ansehen, kann ihnen aus dem Weg gehen, sie ignorieren, innerlich grinsen und einfach froh sein, dass ich nicht das Leben führe, das ich hinter ihren Fassaden vermute. Heute schließe ich einen Waffenstillstand.

„Ich denk, wir haben alles."

Wir steuern zur Kasse. Ich kann mich nicht entsinnen, mit einem Mann so eingekauft zu haben. Mit Jan keinesfalls.

Die Schlange ist nicht lang, vor uns nur der Zigarrenmann und eine kleine Öko-Fee Ende zwanzig mit fettigen Haaren und einer Nickelbrille, die offenbar alles, was in ihrem Gesicht gut geraten ist, kaschiert, es grau und traurig macht. Sie lädt Obst, Naturjoghurt, stilles Wasser und Vollkornprodukte auf das Band – und legt am Ende verstohlen drei Tüten Gummibärchen dazu.

Swen und ich sehen uns an und lächeln. Einfach so, ohne ein Wort. Ich bilde mir ein, wir lächeln über dasselbe. Über die Mühe, einen Tag lang gesund zu leben, das Richtige zu essen, das Richtige zu denken, das Richtige zu tun, noch dazu so, dass es alle sehen sollen – um am Abend dann wegen läppischer, politisch-inkorrekter Gummibärchen einzuknicken. Mich trifft ihr giftiger Blick durch die Brille. Ich habe ihr nichts getan, also sehe ich nicht weg und nicke, als hätten wir uns schon mal gesehen.

Sie nickt kurz und schaut weg, die Lippen zusammengepresst, was wohl in ihrer Welt viel ist für ein Lächeln.

Wir räumen unseren Einkauf aufs Band.

„Guten Morgen", ruft Swen der kleinen Kassiererin zu.

Sie erkennt ihn offenbar.

„Guten Morgen, Sie ham's gut, Sie haben heute frei."

„Ja. Aber Sie hatten gestern Sonntag."

„Ham Se auch wieder Recht", erwidert sie und schiebt die Sachen nacheinander über den Scanner. Ihre Arme sind dick, ihr Hals ist nicht mehr zu erkennen, ihr Gesicht ist rot und sieht aus, als hätte es jemand aufgeblasen. Aber sie lacht. Sie schiebt die Dinge an sich vorbei, als wäre es ein Kinderspiel, als würde ihr am Abend nicht der Arm wehtun, als hätte sie noch nie Sehnenscheidenentzündung und Rückenschmerzen gehabt. Ich habe Mühe, mitzuhalten und alles, was sie schon gescannt hat, in den Wagen zu räumen.

„Alles gut sonst?" fragt sie Swen.

„Ja, danke. Bei Ihnen auch?"

„Muss ja", sagt sie spitz, aber nicht unfreundlich. „Wird Zeit, wieder mal bei Ihnen Kaffee zu trinken, wenn meiner auf Montage ist." Sie zwinkert ihm kokett zu. „Sechsundzwanzig dreizehn, bitte sehr."

„Eins dreizehn hab ich." Swen kramt in seinem Portemonnaie.

„Das ist schön." Sie hält erwartungsvoll die Hand hin. Er legt das Kleingeld hinein, sie reicht ihm die Scheine.

Sie bedankt sich, die beiden wünschen sich einen schönen Tag, die Kundin hinter Swen verdreht die Augen.

„Auf Wiedersehen", sage ich. Die kleine Verkäuferin, die aussieht wie ein Glücksgnom, lässt ein fröhliches Echo klingen und ist mit den Augen schon beim Knäckebrot der Augenverdreherin.

Gemeinsam räumen wir den Einkauf in die Plastikkiste in Swens Kofferraum. Dann fahren wir zu ihm.

Die Wohnung liegt im zweiten Stock eines renovierten Mehrfamilienhauses, solche, wie sie Ende der fünfziger, Anfang der sechziger Jahre gebaut wurden, bevor die Plattenbauten modern und billig waren. Die Wohnung hat vielleicht vierzig Quadratmeter, ein schmaler Flur, Bad, das Wohnzimmer und ein kleiner Balkon. Es ist ordentlich, und ich verwünsche mich für diesen Gedanken, als hätte ich ein Chaos erwartet. Da kein Schlafzimmer da ist, muss er wohl auf der Couch schlafen, und die scheint er nicht offen stehen zu lassen. Aber ich habe mir nichts vorgestellt, ich will mir nichts vorgestellt haben. Plötzlich finde ich meinen Blick zu kritisch, zu unnachsichtig, denn ich mustere die Wohnung eines netten, hübschen Kerls, der mich gerade zum Abendessen eingeladen hat, mit dem ich eine wundervolle Nacht verbracht habe, wie eine argwöhnische Mutter, die, fest entschlossen, in einem ruhigen Moment in Wäscheschränke zu blicken, das Revier nach Mängeln absucht.

Als meine Mutter zum ersten Mal in meine Wohnung kam, war alles, was sie sagte: „Aber das Bad ist ziemlich klein, nicht?"

Andere fangen mit dem Lob an, Mütter nicht. Sie beginnen mit den Details, holen die Kleinigkeiten aus den Ecken, nicht aus Lust oder Sadismus, sondern nur, um zu zeigen, dass sie unersetzlich sind.

Ich folge Swen und sage: „Schön hier." Ich würde es auch sagen, wenn es mir hier nicht gefiele. Die Einbauküche, grau mit verchromten Griffen, ist so praktisch wie klein. Gewürze stehen akkurat aufgereiht, Löffel, Kellen und andere Gerätschaften hängen an einem Edelstahlbügel, als hätte jemand die Abstände zwischen ihnen mit dem Lineal nachgemessen. Gegenüber der Arbeitsplatte, auf der eine rechteckige Buchenplatte liegt, der man ansieht, dass sie benutzt wird, hängen, gerade tief genug, um sie zu erreichen, aber so hoch, dass man sich nicht den Kopf stößt, Edelstahltöpfe an Haken, die ihrerseits an einem gespannten Drahtseil hängen. Auf einem Bord stehen Essig- und Olivenölflaschen. Alles hat seine Ordnung. Ein Bild in meinem Kopf zeigt die chaotische Küche von Jan, in der das Erste, was ins Auge stach, die benutzten Teller mit eingedicktem Schmutz waren, die aufeinander standen. Er machte sich nicht einmal die Mühe, sie in der Spüle, wo ein Schwamm in ewiger Feuchtigkeit vor sich hin moderte und stank, einzuweichen. Solange ich Jan kannte, schien es derselbe grüne Glitzi-Schwamm zu sein, der immer dunkler wurde und fleckiger. Ich wische das Bild weg. Ebenso werde ich Swens Küche nicht mit meiner vergleichen, wo alles vorhanden ist, hochglanzpoliert, nur, dass ich es selten benutze. Abgesehen von der Mikrowelle. Swen hat offenbar keine. Stattdessen entdecke ich Kochbücher auf einem der Hängeschränke, zwei Dutzend etwa, der Größe nach von links nach rechts sortiert.

Swen stellt die Einkaufskiste ab.

„Ich räum das mal weg, setz dich ins Wohnzimmer."

„Ich kann dir helfen."

„Wir können uns hier auch tot treten, wenn du magst. Willst du was trinken?"

„Erst mal nicht."

„Na also." Er scheucht mich mit einer Kopfbewegung und einem Lächeln weg, gibt mir aber vorher einen flüchtigen Kuss, einen normalen Kuss – einen Kuss, als würden wir uns ewig kennen und hätten schon Hunderte genau solcher Küsse im Alltag getauscht. Benommen gehe ich ins Wohnzimmer und setze mich auf die Couch, vor der ein alter Überseereisekoffer steht, der als Tisch fungiert. Wieder bemerke ich meinen Blick, der nach Staub sucht, und verbitte ihn mir, sage mir, dass Swen hier wohnt und nicht ich. Es ist trotzdem kein Staub da. Vor dem Balkonfenster ein runder Tisch mit zwei Stühlen, der Fernseher steht auf dem Boden, daneben eine kleine Musikanlage und ein weiterer Koffer, kleiner als der an der Couch, in dem sich wohl die CDs befinden. Ein hoher Schrank und ein gerahmtes Plakat von Edward Hopper, eine sonnige Straße mit Menschen, die unwirkliche Schatten in einer unwirklichen, bonbonfarbenen Welt werfen.

Eine Pflanze steht noch da, es ist ein hüfthoher Lebensbaum, holzig und mit satten Blättern.

Ich lege mich auf die Couch, liege auf dem Rücken und sehe einfach an die Decke. Nichts denkend, nichts mutmaßend, mir nichts ausmalend, wie wir diesen Tag verbringen könnten, was aus diesem Tag wird, wohin er führt, was am Ende bleiben wird von diesem einen Tag und von Swens Küssen.

Sebastians erster Kuss ist fast ausgelöscht. Am See, an einem Sommertag, der jetzt nicht mehr so gleißt wie in diesem Traum, mit einem Mann, der sich zu mir legte. Dieser Kuss beim Nachhausegehen, kurz bevor sich unsere Wege am S-Bahnhof trennten. Sebastian beugte sich über sein Rad, wollte meine Wange treffen, doch ich hielt ihm den Mund hin.

„Du liegst ja schon", sagt Swen und kommt ins Zimmer. „Rutsch mal ein Stück, alter, dicker Mann."

Er stupst mich an und grinst.

„He, du junges Frettchen."

Dann legt er sich neben mich, seinen Kopf auf meinen Oberarm, das Gesicht an meiner Brust. Wir schieben unsere Knie ineinander, ich halte ihn fest und schließe die Augen.

Ich bin froh, dass ich Sebastian noch einmal treffen konnte, auch wenn mich dieses Treffen meiner Liebe beraubt hat. Meine einzige große Liebe ist ein Irrtum gewesen. Einer neuen Liebe zu trauen, birgt die Gefahr des nächsten Scheiterns.

Und doch, hier auf dieser Couch, mit diesem fremden, schönen Mann, dessen Haar meine Nase kitzelt, an dessen Geruch ich mich fast schon gewöhnt habe, wünsche ich mir nichts mehr als eine zweite Chance. Nur eine verdammte zweite Chance.

Wir haben geschlafen. Swen ist vor mir aufgestanden und hat zu kochen begonnen; die Chicken Wings lagen schon im Ofen, als er mich weckte. Mit einem Kuss wiederum, der mich aus einem schweren und tiefen Schlaf holte. Für einen Moment wusste ich nicht, wo ich bin, und sah mich entgeistert um.

Im Bad habe ich mein zerknittertes Gesicht angesehen im Spiegel und bin erschrocken.

„Bist immer noch ganz zerknautscht", sagt Swen und grinst.

Er hat den Tisch schon gedeckt, stellt mir ein Glas Wasser hin und eilt zurück in die Küche. Es ist schon fünf. Ich bin hungrig und ausgetrocknet, benommen trinke ich, in der Hoffnung, das Wasser möge für Klarheit sorgen. Draußen hat es zu regnen begonnen, als wir einkauften, schien die Sonne.

Er bringt Reis, einen Obstsalat, schaut, ob alles da ist, sagt: „Knochenteller", geht wieder in die Küche, holt die Hähnchenflügel, die er auf einen Teller drapiert und mit Petersilie garniert hat.

„Schön", grunze ich.

Er setzt sich, mustert mich belustigt, fährt mit dem Finger über meine Stirn, auf der wohl noch immer der Kissenabdruck zu sehen ist.

„Wenn das nicht weggeht, muss ich das zuspachteln."

„Ja", versuche ich ein Lächeln. „Oder straffziehen."

„Dafür hast du zu wenig Haare, da sieht man die Narben. Lang zu, ich hoffe, es schmeckt."

Wir essen. Natürlich schmeckt es.

„Chicken Wings kann man eh nicht in der Öffentlichkeit essen. Find ich völlig asozial." Swen zutscht einen kleinen Knochen sauber und lässt ihn mit fettigen Fingern auf den Knochenteller fallen. Wir essen beide, als säßen wir alleine am Tisch, wischen uns die Hände und die Lippen mit den Servietten ab, Swen hat einen ganzen Stapel an die Seite gelegt. Wir trinken Weißwein, obwohl er extra Bier gekauft hat. Der Wein ist gut. „Das Schlimmste ist aber, wenn jemand probiert, das mit Messer und Gabel zu regeln, dann lieber fettige Fresse."

Swen stimmt zu, nickt und kaut.

„Schade, dass jetzt so ein Wetter ist. Wär gern noch etwas rausgegangen. Der freie Tag ist fast schon wieder rum." Swen zeigt aufs Fenster.

„Raus können wir doch noch, regnet ja nicht so doll. Lass uns gucken." Mir kommen das Uns und das Wir völlig locker über die Lippen. Strohfeuer sind tückisch, denke ich. Wenn wir heute wieder miteinander schlafen, wird es sich zeigen, ob das länger dauern kann, ob das Interesse nicht erloschen ist, kalt geworden, vergessen, nur ein lästiger Nachhall. Dieser Begeisterung des Anfangs ist immer zu misstrauen. Es gab zu viele Anfänge, Briefe, die über die bloße Anrede und den halben ersten Satz nicht hinausgekommen sind. Der Rest ist Verlegenheit. Leeres Papier.

Wir essen mit fettigen Fingern, die Knochen fallen mit einem leisen Pling auf den Teller, die Geräusche, wenn Fleisch vom Knochen gebissen und gelutscht wird, obszön und gut. Wir genießen es. Weder Swen noch ich geben uns Mühe, dieser Fresserei einen Hauch von Anstand zu geben, zeigen unsere schlechte Seite, so wie wir sind, wahrscheinlich.

Die Gläser sehen verboten aus, fettige Stiele, die Abdrücke unserer Lippen, das trübe Glas.

Ich weiß plötzlich, dass ich hier mitten im Leben bin, zwar in dem eines anderen, aber immerhin.

Wir kauen und grinsen uns an, weil es Spaß macht, so zu essen, mit den Fingern, gierig, weil es schmeckt, weil dieses Hühnerfleisch das Beste ist, was ich je gegessen habe, weil mein Spargel dagegen fade und leer wirkt und nur gegessen wird, weil alle ihn essen, um allen zu beweisen, dass man Geschmack hat, weil er teuer ist.

Es ist komisch, dass es Gefühle gibt, die quälend sind und zugleich erleichternd. Wo bin ich gewesen die letzten Jahre? In welchem Exil, in welchem Gulag war ich interniert? Welche Langeweile habe ich ertragen? Und jetzt, da ich geflohen bin, mit nichts, mit der lapidaren Aussicht, eine alte Liebe abzuhaken, die nicht einmal eine Liebe gewesen ist, scheint diese Freiheit süßer als alles andere.

„Was ist?"

„Mir geht es nur gut", antworte ich, halb beichtend, halb lügend. „Du bringst mich durcheinander."

Indem ich diese Worte sage, bereue ich sie, denn es sind die falschen.

„Schlimm?"

Ich schüttle den Kopf und lege die Serviette zur Seite.

„Nein, nicht schlimm. Aber irgendwie hat die Vernunft angeklopft."

„Da war ich wohl auf'm Klo."

Ich gebe sein schelmisches Grinsen zurück.

„Wahrscheinlich. Mir macht das alles ein bisschen Angst, Swen."

Ich will nicht darüber reden und tue es doch. Swen sieht mich an, will wissen, was ich meine. Versteht er das nicht, oder tut er es und will es nicht begreifen?

„Ich meine, du bist so jung, Swen."

„Und?"

„Ich weiß nicht. Wahrscheinlich hab ich bloß Angst."

„Wovor denn?"

Ich zucke mit den Schultern. Er lehnt sich zurück, atmet genervt auf und sieht zum Fenster hinaus.

„Dass ich zu alt für dich bin, zum Beispiel."

„Ph", macht er abfällig. „Suchst du jetzt schon eine Ausrede, oder wie? Ich denke, du bleibst noch zwei Wochen, oder drei? Da hast du noch genug Zeit, dir eine auszudenken. So eine richtig gute."

„Quatsch!" Ich rede mich um Kopf und Kragen, dümmer habe ich mich nie benommen. „Das ist mir halt so durch den Kopf gegangen. Ich will dir nichts vormachen oder so."

‚Blah-Blah-Blah', quäkt es in meinem Kopf. Ich hasse mich. Ich spiele billige Vorabendserie, spreche dummes Zeug nach, das man für dumme Menschen geschrieben hat, das von Leuten deklamiert wird, die nicht einmal Schauspieler sind, sondern genau so dumm wie ihre Fans, nur besser angezogen, und nun bin ich einer von ihnen. Eine billige Kopie des Lebens oder der Vorstellung davon. Ich habe mich darüber lustig gemacht, dabei spiele ich mit. Ich würde jetzt gern sterben, einfach mit dem Stuhl umkippen und tot sein. Selbst das wäre ein billiger TV-Tod mit Ketchup auf der Fresse. Ich wäre tot, und es wäre kein Verlust. Mich gibt es im Dutzend, von mir existieren hundertfache Kopien, eine blasser als die andere, keine der anderen Kopien würde es bemerken. Sie würden weiter spielen und mein Leben faken.

‚Ich will dir nichts vormachen', blökt die Stimme, und dann werden Lacher eingespielt.

„Ich weiß im Moment gar nichts, Swen. Entschuldige." Ich sehe mein Glas an und werfe das Handtuch, gebe auf, etwas anderes zu sein als das, was ich bin: ein Dutzendschwuler in einem Dutzendleben mit einer Dutzend-Midlife-Crisis. Eigentlich fehlen nur die Kameras in meinem Container.

„Gregor", sagt Swen zum Fenster. „Du brauchst keine Angst zu haben. Das hat schon seine Richtigkeit. Wir werden das hier genießen, soweit es geht, und dann wirst du abhauen. Ich kenn das. Alle hauen hier wieder ab. Sie besuchen das kleine, geile Landei und verpissen sich. Mal für zwei Tage ist das alles gut und okay, aber dann wachen sie auf, gucken sich um und merken, dass das hier was ganz anderes ist." Swen klingt nicht einmal wütend. Er dreht den Kopf zu mir, ernst und mit einem leichten spöttischen Zug um die Lippen. „Du brauchst keine Angst zu haben, Gregor, irgendeiner bleibt mal da. Das weiß ich. Irgendeinem wird das hier reichen. Und dann schauen wir mal. Ich mach mir nichts vor: Dieses Kaff ist nicht der Hauptgewinn, aber mir gefällt es, es ist meine Heimat, warum sollte ich weg?" Er trinkt einen Schluck Wein, stellt das Glas ab, spielt mit dem Stiel.

„In der Stadt bin ich fast kaputtgegangen. Ich hab's probiert, aber ich kann das nicht. Bloß immer eine Nummer sein, irgendeine Nummer, die man fickt und vergisst. Die gucken einen 'ne Woche später nicht einmal mehr an. Da geht man aneinander vorbei, und man grüßt sich nicht mal. Und das Bescheuerte dabei ist, die grüßen nicht, *obwohl* man sie gefickt hat, sondern die grüßen nicht, *weil* man sie gefickt hat. Und für das Spiel bin ich wahrscheinlich wirklich zu naiv, dafür bin ich zu sehr Landei. Das kann ich nicht. Ich hab das probiert, und ich kann es nicht. Da mach ich das lieber so. Ich weiß, hier gehöre ich hin, und wenn sich mal ein schöner Tag ergibt oder ein Wochenende, an dem ich frei habe, dann genieß ich das, und dann hauen sie wieder ab. Und die E-Mails, wenn überhaupt eine kommt, lösch ich, ohne sie zu lesen. So viel Zeit hab ich nicht."

Ich wundere mich, dass er keine Wut hat, dass er so ruhig dabei bleibt, dass er sie nicht hasst, dass er mich nicht hasst. Aber er tut es offenbar nicht. Welche Lektion habe ich verpasst? An welchem Tag wurde gelehrt, was Swen weiß und was mir entgangen ist. Oder ich habe es einfach nur nicht begriffen.

„Es tut mir Leid", sage ich, wieder ein Satz aus dem Grabbeltisch. Spätestens jetzt müsste er mich rauswerfen.

Er wirft mich nicht hinaus. Er lässt mich einfach sitzen, räumt den Tisch ab, bringt alles in die Küche, stellt die Teller in den Geschirrspüler, wirft die abgenagten Knochen in den Müll, gießt die Neigen aus den fettigen Gläsern in den Ausguss, wischt den Tisch ab, geht ins Bad, kommt zurück, bleibt neben mir stehen, neben meiner leeren Hülle.

„Wasch dir auch die Hände." Er streicht mir über die Schulter, sanft und sicher. Was macht ihn so sicher, welches Geheimnis hat er gelüftet, das mir bisher verborgen blieb?

Seine Hand bleibt liegen, und ich lege zögernd meine darauf.

„Wir gehen doch noch spazieren, oder?" fragt er leise.

„Merk dir, was du träumst", sagt Swen. „Gute Nacht."

Er dreht sich um und schiebt seinen Rücken an mich heran, als wäre es schon immer so gewesen. Ich liege hinter ihm und halte ihn fest.

„Schlaf schön."

„Mh", macht er, dann dämmert er schon weg.

Wir waren spazieren. Schweigend mehr oder weniger. Swen zeigte mir, wo er zur Schule gegangen ist, ein finsteres Gebäude, dem auch die Renovierung keine Freundlichkeit aufmalen konnte, den Schulhof, heute umkreist von hohen Gitterzäunen, die an ein Gefängnis erinnern. Das Übliche. Alle Schulhöfe sind gleich, und jeder wird die Stelle noch kennen, an der es den ersten Kuss gab, den ersten Liebesbrief, die erste Schlägerei. Swen erzählt keine langen Geschichten.

„Hier hat mich Dagmar geküsst. Dagmar Kleinert." Er grinste kurz. „Das hat sie dann nie wieder gemacht."

„Wieso, hat's nicht geschmeckt?"

„Ich hab mich da etwas blöd angestellt. Aber ich hätte auch lieber gehabt, dass mich Volker Matschert küsst. Der war zwei Klassen über uns, hatte schon Haare auf der Brust. Den hat sich dann Dagmar geschnappt. Aus Rache wahrscheinlich. Die haben sogar geheiratet. Und nu sind sie geschieden."

Am alten Konsum, einem verfallenen Gebäude, baupolizeilich gesperrt, blieb er stehen.

„Ich glaube, das reicht." Er zögerte. „Aber egal: Hier in diesem Keller habe ich meine Unschuld verloren."

„Aber nicht an Dagmar."

„Nö. René. Er war in den Ferien da, eigentlich jedes Jahr. Und beim letzten Mal, da haben wir uns in den Keller hier geschlichen, warum, weiß ich gar nicht mehr, und wir haben zusammen gewichst. Er hat mir sogar einen geblasen, und ich war völlig aus der Hütte, das kannte ich ja noch nicht. Und da hab ich ihm auch einen geblasen. War gar nicht so eklig, wie ich dachte." Er grinste. „Quatsch eklig. Ich habe nichts gedacht. Das war so geil, dass ich da auch gleich mein Coming-out hatte. In einem Aufwasch. Für den Rest der Ferien hatten wir keine Langeweile mehr."

Swen zeigte mir von Weitem das Haus, wo er geboren wurde und wo seine Eltern heute noch leben. Ein kleines Einfamilienhaus aus rotem Backstein, in den dreißiger Jahren gebaut, in Reih und Glied mit ähnlichen Häuschen.

Und dann gingen wir zurück. Um den Marktplatz machten wir einen Bogen. Vielleicht sind Sebastian und Herbert froh, dass ich nicht da bin, und nehmen sich Zeit füreinander an diesem Montag.

Wir schliefen noch einmal miteinander. Erst zaghaft, denn mein Schwanz, eingeschüchtert von meinem Auftritt beim Essen, blieb schlaff und desinteressiert. Je mehr ich ihn im Stillen bat, doch endlich ein bisschen Erregung zu zeigen, denn erregt war ich ja, desto mehr zog er sich zurück.

Swen, prächtig erigiert, wollte sich um ihn kümmern, ich schob ihn weg, murmelte etwas, das wohl klang wie: „Lass ihn mal, der kommt schon noch."

„Mach dir keinen Kopf, das ist noch keine Impotenz. So was kommt erst später."

Bevor ich etwas entgegnen konnte, war sein Gesicht an meinem, und er küsste mich. Was heißt, er küsste mich? Er holte sich den Kuss. Mit einer Hand hielt er meinen Unterkiefer fest, er leckte mein Gesicht ab, küsste wieder, dass ich kaum zum Luftholen kam. Und als mein Schwanz völlig aus dem Zentrum der Aufmerksamkeit gerückt war, erhob er sich und protestierte eitel und steif.

Ich schlafe jetzt ein, ich kann mir zuhören, höre mein Herz und fühle Swens schlagen.

Ich würde jetzt hier blieben. Für immer. Würde mich jetzt jemand fragen, selbst wenn es Swen wäre, ich würde sagen, dass ich hier bleiben will.

Aber mich fragt niemand.

„Da bist du ja, Gregor. Ich wollte schon den ABV anrufen!" Herbert lacht, aber er klingt etwas aggressiv.

„Ich lebe, Herbert, keine Angst."

„Dann ist ja gut."

Swen ist schon in der Küche. Er hat mich schlafen lassen, Kaffee in die Thermoskanne gefüllt und auf einen Zettel „Bis gleich" geschrieben. „Bis gleich, Dein Swen."

Es hat mich beruhigt. Seltsamerweise.

„Wo ist Sebastian?"

„Der ist hinten, lass ihn mal allein. Dem geht es heute nicht so gut."

„Schmerzen?"

„Nein. Wegen morgen halt. Der ist einfach unruhig."

„Du auch."

Er nickt. „Ja, ich auch. Ich auch."

Ich gehe zu ihm hinter die Theke. Das Paradies ist zwar schon offen, aber es ist noch niemand da.

„Das wird schon, Herbert." Ich lege ihm die Hand auf die Wange. Nach einem Moment, in dem er wohl zurückzucken will, wird er ruhig. Er lächelt nicht. Warum ich das tue, weiß ich selber nicht. Die pure Hilflosigkeit.

„Falls was ist, dann ... ich meine, wenn ich helfen kann irgendwo. Dann sag es mir einfach. Ich mach das. Bitte."

Er nimmt meine Hand weg, seine ist ganz warm. Viel wärmer, als ich mir vorgestellt hätte. Ich dachte, der schmale Herbert wäre kühl. Knochig und kühl. Aber seine Hand ist warm und seltsam weich.

„Du hast mir das Stichwort gegeben. Nu kannst du nicht mehr anders."

„Was?"

„Sebastian wollte dich fragen, ich wollte es nicht. Aber Doreen ist nun doch länger krank. Das Herzchen ist wohl schwanger. Kannst du den Laden morgen Vormittag schmeißen? Ich will einfach Sebastian nicht alleine lassen. Swen ist da, falls was ist. Unter der Woche geht es ja, da wollen die meisten das Mittagsmenu. Nur morgen. Wäre das okay?"

„Das ist okay, Herbert. Ich mach das gern. Wenn ich mich nicht zu blöd anstelle."

„Trotzdem, es ist dein Urlaub."

„Ach, Herbert, das ist alles, aber Urlaub ist das nicht. Das ist was völlig anderes. Auf jeden Fall ist das bis jetzt viel besser als Urlaub."

Herbert deutet mit dem Kopf in Richtung der Küchentür.

„Das klappt wohl gar nicht so schlecht mit euch beiden, oder?"

Ich nicke und werde rot, dann zucke ich mit den Schultern.

„Ich weiß nicht." Es schnürt mir die Kehle zu. „Mal sehen."

„Ja, sieh mal zu. Aber gib auf den Kleinen Acht. Der ist schon ein feiner Kerl. Spiel nicht rum mit ihm, ja?"

Was erwartet er eigentlich? Ich verschwinde in spätestens zweieinhalb Wochen wieder. Wie soll das gehen? Jedes Wochenende mit dem Zug hierher? Darauf liefe es wohl hinaus, denn Swen arbeitet am Wochenende im Paradies. Ich würde kommen und Sonntagnachmittag, falls überhaupt ein Zug um diese Zeit fährt, wieder zurück müssen, um mich auf die nächste Woche zu freuen, während mir die Zeit durch die Finger rinnt, mich nervt und irgendwann die Überhand gewinnen wird.

„Nein, ich spiel nicht rum."

Ich weiß nicht, was ich da sage, aber ich sage und glaube es. Obwohl alles dagegen spricht. Wahrscheinlich hätte ich nie etwas mit Swen anfangen dürfen. Es ist eine weitere Geschichte ohne Schluss. Ein Versuch wie in einem Labor. Was passiert, wenn diese Flüssigkeit in die andere gegossen wird? Passiert nichts, oder reagieren die Flüssigkeiten aufeinander, entsteht eine Base oder eine Säure, stinkt das Ganze, verpufft es, oder entsteht eine giftige Mischung?

„Ich sag mal Tag zu Swen."

„Wie? Ich dachte, ihr habt schon ‚Moin' gesagt?"

„Ich hab verschlafen."

Ich dränge an Herbert vorbei zur Küche.

„Das fängt ja gut an", wirft er mir hinterher.

Swen sieht sofort von seiner Arbeit hoch und lächelt.

„Na, du Schlafmütze?"

„Ja, sorry, hab das nicht mitgekriegt."

„Ist doch gut."

Er bekommt einen kurzen Kuss, mehr will er nicht. Er blickt sofort zur Tür, ob Herbert eventuell hereinkommt.

„Okay du, dann mach mal, und ich guck in meine Hochzeitssuite und zieh frische Unterhosen an."

Er nickt, schon wieder auf die Sauce konzentriert, die er gerade mit dem Schneebesen bearbeitet.

„Bis dann."

Ich gehe aufs Zimmer, dusche, ziehe mich um. Vorsichtshalber, obwohl ich schon fast wieder aus der Tür bin, schalte ich das Mobiltelefon an, es macht keinen Piep, niemand hat eine SMS geschickt. Auf der Mailbox ist eine Nachricht.

„Gregor, hier ist Gunter. Ich wollte dir nur einen schönen Urlaub wünschen. Ich wollte gar nicht erzählen, dass ich mit Karl Schluss gemacht habe. Nun mach ich's doch. Er ist im Krankenhaus. Kreislauf. Im Darkroom umgekippt. Wahrscheinlich zuviel Koks. Was weiß ich. Fühl mich aber gut. Freu mich, wenn du wieder da bist. Tschö."

Es gibt Neuigkeiten, an denen man ersticken kann. Wem soll ich diese Schote erzählen? Ich lache auf. Umgekippt im Darkroom! Der ganze Normal-Karl – mit Scheitel, einem nett gebügelten karierten Hemd, mit seiner Pastorenfresse, den manikürten Fingernägeln, vielleicht noch einen Zettel in der Gesäßtasche, auf dem der nächste Termin für eine Wohnungsbesichtigung steht. Es ist verdammt komisch, aber ich bin nicht schadenfroh, das wäre ich, wenn er seine Kontaktlinsen oder seinen Wohnungsschlüssel da verloren oder jemand ihm das Portemonnaie geklaut hätte. Aber das hier ist schlimmer, es ist nicht komisch, wenn ein Kontrollfreak die Kontrolle verliert.

Was ist geschehen? An welchem Punkt hätten wir umkehren oder die Richtung ändern müssen? Wo ist die Kreuzung gewesen? Was hat mich so taub werden lassen? Wann habe ich begonnen, so zu leben? Wir wussten alle, dass das Eis dünn ist, wenn man lügt. Jedenfalls sind wir alt genug, um das wissen zu können. Aber wir lügen trotzdem.

Welche Götter oder welche Aszendenten haben Karl in diese Sackgasse laufen lassen? Wieso habe ich ihn noch als Freund bezeichnet, als er es nicht mehr gewesen ist, als ich schon längst mit seinem Gunter vögelte? Wozu habe ich das getan, mich darauf gefreut, während ich neben Jan lag und meinte, die Langeweile sei besser als eine Einsamkeit, von der nicht einmal eine Vorstellung existierte? Wir haben uns betrogen. Alle. Und alle hofften wir vielleicht auf den erlösenden Wink des Schicksals, der die Verstrickungen entwirrt, diesen Fluch aufhebt und uns am Ende befreit auflachen lässt. Aber es ist nicht zum Lachen. Nein. Fremde dürfen über uns lachen, über mich besonders. Denn es geschieht mir recht.

Ich will das nicht mehr.

Fromm werden könnte ich jetzt, mich läutern, geißeln, nur um den einen Schmerz mit einem anderen zu bekämpfen, ins Kloster gehen und nur noch mich und mein Schweigen ertragen. Es geht nicht so weiter.

Ich muss etwas tun.

„Gunter? Hallo?

„Ja?"

„Hier ist Gregor."

„Hallo. Hast du meine Nachricht bekommen?"

„Ja, hab ich. Wie geht's dir?"

„Wie soll es mir gehen? Hast es ja gehört."

„Ich kann das gar nicht glauben."

„Frag mich mal. Ich komm von der Arbeit, und auf der Maschine ist eine Nachricht vom armen Hascherl im Krankenhaus. Natürlich bin ich sofort hin. Man denkt ja gleich ans Schlimmste."

„Und wer hat dir das mit dem Darkroom erzählt?"

„Er hat mir das erzählt. In seiner Version. Natürlich hat er gelogen, die dumme Sau. Er wäre gestolpert und hingefallen. Und dann bewusstlos geworden. Ham wir gelacht! Und ich bring ihm auch noch Bananen und Äpfel ins Krankenhaus."

„Aber vielleicht stimmt das ja?"

„Komm, Gregor. Verarsch du mich nicht auch noch. Der hatte in der letzten Zeit ständig ein frisches Tütchen in der Schublade. Er hat die nicht mal abgeschlossen. Und da hab ich ihn gefragt gestern, was das zu bedeuten hat mit dem Koks. Dass ich nachgesehen habe. Und weißt du, was er für 'ne Nummer bringen wollte?"

„Nein."

Gunter verstellt seine Stimme, äfft Karl im Diskant nach.

„Er hätte es nur einmal probieren wollen. Ein Freund hätte es ihm gegeben. Aber er hat's wirklich nur einmal gemacht. Und dann hätte er dem Freund das Koks zurückgegeben."

Ich höre, wie wütend er ist, ich spüre es. Was soll ich Gunter sagen?

„Hast Recht. Klingt schon seltsam", sage ich.

„Seltsam? Schönen Dank! Der lügt mir ins Gesicht und denkt noch, ich kaufe ihm das ab! Ich bin sein Freund, und der hält mich für so bescheuert? Dazu kommt ja noch, dass ich Sonnabend bei ihm gewesen bin. Da hat er einen auf Rückenschmerzen und Migräne gemacht. Und er wolle mich nicht damit belasten, und ihm gehe es nicht gut. Ich solle doch lieber nach Hause. Und ich blöder Affe geh wie ferngesteuert heim, leg mich ins Bett, und der brezelt sich auf und geht erst mal ausgiebig ficken. Ruft mich aber vorher noch an und wünscht mir eine gute Nacht und sagt, dass er jetzt auch in die Heia geht. Gähnt noch dreimal am Telefon, diese Katholenfotze."

Er schreit fast. Ich will ihn beruhigen, ohne zu wissen, wie. Ich warte einige Sekunden, denn Gunter will jetzt hören, was ich dazu sage.

„Das klingt dreist."

„Ja, das klingt dreist", lacht er.

„Und was hast du gesagt?"

„Ich war erst mal völlig baff. Aber wart's nur ab, jetzt kommt das Beste ..."

Er macht eine Pause.

„Da nimmt das Hascherl meine Hand und macht einen auf ‚Wir schaffen das schon, und ich liebe ja nur dich'. Und da bin ich ausgetickt."

Gunter verstummt. Ich sortiere die Fakten, versuche ein Urteil zu bilden, eine Formel zu finden, die dem gerecht wird, was mir Gunter eben gesagt hat.

Er wartet auf etwas. Auf ein Stichwort, auf eine Frage – und er wartet auf eine Antwort, die ich ihm nicht geben kann, die er aber doch bei mir sucht.

Ich stelle mir vor, wie Gunter Karl ohrfeigt, aus dem Krankenbett zerrt, verprügelt und tritt. Ein Feuerzeug klickt im Hörer.

„Ausgetickt? Was hast du denn gemacht?"

Gunter zieht an der Zigarette. Ich sehe ihn vor mir, aber ich bin hilflos ihm und mir gegenüber.

„Nichts hab ich gesagt. Was soll ich da sagen? Ich hab ihn liegen lassen. Ich musste da raus, sonst wäre ein Unglück passiert. Ich hab gestern Nacht noch seine Sachen aus meiner Wohnung geholt, bin in seine gefahren und hab das Zeug eingepackt, das mir gehört. Seinen Schlüssel hab ich auf den Küchentisch gelegt. Und heute Früh hab ich bei mir ein neues Schloss einbauen lassen. Für zweihundertfuffzig Deutsche Euro."

„Hat er sich noch mal gemeldet?"

„Angerufen hat er heute Morgen, ich hab nicht abgehoben. Er hat auf den AB gequatscht. ‚Lass uns reden' und so."

„Haste nicht gemacht."

„Gregor." Seine Stimme wird kalt. „Wenn ich das machen würde, dann …", er lacht hämisch, „dann hätte ich genauso wenig Respekt vor mir wie vor Karl. Das wird nichts. Die Sache ist erledigt."

„Und nun?"

„Nichts."

„Ich kann dir gar nichts sagen; ich bin völlig neben der Spur."

„Frag mich mal."

„Kann ich was tun?"

„Weiß nicht."

Wir schweigen uns eine Weile an. Ich könnte nach Karls Nummer im Krankenhaus fragen, aber ich denke, ich muss nicht mit ihm sprechen. Was sollte ich auch sagen?

„Wann kommst du denn wieder?"

„Ich bleib noch eine Weile hier, Gunter. Mir geht es auch nicht so gut. Ich brauch einfach Zeit für mich."

„Vielleicht kann ich freinehmen und zu dir kommen für ein paar Tage? Oder am Wochenende."

„Nein. Das kannst du nicht. Bitte, versteh das nicht falsch, Gunter. Aber das geht einfach nicht."

„Gut. Dann eben nicht."

„Sei jetzt nicht sauer. Verdau das mit Karl erst mal richtig, und wenn ich wieder da bin, dann reden wir weiter, okay?"

„Kann ich mich zwischendurch mal melden?"

„Gunter, ich hab das Handy meistens gar nicht mit."

„Ach so. Okay. Na dann. Entschuldige die Störung."

„Gunter!"

„Tschüs."

Er legt einfach auf.

Ich lasse mich auf das Bett fallen, starre an die Decke. Ich bin geschockt, aber seltsam kalt. Wie bei einem Film, der einen mitnimmt und bewegt, aber auf der Leinwand bleibt, nicht ins Leben dringt und Sachen anrichtet. Ich habe nichts damit zu tun. Ich verlasse dieses Lichtspieltheater.

Sebastian sitzt im Arbeitszimmer auf dem Boden. Vor ihm liegen Zeitungsausschnitte, Stapel von Papieren, ein Locher und Aktenordner.

„Stör ich dich?"

Er dreht sich um, schaut mich an und wendet sich wieder ab, einen Zeitungsartikel in der Hand.

„Ich hätte das doch gemacht. Oder soll ich dir helfen?"

„Das ist meine Sache. Ich muss das machen. Ich will das machen."

Ich hocke mich neben ihn, sehe, dass die Aktenordner neu und leer sind, ein paar Stapel hat er angelegt.

„Ich meine, ich helfe dir gern."

Sebastian starrt vor sich hin.

„Gregor, im Moment ist es mir völlig egal, was du gern machen würdest oder nicht. Lass mich einfach allein hier mit diesem ganzen Scheiß." Er sagt es ruhig, ohne die Stimme zu erheben, ohne zu schreien. „Kümmere dich um deinen eigenen."

Dann sagt er nichts mehr, greift nach einem Stapel, geht langsam die Papiere durch, als wäre ich gar nicht da. Und so ist es, ich bin nicht vorhanden. Es gibt mich nicht. Ich verblasse neben Sebastian. Ich stehe auf und verschwinde.

Weder ins Zimmer, noch ins Paradies, nicht in die Küche oder zu Herbert, ich gehe einfach durch den Hof, nehme die Einfahrt, weil ich nicht durch das Lokal will. Ich gehe über den Marktplatz und nehme irgendeine Straße, weiche Menschen aus, die ich nicht sehe, entlang an Häuserzeilen, die ich nicht wahrnehme. Ein Auto hupt und bremst scharf, jemand fragt schreiend, ob ich eine Schacke hätte, aus einem offenen Fenster heraus. Die Sonne scheint sogar, es ist warm, ein Frühsommertag wie aus dem Bilderbuch. Ich weiß gar nicht, was eine Schacke ist.

Der Asphalt reißt unter mir ab. Ich gehe über Kopfsteinpflaster, stolpere über schiefe Bordsteine, denen Löwenzahn aus den Fugen wächst. Ein Kinderwagen ohne Räder neben einem Schrank ohne Türen stellt sich in meinen Weg. Meine Atome halten an und sammeln sich an einem Schild, das auf dem mürben Trottoir liegt. *Betreten verboten!* Das Haus, zu dem es gehört, hat leere Fensterhöhlen. Ich kann hineinsehen, vermoderte Blümchentapete hängt von den Wänden. Aus der Dachrinne wächst eine kleine Birke.

Nur um von dem Scheiß wegzukommen, um den ich mich kümmern muss, deshalb bin ich hier, aber ich komme nicht weg von dem Scheiß. Ich habe ihn am Schuh. Er lässt sich nicht abstreifen und stinkt überall.

Es wird so nicht weitergehen. So nicht. Es ist gut, das zu wissen. Es kann so nicht weitergehen, denn es ist nichts mehr da, nicht einmal mehr jemand, den ich anlügen könnte. Das ist es. Ich werde langsam zurück ins Paradies gehen. Diese kleine Entschuldigung für eine Stadt, dieses zu groß geratene Dorf ist zu klein, um sich zu verlaufen. Und wenn, dann wird man schnell gefunden. Tot oder lebendig.

Herbert serviert Wein an dem einzigen Tisch, der besetzt ist, bedeutet mir mit einer Kopfbewegung, zum Tresen zu kommen.

„Du scheinst ja Eindruck zu machen bei den Kerlen hier", murmelt er.

„Wieso?"

„Bernhardt hat angerufen. Er fragt, ob du da bist und ob er dich nachher abholen kann."

„Was?"

„Ihr habt da wohl was ausgemacht."

„Ausgemacht, na ja, er wollte mir sein Atelier zeigen, und ich hab gesagt, ich würd's gern sehen. Aber so schnell …"

„Tja, Gregor", sagt Herbert spitz. „Bernhardt ist eben ein Mann der Tat. Aus der Nummer kommst du jetzt nicht mehr raus."

„Aber ich wollte eigentlich nachher zu dir, damit du mich einweist und mir alles zeigst. Ich soll doch morgen den Laden schmeißen."

„Lass mal, wir machen morgen zu. Ich kann dich die Woche noch einweisen, wenn du das willst. Aber morgen ist es besser so. Wir sind ja am Nachmittag zurück, da kann ich das Kaffee-Geschäft noch abfassen. Richtig schön soll es erst am Wochenende werden, da stellen wir die Tische raus."

„Wenn das so ist."

„Ja, so ist das.

„Wann will Bernhardt kommen?"

„Der muss jeden Moment da sein."

Ich habe keine Lust auf einen Töpfernachmittag. Aber was soll ich sonst machen?

‚Kümmere dich um deinen Scheiß', sagt jemand in meinem Hinterkopf.

Ich gehe zu Swen. Er bestückt die Spülmaschine.

„Ich werde wohl gleich von Bernhardt abgeholt."

„Hab schon gehört. Dann hab mal Spaß." Teller klappern. Er greift tief in den Bauch des Geschirrspülers.

„Weiß nicht."

„Ich auch nicht. Fahr hin, hab einen schönen Nachmittag und einen guten Fick."

„Wie bitte?"

„Ich glaube, Bernhardt hat alle gefickt hier."

Swen steht auf und drückt den Rücken durch.

„Dich also auch", stelle ich fest.

Er stutzt, dann lächelt er: „Ja, mich also auch."

Ihn also auch. Swen kann poppen, wen er will, und Bernhardt auch. Ich bin völlig ruhig.

„Gut, dann guck ich mir das mal an."

Doch bevor ich gehe, nehme ich Swen in den Arm und gebe ihm einen Kuss.

„Dann bis nachher. Ich komm wieder."

„Das hoff ich doch." Er küsst zurück.

Noch einen Moment lang halte ich ihn fest, sehe ich ihn an.

„Was wäre, wenn ich hier bleiben würde?"

Swen zieht überrascht die Augenbrauen hoch.

„Dann wärst du da."

„Ja."

„Du denkst da aber nicht ernsthaft drüber nach, oder was?"

Herbert ruft meinen Namen. Wir lassen uns los, die Tür geht auf.

„Dein Chauffeur ist vorgefahren."

Bernhardt fährt einen silberfarbenen Mercedes Combi. Das Auto duftet nach Fichtennadeln.

„Schön, dass das klappt", sagt er und sieht aus, als würde er sich wirklich freuen.

Er redet, als wir durch die Stadt Richtung Norden fahren, redet den ganzen Weg durch den Wald, vorbei an leeren und verfallenen Russenkasernen, einem Baumarkt mitten drin. Jedes Bild, das vorbeizieht, wird kommentiert.

Ich sage nur ab und zu „aha", unterbreche seinen Redefluss nicht. Er klingt angenehm wie ein Radio, plätschernd und beruhigend. Es ist ein schöner Tag. Die Wolken, fast weiß, aufgetürmt, mit grau betupft, wirken dramatisch, ein leichter Wind weht.

Wir fahren durch Kiefernwälder, passieren kleine Dörfer mit ockerfarbenen Kirchen, putzigen Weihern, Frauen mit Kopftuch, die mühsam ihre Fahrräder übers Trottoir schieben. Neugebaute Siedlungen mit Reihenhäusern stehen Spalier, verschwinden ebenso überraschend, wie sie aufgetaucht sind.

Bernhardt redet, biegt ab auf einen unasphaltierten Weg, an dem hölzerne Strommasten aufgereiht stehen, dahinter Felder mit hellem, sattem Grün bestreut. Und mir stößt die Frage, die ich Swen gestellt habe, mit jedem Kilometer mehr auf, verursacht eine Art Beklemmung.

„Hier wären wir", sagt Bernhardt und holt mich aus meinen Gedanken. Wir steigen aus vor einem großen Bauernhaus, jedenfalls muss es das einmal gewesen sein. Hell verputzt mit kleinen Fenstern, einem hohen Giebel und einem Schindeldach. Links vom Eingang eine Doppeltür, dunkelbraun und schwer, eine Rabatte mit Rosenstöcken.

„Das ist mein kleines Reich", untertreibt Bernhardt. Ich weiß nicht, was er von mir erwartet, was ich sagen könnte, also schweige ich. Es sieht schon von außen groß und nach Geld aus, immerhin Geld mit Geschmack, keine Musikantenstadl-Kulisse.

Die Tür geht erstaunlich leicht auf, und im Haus ist es hell. Wir treten in eine großzügige Diele, der Boden gefliest mit Naturstein. Teuer sieht es hier aus, die Wände roh, leicht ockerfarben getönt.

„Ich hab das alles entkernt und neu machen lassen." Bernhardt spricht weiter, während wir uns in eine helle Gruft aus Beige begeben, ein riesiges Fenster gibt den Blick auf den Garten frei, Beete unter abgeblühten Apfelbäumen, eine Bank mit Tisch.

Hier drin ist alles beigefarben: Couch, Sessel,Teppichboden, selbst das abstrakte Gemälde an der Wand. Die Wände sind wieder ocker, auch die Umrandung des Kamins, der mich mit offenem schwarzen Mund ansieht, ist ocker.

„Setz dich. Das ist mein kleines Reich."

„Kleines Reich ist gut. Gut untertrieben."

Es passt alles zu gut, nichts irritiert. Selbst im Katalog sehen die ausgestellten Wohnungen weniger steril aus.

„Na ja, man tut, was man kann." Bernhardt lächelt. Ich setze mich. Vom Wohnzimmer kann ich in die Küche sehen, groß, edelstählern, Dielenfußboden.

„Kann ich dir was anbieten? Kaffee oder einen Drink. Ich mach die besten Caipirinhas im Umkreis von bestimmt hundert Kilometern."

„Weiß im Umkreis von hundert Kilometern überhaupt jemand, was Caipirinhas sind?"

„Eins zu null für dich. Dann mach ich eben die einzigen. Aber die schmecken trotzdem."

„Hast du Kaffee?"

„Espresso?"

„Gern."

Er geht in die Küche, ich kann ihm zusehen, er bedient eine verchromte Espressomaschine, die auch sofort zu fauchen beginnt.

„Wo ist dein Atelier?"

„Die Werkstatt ist hinten, gehen wir nachher hin."

„Ja." Ich stehe auf, gehe im Zimmer umher. Es ist viel Platz. Eine offenbar afrikanische Skulptur steht vor dem Fenster.

„Schön."

„Ja, hab ich mir aus Nairobi mitgebracht vor zehn Jahren."

„Bist du hier geboren?"

„Ja, bin ich."

„Hat dir nie was gefehlt?"

Er kommt mit zwei Espressotassen auf einem kleinen, silbernen Tablett zurück und stellt sie auf den gläsernen Couchtisch, wahrscheinlich, ja ganz sicher sogar, Kristallglas.

Wir setzen uns.

„Das dachte ich auch. Ich hab Formgestaltung und Design studiert und sozialistische Ökonomie. Als ich fertig war, wollt ich der große Designer werden, hab Geschirr entworfen und wilde Skulpturen, aber das Zeug hat niemand gewollt, besser: Es war einfach nicht gut. Das wollte ich aber erst ziemlich spät einsehen." Er macht eine ausladende Handbewegung. „Das hier ist ein dummer Zufall. Ich habe meine Eltern besucht, und die sagten, dass mein Bruder drüber nachdenkt, das hier zu kaufen. Ich sollte nur mitkommen und es mir ansehen. Die Töpferwerkstatt gab es schon. Und als ich drin stand, hat es einfach Klick gemacht. Ich kann dir nicht mal sagen, was da passiert ist, ich hab einfach gewusst – das hier ist mein Platz. Und weil mein Bruder so lange gezögert hat – er wollte Swimming-Pool und solche Scherze –, hab ich meine Eltern gebeten, es für mich zu kaufen, mir sozusagen einen Kredit zu geben. Das haben sie seltsamerweise gemacht." Bernhardt lacht. „Aber nicht, weil sie mir was zugetraut hätten, die waren einfach froh, dass ich dann in ihrer Nähe war. Und so ist das gelaufen. Der Umbau und alles, das ist erst in den letzten zwanzig Jahren passiert. So nach und nach."

„Leben deine Eltern noch?"

Er schüttelt den Kopf. „Nein, die sind noch vor der Wende gestorben. Kurz hintereinander. Dann wollte mich mein Bruder verklagen, weil er gedacht hat, er wäre zu kurz gekommen, aber das hat sich dann auch erledigt. Und nun bin ich hier."

„Schön ist es", sage ich und blicke mich demonstrativ um.

„Danke."

„Du wohnst aber allein, oder?" Obwohl ich es weiß, stelle ich diese Frage, aus Prinzip.

„Eine Verschwendung, was?"

„Weiß nicht."

„Ach, ich hab's probiert. Davon abgesehen, dass es hier draußen niemand aushält – ich hab gemerkt, dass es mir allein besser geht."

„Wie?"

Er seufzt, trinkt seinen Espresso auf Ex und lächelt wieder.

„Ich kann ganz gut allein sein. An den Samstagen war ich meistens auf irgendwelchen Märkten, und am Abend hat es dann eben gereicht, da hab ich gern meine Ruhe. Heute liefere ich meine Keramik an Läden, da muss ich nicht mehr so oft Marktfrau spielen. Ich bin oft in der Werkstatt, bis nachts manchmal. Das ist schwer für jemanden – immer die zweite Geige zu spielen. Wer hier draußen nichts mit sich anzufangen weiß, für den ist das halt nichts."

„Aber Bewerber gibt es doch sicher genug."

„Weniger, als du vielleicht glaubst. Magst du deinen Espresso nicht?"

„Doch." Ich trinke die Tasse in einem Zug leer. Ich bemerke, dass ich noch nichts gegessen habe, aber ich bin nicht hungrig.

„Was machst du eigentlich?"

„Buchhaltung in einer Bank. Ganz normal. Nichts Künstlerisches."

„Stimmt ja. Hattest du gesagt. Ich hab trotzdem gedacht, dass du was Kreatives machst."

„Nein. Bin völlig unkreativ."

„Single?"

Ich nicke. „Ja, Single, seit etwas mehr als einer Woche."

„Das tut mir Leid."

„Das ist okay, Bernhardt. Was muss, das muss."

„Oha", sagt er und steht auf. „Da scheint jemand ganz genau zu wissen, was er will."

Das ist schon die zweite Fehleinschätzung. Menschenkenntnis scheint er nicht zu haben.

„Manchmal. Im Moment weiß ich wahrscheinlich nur, was ich nicht will."

„Und was willst du nicht?"

Ich stehe auf, überlege nur einen Augenblick.

„Zurück."

Bernhardt erwidert nichts, lächelt nur und lädt mich mit einer Handbewegung ein, ihm zu folgen. Erst ist das Haus dran, mit begehbaren Schränken, vergoldeten Armaturen im Bad, einem Schlafzimmer mit Dachfenstern und einem großen Bett, französisch und einladend. Bernhardt macht keinerlei Annäherungsversuche.

Die Werkstatt hinter dem Haus ist erstaunlich klein. Die Töpferscheibe, Töpfe mit Lasur, Tonquader und ein Brennofen. Im Nebenraum aufgereiht die Resultate. Dunkelbraun, bäurisch, Schalen, Teller, Karaffen, Kerzenhalter und Teekannen, Teetasse, Aschenbecher – alles in diesem Braun.

„Tja, damit verdien ich mein Geld", sagt er beiläufig und doch stolz.

Ich würde gern fragen, wozu er Formgestaltung studiert hat. Ausgefallen ist hier nichts. Er hat eine Marktlücke entdeckt und schlachtet sie aus. Keine Experimente, aber ich habe nichts erwartet, mir keine Vorstellung gemacht von einer schwulen Töpferwerkstatt. Also ist es gut. Ich sage, wie schön es ist, wie toll es ist, wie viel Arbeit da drinstecken muss, frage, wie viel er pro Woche so produziert, wer seine Ware kauft.

„Und davon wird man so reich?"

„Wie man's nimmt. Ich will mich nicht beschweren, aber ich habe auch geerbt, meine Eltern hatten einen Bauernhof. Die waren zwar in der LPG, haben aber nebenbei noch ihre Wirtschaft gehabt. Das hat sich gelohnt. Und inzwischen läuft die Keramik wie verrückt."

„Hast du das alles selber entworfen?"

„Ja, das sieht zwar nicht so aus, aber das hab ich. Du wirst dich wundern. Es ist gar nicht so leicht, was Einfaches zu machen. Die ganz verrückten Sachen mach ich dir mit links. Aber erstens will die keiner, und zweitens hab ich da keinen Bock mehr drauf. Also keine Keramik zur Selbstfindung."

Er zeigt mir Einzelstücke; ich sehe die Preisschilder und bin beeindruckt. Sein Handrücken ist dunkel behaart, und wenn ich neben ihm stehe, duftet er nach Mann. Es scheint kein Parfüm zu sein, sondern sein eigener Duft. Es riecht angenehm, ich möchte mein Gesicht an seinen Hals legen und mehr von diesem Geruch haben, aber ich tue es nicht.

„Keine Keramikkurse für unterbeschäftigte Gattinnen?" ergänze ich lachend.

Vielleicht will er mich knacken; anbaggern werde ich ihn nicht. Und falls er etwas von mir will, kann ich es mir immer noch überlegen. Es wäre besser, es nicht mit ihm zu tun.

„Ja, das wäre es noch. Ab und zu kommt eine Schulklasse, der ich das hier zeige, aber an die Scheibe lass ich die Blagen nicht. Die dürfen ein bisschen mit Ton rummatschen, ich brenne das Zeug im Ofen, und dann freuen die sich. Das reicht völlig."

Bernhard stellt sich an die Tür und nimmt die Klinke in die Hand, die Führung ist wohl beendet.

„Oh, du scheinst Kinder zu mögen."

„Ja, sehr. Am liebsten kross. Hauptsache, sie sind still."

Er schließt die Tür ab. Wir gehen durch den Garten, es duftet nach Wald, ich atme tief durch.

„Der Frühling kommt auch nicht in die Gänge."

„Ach", sagt Bernhardt, „das wird schon. Am Wochenende soll das warm werden. Wir sind hier immer etwas später dran."

Wir gehen ins Haus.

Ich setze mich wieder auf die Couch, aber ich fühle mich seltsam deplatziert. Er hat mir alles gezeigt, weil er es mir zeigen wollte, das war die Hauptsache, und ich habe alles gesehen, weil ich Urlaub habe. Vielleicht ist es verständlich, denn Publikum hier draußen hält sich in Grenzen. Ich weiß nicht, warum er mich sonst eingeladen hat. Eine Unruhe befällt mich. Sie hat jedoch nichts mit Bernhardt zu tun. Ich will ins Paradies. Etwas sagt mir, dass ich dort sein sollte und nicht hier.

Egal, was Sebastian gesagt hat, und dass Herbert nun doch morgen zumacht, weil sie mir nicht zutrauen, sie ein paar Stunden zu vertreten. Ich muss hin. Ich muss zu Swen.

„Aber jetzt kann ich dir was mixen."

„Bernhardt?" Ich stehe auf. „Wäre es okay, wenn du mich zurückbringst? Ich hab irgendwie keine Ruhe. Vielleicht trinken wir ein andermal einen Caipirinha. Würde ich wirklich gerne. Nur heute ist einfach nicht der Tag."

„Kein Problem." Er bleibt vor der Küche stehen, nimmt, ohne mich zurückhalten oder überreden zu wollen, die Autoschlüssel vom Sims, und wir gehen nach draußen.

Ich drehe mich noch einmal um, sehe mir das Anwesen an, in dem wahrscheinlich früher eine Großfamilie gewohnt hat, und es macht mich auf eine Art traurig. Es lässt ahnen, welchen Stau der Hausherr manchmal auszuhalten hat, wofür die Tatsache spricht, dass er alle Schwulen in diesem dünn besiedelten Revier schon gehabt haben soll. Bei mir hat er es nicht einmal versucht.

„Warte", sagt Bernhardt und läuft ins Haus zurück, kurz darauf kommt er wieder herausgelaufen, ein kleines Päckchen in der Hand.

„Hier, für dich."

„Danke."

„Mach's aber erst zu Hause auf."

„Okay."

Wir fahren zurück, doch diesmal sagt Bernhardt nicht viel. Es scheint, dass der Weg jetzt kürzer ist. Der Fichtennadelduft fährt mir in die Nase und macht mir den Mund trocken.

Am Paradies angelangt, bedanke ich mich artig. Er nickt, lächelt, sagt: „Alles Gute für dich."

Dann fährt er weg.

„Bist ja schon wieder da", sagt Swen erstaunt. Er küsst mich, ich küsse zurück.

„Ja, ging schnell. Und meine Unschuld hab ich auch nicht im Wald verloren."

„Die ist wahrscheinlich längst von einem Stadtgulli nach Australien geschwemmt worden, deine Unschuld."

„Wahrscheinlich. Und deine?"

„Die hat der Hund gefressen."
„Dafür hab ich ein Geschenk gekriegt." Ich halte ihm das kleine Päckchen vor die Nase.
„Ach. Ein bisschen Mühe beim Einpacken hätte sich der alte Mann schon machen können. Mach's auf. Ich ahne ja was ..."
„Was ahnst du?"
„Mach's doch auf."
Ich reiße das Packpapier auf.
„Hm, ein Kerzenhalter. Ganz hübsch."
„Oh, ein Kerzenhalter", äfft mich Swen nach.
„Neidisch, oder was?"
„Nö. Den schenkt der doch jedem. Ich glaube, wir haben hier alle so einen Kerzenhalter. Manche auch zwei."
„Der Gedanke zählt."
„Ja, zeig mal." Swen nimmt in gespielter Freude den Kerzenhalter. „Schön. Also, so was von schön."
„Tucke. Darauf stehst du doch."
Er zuckt zusammen: „Pass ja auf!"
Wir sehen uns an und brechen in Gelächter aus. Swen küsst mich abermals, länger und fast ein bisschen zu wild für die Küche, in der wir uns befinden.
„Was ist hier denn los?"
Herbert kommt. Er sieht bedrückt aus.
„Rate, was Bernhardt Gregor geschenkt hat."
„Hm", Herbert legt die Stirn in Falten. Für einen Moment sieht er fast so alt aus, wie er ist, er muss auch schon vierzig sein. „Also, ich tippe auf einen Kerzenständer. Oder ...", er macht eine vage Handbewegung, „es ist ein Kerzenständer."
„Bingo! Das Traumhaus geht an Sie", ruft Swen.
Ich halte das Objekt triumphierend hoch: „Und wenn Sie jetzt bestellen, gibt's diesen formschönen Kerzenständer aus hundertkarätigem Ton gratis mit dazu!"
Nun lachen wir alle drei. Wir lachen mehr, als der Witz hergibt, wie eine Befreiung ist das. Swen hat seinen Arm um mich gelegt, meinen habe ich um seine Hüfte geschlungen. Ich lasse

meine Hand auf seinen Hintern gleiten, der in diesen Kochhosen immer noch umwerfend aussieht und sich unwiderstehlich anfühlt. Ich werde geil, während wir lachen.

„Wisst ihr, was? Ich hab eben ein Pärchen abkassiert, und der Rest des Abends sieht auch ziemlich mau aus. Keine Vorbestellung. Wenn in den nächsten fünf Minuten niemand kommt, mach ich den Laden für heute zu", sagt Herbert.

„Dann mach ich Essen", erwidert Swen umgehend. Sie wissen anscheinend beide, was gemeint ist, worum es geht. Ich ahne es.

„Ich mach mal einen Zettel ‚Wegen familiärer Angelegenheiten und Gedöns geschlossen', dann geh ich zu Sebastian. Deckst du die linke Tafel, Gregor?"

„Klar."

Swen beginnt, umgehend einen Bräter aus dem Unterschrank zu holen.

„Und ich überrasche euch."

Wir gehen an die Arbeit, das Lachen ist verweht. Zum ersten Mal bin ich Teil einer Verschwörung, in der man sich nicht gegen, sondern *für* jemanden verbündet. Jeder von uns dreien weiß, auch wenn es niemand laut sagen würde, dass dieses spontane Abendessen für Sebastian ist. Es soll kein Abschiedsmahl werden, sondern der Versuch, ein paar Momente zu fangen, sie nicht beiläufig passieren zu lassen, sondern sie bewusst anzusehen, sie zu genießen und die Zeit anzuhalten oder wenigstens einen Stein in den Fluss zu legen, der sie aufstaut und für ein paar Stunden beruhigt, um das Unvermeidliche hinauszuzögern.

Swen und ich haben die Läden heruntergelassen, im Raum ist nur das Licht, das durch die Küchentür hereinfällt. Wir haben alle Kerzen auf den Tischen angezündet und zwei dreiarmige Lüster auf die Tafel gestellt. Swen hat mir gezeigt, wie man Servietten zu Bischofsmützen faltet.

„Stellst dich ja gar nicht so blöd an."

„Danke."

„Ein bisschen schlampig, aber wenigstens mit Liebe." Er grinst und sagt: „Obacht! Meine Damen und Herren: der doppelte Fächer!"

Er legt das Tuch sorgfältig vor sich hin, beugt sich darüber und faltet konzentriert, überprüft, dass die Ecken exakt aufeinander liegen, verbessert, korrigiert, alles in Sekunden, und bevor ich die Schritte nachvollziehen kann, steht der doppelte Fächer auf dem Tisch.

„Tata!"

„Geil. Darf ich das auch mal probieren?"

„Mach du erst einmal eine gescheite Bischofsmütze. Bei der hier", er nimmt mein schiefes Gebilde an einem Zipfel und erlöst die Serviette in einem Ruck von meinem Versuch, „regnet's nämlich rein."

„Du bist gemein."

„Ich bin bloß Perfektionist."

Er geht einen Schritt auf mich zu, sein Gesicht im Halbschatten, seine Augen blitzen mich an. Ich öffne meinen Mund leicht, weil ich einen Kuss erwarte.

„Hast du das heute Mittag ernst gemeint?"

„Was?"

„Das mit dem Hierbleiben."

Bevor die Bedeutung seiner Frage mein Hirn erreicht, nicke ich, und während die Gehirnzellen sich vernetzen, um die Logikzentren zu verbinden, sage ich:

„Ja. Hab ich." Es klingt entschlossen. „So richtig nachgedacht habe ich noch gar nicht darüber, Swen. Es ist nur, dass ich nicht mehr zurück will. Und es ist schön, mal nicht alles durchzukauen und von hinten nach vorne kaputt zu denken, um dann doch alles beim Alten zu lassen."

Swen weicht nicht zurück, sein Gesicht bleibt nah an meinem, weder entfernt er sich, noch beugt er sich zu mir.

„Ich will nicht mehr alles aus zweiter Hand haben, ich will meins."

„Vielleicht bin ich nicht deins", sagt Swen.

„Kann sein, vielleicht bist du's nicht. Wenn du das jetzt schon weißt, dann sag's mir bitte."

Swen nickt. Der Abstand zwischen uns wird nicht größer, er schrumpft, bis ich der Nähe nicht mehr standhalte und die Augen schließe.

Die Tür geht auf.

„Was ist hier denn los?" sagt Sebastian.

Herbert, der hinter ihm das Paradies betritt, wirkt ebenso überrascht, von der Tafel, von den Kerzen, von uns, wie wir am Tisch stehen, zwischen uns einen verhinderten Kuss.

Wie es Herbert gelungen ist, Sebastian einzulullen, ihn abzulenken, damit die Überraschung funktioniert, wird sein Geheimnis bleiben. Wichtig ist nur, dass sie gelungen ist. Offensichtlich.

Sebastian bleibt stehen, sieht erst uns, dann den Tisch an, dann blickt er zu Herbert, und die beiden umarmen sich. Nicht so leidenschaftlich wie Liebhaber, nicht so herzlich wie Freunde, es ist etwas anderes. Ich kenne es nicht und habe somit kein Wort dafür.

Swen stupst mich an und bedeutet mir, ihm in die Küche zu folgen.

Wir lassen die beiden einen Augenblick allein.

In der Küche steht alles bereit. Kleine Porzellantöpfchen mit Kräuterbutter, Weißbrot liegt in einem Körbchen, Rucola-Salat mit Parmesan, Rosmarinkartoffeln, Kalbkoteletts.

„Wasser steht schon auf dem Tisch." Swen nimmt die Salatteller. „Nimmst du die Kartoffeln? Ich bring dann noch den Bräter mit dem Fleisch."

Wir tragen auf, Sebastian und Herbert sitzen schon, wir setzen uns dazu. Als warteten wir alle darauf, dass jemand ein Tischgebet spräche, schweigen wir, fast andächtig, unsicher und doch auf eine Art selbstverständlich.

Herbert nimmt sein Glas und sagt: „Auf uns!"

Wir stoßen an.

„Guten Appetit", sagt Swen wie ein Gastgeber, dabei ist es nur seine Angst, das Essen könnte kalt werden.

Wir antworten und beginnen zu essen.

An diesem Abend wird nicht viel gesprochen, doch ein trauriger Abend ist es nicht. Er bedarf keiner Erklärung, niemand muss sprechen, um die anderen zu unterhalten und ihnen die Zeit zu vertreiben, denn eben diese verdammte Zeit soll nicht vertrieben werden. Sie soll bleiben.

Maya war da, Karl und Gunter auch. Wir standen in einem Leichenschauhaus oder etwas Ähnlichem, vor uns, auf einer Bahre in einem dieser Menschensäcke, Jan. Sein Gesicht, wie schlafend.

Ich will die drei fragen, was passiert ist, aber sie sehen mich nur misstrauisch und argwöhnisch an. Sie glauben, ich hätte ihn umgebracht. Ich versuche alles zu erklären, aber meine Worte ergeben keinen Sinn. Ich spreche in einer Sprache, die niemand kennt. Jemand legt mir seine Hand auf die Schulter, und sie ist kalt wie Angst. Diese Kälte nimmt Besitz von meinem Körper, die anderen lächeln triumphierend. Sogar Jan schlägt die Augen auf und grinst. Ich denke noch, dass diese Kälte mein Herz nicht erreichen darf, weil ich sonst sterben könnte. Als sie es tut, wache ich auf.

Es ist schon hell, vor meinen Augen noch ein Schleier, in mir ein Rest des Frostes.

Swen schläft noch. Er hat mir seinen Rücken zugedreht und sich in die Decke gewickelt. Vorsichtig versuche ich einen Zipfel zu lösen, um mich zu bedecken. Er brummt und schiebt mir seinen Hintern entgegen.

„Bist du schon wach?" flüstere ich.

Er zieht die Decke weiter über seinen Kopf.

„Nein."

„Gut. Schlaf noch. Aber gib mir etwas von der Decke."

Ich kuschele mich an ihn, lege meine Lippen an seinen Nacken, genieße seinen Geruch und seine gleichmäßigen Atemzüge. Ich vergesse den Traum. Obwohl ich wach bin, viel zu wach, schließe ich die Augen noch einmal.

Es ist still. Ohne die gleichmäßige Brandung der Stadt, ohne die dumpfen Schritte, die Treppen herunterhasten, ohne Mütter, die fragenden Kindern den Mund verbieten, kein Wasser, das durch die Leitungen rauscht.

Wenn ich hier bliebe, wäre es wahrscheinlich immer so still, dann müsste ich morgens aufwachen und nur das Grundgeräusch meines Gehirns hören, wie ein Tonband, auf dem die Musik gelöscht wurde.

Ansonsten bleibt die Stille.

Wovon soll ich leben? Meine Ersparnisse würden vielleicht drei Monate reichen. Ich könnte die Lebensversicherung beleihen, was natürlich ein Minusgeschäft wäre.

Als Kellner, wenn mich Herbert und Sebastian überhaupt anstellen würden, würde ich weniger als in der Bank verdienen, viel weniger. Andererseits ist das Leben hier billiger, die Mieten, der Strom, der Milchkaffee.

Die Arbeitslosenquote ist hier sicher astronomisch. Wer würde mich einstellen wollen? Die Sparkassenfiliale bestimmt nicht, es sei denn, jemand stürbe. Aber ich würde nicht wieder in einer Bank sitzen wollen.

Wohnen müsste ich. Leben. An Samstagen das Gefühl, nicht ausgehen zu müssen, mit dem Gefühl tauschen, nicht weggehen zu *können*. Kaum ein Typ aus dem Internet wäre hierher zu locken, noch würde ich zig Kilometer zu einem Date fahren. Aber vielleicht müsste ich das auch nicht. Möglicherweise ist die Ruhe ansteckend, und Swen würde mir reichen. Vorausgesetzt, ich bin ihm genug. Ich müsste mich in ihn verlieben, wenn ich es nicht schon bin. Bin ich es? Er wird Mitte dreißig sein, wenn ich Mitte vierzig bin, dann säße ich allein auf dem Land und würde zu einem Bernhardt mutieren, im besten Fall, und jeden Neuzugang austesten, um dann doch nur mit mir selber zurecht kommen zu müssen.

Swen bewegt sich, sein Hintern drückt sich nun deutlich gegen meinen Schoß. Mein Schwanz hält dagegen, ich umschlinge Swen fester.

„He", seufzt er lang gezogen.

„Ruhe, du schläfst."

Ich drehe ihn auf den Bauch, lege mich auf ihn und ziehe die Decke über uns.

„Ich schreie", flüstert er.

„Niemand wird dich hören", flüstere ich zurück. Ich lasse meinen Mund über seinen Rücken bis nach unten und wieder zurück wandern. Dann greife ich in die Schublade, die von gestern noch offen steht.

Ich schlafe mit einem Mann, der sich schlafend stellt, der warm und weich unter mir ist, der sich hingibt, an dem ich mich vergehe, dem ich in die Schulter beiße, dem ich den Mund zuhalte, damit er nicht zu laut stöhnt, damit er mich spürt, während ich mit den Knien seine Beine auseinanderdrücke und meine Stöße heftiger werden – und damit er nicht antworten kann, weil ich nah an seinem Ohr sage, dass ich ihn liebe.

„Wegen dringender familiärer Angelegenheiten heute bis 16.00 Uhr geschlossen."

Swen und ich sitzen im leeren Paradies und warten.

„Sie müssten schon zurück sein", sagt er und sieht auf die Uhr.

„Ich weiß nicht, wie lange so was dauert."

„Die Tests gehen eigentlich schnell. Bis jetzt war das immer so."

„Sie haben wieder was gefunden, hat er mir gesagt."

„Ich weiß, aber sie waren sich nicht sicher."

Wir sprechen leise, als säßen wir in einem Wartezimmer, weil wir einerseits warten und andererseits von einer Art Scham befangen sind. Während Herbert und Sebastian weggefahren sind, ohne dass wir am Eingang standen, um ihnen hinterherzuwinken, haben wir es miteinander getrieben, den ganzen Vormittag lang. Erst im Bett, dann in der Küche, am Ende wieder im Bett.

Vielleicht hätten wir hier sein müssen, um Sebastian zu verabschieden. Aber das haben wir gestern schon auf eine Art getan. Ohne diese lähmende Angst, die zeigt, dass man mit dem Schlimmsten rechnet. Wir wollen nicht mit dem Schlimmsten rechnen.

„Ich liebe dich auch, du Drecksau", hat Swen in der Küche hervorgepresst, als er mich im Stehen, eigentlich wollte ich uns Kaffee einschenken, genommen hat. Ich stützte mich am Schrank ab, den Kopf fast ganz in der Spüle, über uns bewegten sich die Töpfe und klangen wie Glocken.

Ich stieß mit dem Kopf gegen den Wasserhahn.

Es klopft an der Hintertür. Wir springen auf wie ertappt.

„Herbert hat doch einen Schlüssel", sagt Swen und läuft zur Tür und öffnet sie.

„Frau Bachert, Sie sind das."

„Ja. Ich bring den Kuchen. Sind die beiden noch nicht wieder da?"

Frau Bachert klingt besorgt.

„Wir warten auch", sagt Swen.

Sie kommt herein, nachdem sie Swen die Hand gegeben und ihn gedrückt hat, um mich zu begrüßen. Und mich drückt sie auch an sich, besorgt, als könnte das Drücken helfen, dabei ist es wahrscheinlich nur der einzige Weg, mit überschüssigen Sorgen umzugehen.

„Setzen Sie sich hin, Frau Bachert. Ich mach Ihnen einen Kaffee, dann holen wir den Kuchen aus dem Auto. Ja?"

Sie gehorcht, öffnet ihre Jacke und setzt sich mit an den Tisch.

„Wir sollten nicht warten. Immer wenn man auf was wartet, kommt's ganz anders, oder es kommt gar nicht. Wir sollten nicht warten." Sie schüttelt den Kopf. „Aber was soll man machen. Passt ja auch immer alles zusammen."

Swen stellt ihr den Kaffee hin.

„Was passt zusammen, Frau Bachert?"

Sie holt Luft, lässt die Luft wieder raus, dann redet sie: „Ich hab die Doreen gesehen, die kam auch grad vom Arzt. Die ist schwanger", sagt Frau Bachert verschwörerisch und sieht uns aus schmalen Augen an. Wir nicken beide. Frau Bachert ist etwas enttäuscht, weil ihr jemand die Neuigkeit gestohlen hat. Anklagend fügt sie hinzu: „Im fünften Monat, noch nicht mal ihrem Freund hat sie das erzählt. Und nun soll sie viel liegen. Es passt immer alles zusammen. Die kann wahrscheinlich nicht arbeiten. Passt ja auch immer alles."

Sie nimmt einen Schluck Kaffee.

„Wir holen den Kuchen", befiehlt Swen und bedeutet mir, mitzukommen.

„Gott, ja." Frau Bachert fasst sich mit der flachen Hand an die Stirn. „Der wird ja auch nicht knuspriger da draußen im Auto."

„Ist gut, bleiben Sie sitzen, wir machen das."

„Ist das Auto offen?" frage ich.

Sie nickt irritiert: „Was denn sonst? Sie können sogar wegfahren, der Schlüssel steckt."

Wir holen die Kuchen, es sind vier, die gewissenhaft in Plastiktortenkästen gepackt und mit einem Riemen im Kofferraum befestigt sind.

Während uns Frau Bachert beobachtet, wohlwollend, aber auch um ihren Kuchen besorgt, stellen wir ihn in die Kühlvitrine. Die leeren Tupperware-Schachteln bringe ich ins Auto zurück.

„Da kann ich ja wieder gehen", sagt sie, als ich mich wieder an den Tisch setze.

„Bleiben Sie mal noch. Das kann ja nicht mehr lange dauern", sagt Swen.

Sie nickt, atmet durch und trinkt.

„Man will sich ja nicht verrückt machen lassen, aber – glauben Sie's – ich habe heute Nacht kaum geschlafen. Wo der Junge das doch schon mal durch hat. Warum kann das mich nicht erwischen? Ich hab mein Leben gehabt. Der Junge muss doch noch Zeit haben. Das muss er doch."

Frau Bachert hadert mit den Göttern, die vielleicht zuhören oder auch nicht. Weil das niemand weiß, schimpft sie mit uns, mit Swen und mir, als hätten wir die Macht, als wären wir es, die zu überzeugen wären von der Sinnlosigkeit einer Krankheit.

„Nicht mal geraucht hat der. Andere rauchen. Und?" Sie hält ihre Handflächen hilflos nach oben. „Nichts. Die rauchen und saufen und werden neunzig. Und wenn's soweit ist, kippen die um, und fertig."

„Die beiden kommen bestimmt gleich. Und außerdem wissen die Ärzte doch noch nichts Genaues", will Swen sie beruhigen, aber er sagt es zu mir, und er sagt es auch zu sich.

Denn in diesem Augenblick rechnen wir mit dem Schlimmsten, doch wir hoffen, die Realität hat ein Erbarmen und beschwichtigt uns.

„Wie will das denn der Herbert machen? Die Doreen kriegt die nächsten Monate ein Kind. Und der Sebastian ...", sie unterbricht sich. „Der Herbert schafft das doch alleine nicht. Also nicht die ganze Zeit über."

„Frau Bachert, wir warten jetzt mal ab, was die beiden nachher sagen, was überhaupt rausgekommen ist. Und dann regeln wir, was geregelt werden muss. Da findet sich dann schon ein Weg." Swen schaut sie streng und doch nachsichtig an und versucht zu lächeln. Unter dem Tisch greife ich nach seiner Hand und halte sie fest.

„Ja", sagt sie, immer noch ungläubig.

Ich will jetzt nicht auf die Uhr sehen, aber ich tue es doch.

„Um vier wollte Herbert wieder aufmachen. Jetzt ist es halb."

„Ja", sagt Swen. „Zur Not bleibt der Laden heute ganz zu, oder du und ich machen das."

„Ich kann das versuchen. Kenne mich halt an der Kasse nicht aus."

„Das kriegen wir schon hin."

Meinen zu großen Koffer wühle ich in Gedanken durch, aber es findet sich kein weißes Hemd und keine schwarze Stoffhose.

Frau Bachert sieht auf ihre zierliche Armbanduhr. Das Armband ist dünn, schneidet ein. Ihre Handgelenke sind ziemlich kräftig.

Sie holt wieder Luft, will etwas sagen, aber dann zieht sie die Augenbrauen hoch, schaut mich an und hebt den Zeigefinger.

Ein Auto ist zu hören. Wir halten die Luft an, der Motor geht aus. Jemand kommt zur Hintertür, öffnet sie, wir sitzen starr da und sehen Herbert an. Er ist blass und scheint um Jahre gealtert. Hinter ihm fällt die Tür zu. Er ist allein.

„Sie haben ihn da behalten", sagt er ungläubig, als hoffte er, wir würden ihm das Gegenteil beweisen oder ihn aufwecken, weil alles nur ein Traum sein könnte.

„Zur Beobachtung", stößt er hervor, es soll beruhigend klingen. Unsere Münder stehen offen, Frau Bachert hält ihren mit der flachen Hand zu, um das „Ach, Gott" nicht herauszulassen, aber wir hören es.

Herbert kommt langsam an den Tisch und setzt sich mühsam hin. Er ist erschöpft.

„Ich muss da morgen wieder hin", sagt er.

Swen und ich sehen uns kurz an, nicken, wie um uns einer Sache zu vergewissern, um zu bestätigen, was längst abgesprochen ist.

The further I go
More letters from home never arrive
And I'm alone
All of the way
All of the way
Alone and alive

Patty Griffin, Rowing Song

drei

„Den haben die einfach mitgenommen", sagt Frau Bachert. „Was sollte ich machen? Eine Nachbarin hat's mir erzählt, die sind einfach auf einen LKW geladen worden. Die Famile hatte früher halt Grundbesitz. Der ist enteignet worden, und weil die Russen eh die ganze Familie weggeschafft haben, mussten die das nicht mal enteignen. Der Fritz hat sich erst versteckt. Und dann, als wir dachten, nun geben die Ruhe, weil wir ja dann auch in der DDR waren, da haben sie ihn geholt. Zusammen mit zwei Kollegen. Die haben bei einem Bauern geholfen und wollten gerade nach Hause.

Da stand ich da. Man hofft ja immer. Jahrelang hab ich gedacht, dass der Fritz wiederkommt. Und mir hat hier niemand geholfen. Die Russen haben gemacht, was sie wollten. 1954 war das. Ich war grad siebzehn."

Sie erzählt das alles wie einen Film, den sie im Kino gesehen hat, schwarz-weiß noch dazu, sodass die Bilder wirken, als wären sie aus einer fernen Zeit.

Als Kind dachte ich, die Menschen damals wären wirklich so schnell gelaufen wie Aufziehpuppen. Frau Bachert trinkt Wein, wir schweigen. Lachend sagt sie, „Und von dem ganzen Warten bin ich alt geworden. Und wenn die den Fritz überhaupt wieder rausgelassen hätten – das wär' was geworden. Der hätte mich gar nicht wieder erkannt. Und ich ihn wahrscheinlich auch nicht. Ich hab gesehen, wie die Russen Fahrräder geklaut haben. Was heißt ‚geklaut'? Der LKW hielt auf dem Markt an, zwei sind runtergesprungen, haben sich die Fahrräder seelenruhig geschnappt und auf die Ladefläche geworfen. Und ich war nicht die Einzige, die das gesehen hat. Jeder hat den Mund gehalten. Sonst hätten die uns auch mitgenommen." Frau Bachert schaut sich versonnen in der Runde um. „Die Russen haben so gehaust."

Sie schaut kurz in eine Ferne, die zwischen mir und Swen liegen muss. Mich fröstelt. Ich weiß genau, was sie meint, wir alle wissen, was sie meint. Deshalb schweigen wir, bis Herbert leise sagt: „Haben Sie jemals rausgefunden, was mit Fritz passiert ist?"

Sie schüttelt den Kopf. „Sibirien haben sie gesagt."

Ihr ferner Blick ist gewichen. Sie sieht sich in der Runde um, lächelt. „Aber ich muss jetzt nicht die alten Geschichten aufwärmen und euch junge Leute langweilen."

„Uns hat das nie jemand erzählt. Meine Eltern jedenfalls nicht", sage ich.

„Das war auch lange nicht leicht, Gregor. Glauben Sie's, ich konnte da auch lange nicht drüber sprechen. Mir kam das immer vor, als wär's grad passiert. Inzwischen habe ich meinen Frieden gemacht damit. Und nun ist es schön, dass ich alte Schachtel noch zu etwas nütze bin." Sie lächelt Herbert an.

Der will die Situation auflockern, sicher hat er sich etwas anderes vorgestellt unter diesem Abend. Aber auch wenn wir hier sitzen – es ist spät, schon nach eins –, und Frau Bachert zuhören, ist es ein schöner Abend, eine schöne Nacht. Wir sitzen beisammen, verschworen auf eine Art, die noch ungewohnt ist für mich, an die ich mich aber schnell gewöhnen will.

„Zu etwas nütze?" sagt Herbert vorwurfsvoll, „untertreiben Sie mal nicht. Ohne Ihren Kuchen könnten wir das Paradies dicht machen."

Sie lacht wie ein junges Mädchen. „Ja ja. Machen Sie nur Ihren Spaß mit mir."

„Das ist kein Spaß", sagt Swen. Sie wird ernst für einen Augenblick.

„Das ist es doch, ja, das ist es." Sie ist verlegen, schaut auf ihre Uhr. „Holla, ich werd mich mal auf den Weg machen. So spät war ich schon lange nicht mehr auf." Sie erhebt sich schwerfällig, stützt sich auf dem Tisch ab.

Herbert springt auf: „Sie können gern noch bleiben."

„Genau, und morgen gibt's verbrannten Kuchen. Mit Schuss!" Sie lacht nachsichtig, als wüssten wir sowieso nicht, was es heißt. Herbert hilft ihr in die Jacke.

„Ich hab Doreen gesehen", sagt sie. „Die ist ja prall."

Herbert nickt. „Ich weiß, in gut zwei Monaten müsste das Baby kommen."

„Und ihr Freund?" fragt Frau Bachert.

„Den hat sie zum Teufel geschickt, soweit ich weiß."

„Dann gehört er da auch hin", stellt sie fest, klopft mit den Knöcheln ihrer rechten Faust auf den Tisch wie ein Bierkutscher: „So, Männer, gut Nacht. Und Gregor, haben Sie vielen Dank für Speis' und Trank."

„Keine Ursache, Frau Bachert, gerne."

Wir verabschieden sie, Herbert bringt sie zur Tür. Sie drückt ihn, dann geht sie.

„Ist wirklich schon spät", sagt er und setzt sich wieder zu uns.

„Ja", sage ich und schaue auf den Tisch: drei Flaschen Rotwein, drei Wasserflaschen, Gläser, heruntergebrannte Kerzen.

Neben mir Swen, gegenüber Herbert. Es scheint fast, als wäre ich nicht fortgewesen. Der Sommer ist vorbei, mit mir ist der Herbst gekommen.

„Was hast du uns da mitgebracht?" sagte Herbert am Bahnhof, Swen nahm schweigend meinen Koffer. Ich konnte nicht sehen, ob er sich freut oder nicht. Ebenso wenig war ich fähig, ihn einfach in den Arm zu nehmen. Seltsam, je sicherer man sich seiner Gefühle zu sein scheint, desto hilfloser sucht man nach

Gesten, diese Gefühle auszudrücken. Dabei war ich mir sicher, als ich losfuhr. Zurück ließ ich alles, wenn überhaupt noch etwas existiert hat, um zurückgelassen zu werden. Erst als ich bei Swen im Wohnzimmer stand, neben meinem Koffer, kam er und legte seine Stirn an meine.

„Schön, dass du da bist."

„Ich hab mich so auf dich gefreut. Aber ich hab Angst gehabt, dass alles weg sein könnte, wenn wir uns wiedersehen."

„Und? Isses weg?"

„Nö. Und bei dir?"

„Mal gucken." Er grinste, und dann küsste er mich. Und ich war mir wieder ganz sicher.

Ein schöner Sommer ist es nicht gewesen.

Gunter hielt sich sehr zurück. Ein einziges Mal besuchte er mich, wir sprachen kaum, er schlief mit mir, der Vollständigkeit halber. Ich ließ es passieren. Ich berührte ihn, aber nichts war geblieben von dem Hunger und der Geilheit von früher. Ich versuchte, all das noch einmal heraufzubeschwören, doch es war nicht da. Danach lagen wir beieinander. Als Erstes fragte ich ihn, ob er Karl noch trifft oder mit ihm spricht.

„Nein. Das ist vorbei. Er hat mir drei E-Mails geschickt, eine fieser als die andere. Ihm hätte nichts gefehlt in der Beziehung, ich würde den ganzen Mist bloß aufbauschen, um einen Grund zum Schlussmachen zu haben, er würde nur mich lieben – so die Nummer. Was soll ich dazu noch sagen? Am Ende hat er mir Unglück gewünscht. ‚Ich wünsche dir für deinen Lebensweg alles Unglück, das du kriegen kannst', hat er geschrieben. Da hab ich die Mail zurückgeschickt, ohne Kommentar und mein Postfach gesperrt für ihn. Seitdem ist Ruhe."

„Und wie geht's dir jetzt?"

Gunter lachte kurz und bitter auf.

„Besser denn je. Ich hab mich eigentlich nie so frei gefühlt, so lebendig. Mir rennen zwanzigjährige Bürschchen hinterher. Dass so was keine Zukunft hat, ist mir klar, aber ich genieße es einfach im Moment. Früher wollte ich immer die Kerle, die ich nicht kriegen konnte oder die mich nicht wollten. Und dann, wenn ich sie abgeschrieben hatte, wollten genau die plötzlich was von mir. Und jetzt guck ich einen Typen an, und es funktioniert. Einfach so."

Er sprach ruhig, nicht begeistert, wie ein Beobachter des eigenen Lebens, der sieht, was passiert, der sich aber noch nicht sicher ist, wie das enden soll.

„Beziehung ist im Moment eh nicht. Keine Lust. Einfach keine Lust. Und so ein bisschen Restwut auf Karl hab ich schon. Oder auf mich. Dass ich so blöd war. So bescheuert. Das ärgert mich. Es geht mir gut, aber es ärgert mich, weil es mir schon früher so gut hätte gehen können."

„Vielleicht würdest du dich dann ärgern, dass du zu früh weggelaufen bist, Gunter. Es wird schon seine Richtigkeit haben."

Er lag nackt neben mir, schöner denn je, ich speiste ihn mit Allgemeinheiten ab und bekam immer mehr das Gefühl, dass er eigentlich gekommen war, um mit mir etwas zu beginnen, dass er immer noch, selbst nach diesem lustlosen Fick, auf etwas wartete, dass er das Wasser testen wollte vor dem Sprung. Aber mein Wasser war zu kalt für ihn.

„Wird schon so sein", bestätigte er. Dann zog er sich an.

Als er in der Tür stand, wussten wir beide, dass wir uns nicht wiedersehen werden. Nicht so. Nicht auf dieser Ebene.

Da umarmten wir uns; er drückte mich sehr fest.

Als er fort war, habe ich geheult, weil ich in dem Augenblick, als die Tür hinter ihm ins Schloss gefallen war, spürte, dass eine Zeit zu Ende ging, dass etwas in mir längst eine Entscheidung getroffen hatte.

Karl beantwortete meine Anrufe nicht. Ich sagte ihm dreimal einen Spruch auf den Anrufbeantworter, tat so, als wüsste ich nicht, was passiert war. Wahrscheinlich glaubte er mir nicht, vielleicht hatte er Wind bekommen von meinem Verhältnis mit Gunter. Oder er nahm mir übel, dass ich mich über Wochen nicht bei ihm gemeldet hatte. Möglicherweise war es sein Instinkt. Kann sein, er wollte nicht erklären, was vorgefallen war. Meine Anrufe waren Pflichtübungen; Karl ist immer weit weg gewesen.

Maya wollte ich später anrufen, aber je länger ich das hinauszögerte, desto mehr verließ mich der Mut. Also sah ich auch sie nicht wieder.

Und Jan? Sein Telefonanschluss ist tot, die Mails, die ich ihm schrieb, kamen zurück. *Failed message delivery*.

Es war kein schöner Sommer. Ich trank ab und zu ein Bier, saß draußen, ließ Männer an mir vorbeigehen oder ließ sie links liegen. Ich begann, meine CDs zu sortieren, suchte meine Lieblingsscheiben raus, brachte den ganzen Rest zum Second-Hand-Laden. Es sind nur fünfundzwanzig CDs übrig. Die meisten Bücher brachte ich in einen kleinen Laden, ein Antiquariat, das jedes Buch für einen Euro verkauft.

Die Wohnung ist leer, ich habe einen Nachmieter per Inserat gefunden und ihn der Wohnungsverwaltung präsentiert. Er ist Lehrer, hat eine Freundin, wohnt aber alleine. Die Möbel stehen in einer stillgelegten Lagerhalle vor der Stadt. Sie gehörte einer Polstermöbelfirma, die Pleite gegangen ist.

Mit Herrn Frei und Herrn Gasser habe ich einen Aufhebungsvertrag abgeschlossen. Sie haben mir eine gute Beurteilung geschrieben und den Teil einer Abfindung gezahlt. Die Bank soll noch in diesem Jahr 140 Stellen einsparen, also konnte ich pokern. Gasser sagte zwar, ich stünde nicht auf der Liste, aber es wäre nur eine Frage der Zeit gewesen, bis auch ich ein Abschuss-Kandidat geworden wäre. Es gibt Übernahmegerüchte.

Die Kollegen verabschiedeten mich, dachten, sie müssten Trost spenden, dabei waren sie neidisch. Großartig verabschiedet habe ich mich nicht.

Für die nächsten drei oder vier Monate komme ich über die Runden.

„Wir haben uns schon mal umgehört." sagt Herbert. „Wegen einer Wohnung. Sieht gar nicht mal schlecht aus. Du kannst eigentlich morgen schon eine besichtigen."

Ich nicke. „Klar."

Swen nickt auch.

„Wir hätten dich über den Sommer gebrauchen können. Warst gar nicht schlecht als Kurzzeit-Kellner. Sogar meine Wirtschaftsdamen haben geschwärmt." Herbert lächelt. Er ist älter geworden in diesem Sommer.

„Na ja, wenn ihr mich wieder haben wollt, dann kann ich das ja machen."

„Aber Vollzeit wird das schwierig."

„Teilzeit wäre perfekt. Ich hab mir überlegt, ob ich mich selbstständig mache, Buchführung und Buchhaltung, Mahnwesen. So für kleine Firmen. Da könnte ich mir die Zeit einteilen und trotzdem bei dir bedienen, bis Doreen wiederkommt."

„Du hast aber besser verdient bis jetzt, Gregor. Das kann ich dir nicht bieten."

„Ich weiß. Drei, vier Monate komme ich über die Runden."

Herbert schüttelt den Kopf und grinst: „Ich glaube das ja immer noch nicht. Aber du machst ernst, was?"

Ich nicke. Denn es ist mir ernst. Vorläufig. Entschlossen, aber auf eine seltsame Art fasziniert, wie leicht sich das Leben ändern lässt, berauscht von den Möglichkeiten. Vorläufig.

Noch bin ich mir nicht sicher, ob alles nur auf einer Ausschüttung von Hormonen basiert oder ob ich das alles tue, weil ich zum ersten Mal im Leben weiß, was ich will. Mag sein, das ist die Droge – die Illusion des freien Willens.

Ich möchte mit Swen nach Montana und nachts auf einen Berg gehen und Lichter suchen in der Ferne. Weil ich es nicht alleine tun will, weil sonst niemand mitkäme oder weil ich verliebt bin in einen Mann, den ich immer noch etwas zu jung für mich finde und der trotzdem mehr zu wissen scheint als ich. Dieser Kontrast ist beängstigend und reizt mich. Ich muss Swen nur ansehen, wenn er seine linke Augenbraue hochzieht, und ich werde geil auf ihn. Die blonde Haarfarbe ist über den Sommer ausgewachsen. Seine Haare sind dunkelbraun. Vorläufig. Blond habe ihm besser gefallen, meint er.

„Das ist ja interessant", sagt Sebastian, der im Bademantel in der Tür steht. „Ihr sitzt ja immer noch."

Er ist noch schmaler geworden, und er ist blass. Er ist gegen zehn Uhr ins Bett gegangen, er wird immer noch schnell müde. Zwei Chemotherapien hat er hinter sich, nun scheinen die kleinen Tumore wieder verschwunden zu sein. Vorläufig. Immerhin. Wir telefonierten oft.

„Ja", lacht Herbert und gähnt, streckt sich. „Wir sind grad dabei, die Zelte abzubrechen."

Sebastian steht hinter ihm. Herbert schaut zu ihm hinauf und streckt ihm die Arme entgegen. „Holst du mich ins Bett, Schöner?"

„Wollt ja nur kontrollieren, was ihr hier macht. Nicht, dass ich etwas verpasse." Die beiden geben sich einen Kuss.

„Geht mal", sagt Swen. „Wir machen hier noch klar Schiff."

„Passt mal auf", wehrt Herbert ab. „Ich räume den Schrumms morgen auf. Und ihr geht jetzt nach Hause."

„Dann können wir das auch gleich zusammen machen, geht doch fix", sagt Swen bestimmt.

„Raus! Du bist hier angestellt, also zicke nicht rum. Bring deinen Kerl nach Hause."

Wir stehen auf, Swen etwas zögerlicher, weil er doch noch gerne aufgeräumt hätte. Ich sehe es ihm an, ich sehe ihm viel zu viel an, aber das scheint mir keine Angst zu machen.

„Na dann", sagt er, und sein Blick zu mir ist selbstverständlich, ist ein Zeichen, und mein Echo ein Einverständnis.

Wir verabschieden uns.

„Danke für den schönen Abend. Ist gut, wieder hier zu sein."

„Da nicht für", sagt Herbert.

„Gute Nacht."

Sebastian, nach vorne gebeugt, die Hände auf Herberts Brust, sieht uns an und lächelt.

„Gregor!" ruft er, als wir beide schon mit unseren Jacken an der Tür stehen. „Willkommen noch mal, schön, dass du da bist."

„Ja", sage ich und gebe sein Lächeln zurück.

Swen steht schon auf dem Trottoir. „Na los, sonst schließ ich ab. Kannste sehen, wo du bleibst", sagt er halblaut.

„Ich komm ja schon."

Ich sehe gerade noch, wie sich Sebastian und Herbert umarmen. Dann schließe ich die Tür hinter mir und laufe ein paar Schritte, um zu Swen aufzuholen.

Allen Freunden ein Dankeschön für Zuneigung, Inspiration, für Nachsicht und für Beistand, wann immer er nötig war.

Besonders möchte ich den beiden Freunden danken, die mir auf einem Berg in der Schweiz den Blick für das Wesentliche öffneten und somit maßgeblich den Ausschlag gaben, dieses Projekt anzugehen, was ich einen Tag später dann auch tat.

Ihnen widme ich dieses Buch.

Peter Hofmann
www.berlinsolo.de